格桑花开

援藏岁月

GESANGHUAKAI

HUIMOUWODEYUANZANGSUIYUE

我的回眸

01/03

德育之魂

杨士军　著

光明日报出版社

图书在版编目（CIP）数据

格桑花开：回眸我的援藏岁月 / 杨士军著. -- 北京：光明日报出版社，2023.5

ISBN 978-7-5194-7232-0

Ⅰ.①格… Ⅱ.①杨… Ⅲ.①日记—作品集—中国—当代 Ⅳ.①I267.5

中国国家版本馆 CIP 数据核字（2023）第 089166 号

格桑花开：回眸我的援藏岁月

GESANGHUAKAI：HUIMOU WODE YUANZANG SUIYUE

著　　者：杨士军

责任编辑：郭玫君　　　　责任校对：房　蓉　龚彩虹

封面设计：中联华文　　　　责任印制：曹　诤

出版发行：光明日报出版社

地　　址：北京市西城区永安路 106 号，100050

电　　话：010-63169890（咨询），010-63131930（邮购）

传　　真：010-63131930

网　　址：http://book.gmw.cn

E-mail：gmrbcbs@gmw.cn

法律顾问：北京市兰台律师事务所龚柳方律师

印　　刷：三河市华东印刷有限公司

装　　订：三河市华东印刷有限公司

本书如有破损、缺页、装订错误，请与本社联系调换，电话：010-63131930

开　　本：170mm×240mm

字　　数：314 千字　　　　印　　张：17.5

版　　次：2024 年 1 月第 1 版　　　　印　　次：2024 年 1 月第 1 次印刷

书　　号：ISBN 978-7-5194-7232-0

定　　价：78.00 元

育人者必先育己，立人者方能立事

——《格桑花开——回眸我的援藏岁月》作者的印象

《格桑花开——回眸我的援藏岁月》这部著作记述了作者杨士军老师在三年援藏支教期间的工作和生活情况。全景式再现了他援藏支教报效祖国的决心、干劲、胸怀、理想与抱负。展现在读者眼前的是他援藏期间所做的实实在在的具体工作。字里行间洋溢着作者立志发挥自己聪明才智、报效祖国、献身边疆教育、培养后辈人才的一腔热血和不辞劳苦、甘愿奉献社会、追求博爱的高尚胸襟。全书以日记体形式记录了在西藏自治区山南市东辉中学每天、每周、每月、每学年开展的德育工作内容、教学任务、教研活动情况和克服艰苦环境的生活情况。内容生动翔实，图文并茂，互相印证，栩栩如生，使人有身临其境之感，仿佛事事如昨，就发生在身边。令人惊喜连连、感慨万千！但又不同于日记体，而是把援藏期间发生的相同相似的事件归纳成一章一节，按照援藏事件发生的进程和支教事业发展的脉络逐章展开。

全书分7章，加后记共8章，含174个小主题，分别记述了援藏前身心的准备工作，初到西藏的身心适应情况。重点记述了作为东辉中学德育主任的任职情况。他以学校德育主任的身份，在人地生疏的情况下，了解、探索东辉中学教育管理环境的状况，如何开展以维护汉藏民族团结为主旨、汉藏同心培育红色传承人的德育工作，并详细记载了三年来不辞劳苦、勤勤恳恳地探索、策划和实施以培育藏族聚居区孩子良好的学习习惯和良好的生活习惯为重点的“养成教育”的具体内容，如何在德育工作中输送内地中学全新的教育理念和科学的管理模式。

同时还记述了作为支援藏族聚居区数学骨干教师，他在教学教研方面的示范引领作用。给东辉中学留下了他由“教育即生长”理念转化而来的“生长数学”的教育理念。模范展示了教学导入环节的“玩数学”趣味情境和学生学习数学过程中“感悟数学”、教师深挖素材让学生多操练的教学模式。在教改环节，采取“弹性设计”“开放式课堂”“捕捉学生心声”“调整教学方式”的教学进程，按照学生由浅入深、由易到难的认知规律，展示了他的“生成性教学”模式。最后回顾三年来在“缺氧不缺精神”的雪域高原，援藏人以治边稳藏、民族融合为理念，舍小家为国家，犹如高原雏鹰逆风飞翔地播撒博爱的种子，培植民族共同体意识；又如盛开在酷寒高原上的格桑花一样播下一颗颗小小的爱的种子，期待未来繁花遍野、一团团一簇簇、竞相开放的喜人局面。整部著作充满积极向上的正能量，值得广大教育工作者阅读、借鉴和学习。

在承受大自然对生命的考验，在远离亲人故友而满目陌生的情况下，独自忍受漫漫长夜带来的孤寂和痛苦，甚至在有因高原缺氧导致终生抱病的危险的情况下，面对如此艰苦环境，一边勤恳工作，一边记录下人生足迹的作者杨士军老师，究竟是一个怎样的人呢?

在东风七中，很多家长和学生都听说过杨士军老师，但也许你与他擦肩而过，都未必能够认出他本人。他就是这样一位朴实无华、内敛低调、不引人注目的普通而平凡的数学老师。然而就是这样一位毫不起眼的普通人，几十年如一日，默默耕耘在三尺讲台上。究竟是什么样的人生经历塑成了他现在心怀大局、一心总想为社会干点儿实事的家国情怀呢?

杨士军出生在一个兄弟姐妹众多的农民家庭。从小父母就经常以他们艰难的生存经历和艰苦的种田生活为话题，告诫子女们只有好好学习，才不会重蹈他们的辛酸之路。虽然父母非常重视子女的学业问题，但为了养活众兄弟姐妹，整日忙于田间地头，很少有精力督促子女完成学业。但孩子们耳闻目睹，都看在眼里，记在心里，默默发誓要好好学习。杨士军在家排行“老六”，从小虽然性格倔强，但在学业上却表现优异，拥有良好的学习习惯，每次放学回家都能够自觉快速地完成老师布置的家庭作业，然后帮助父母做家务事。因此，他一直是父亲最喜欢的“六娃儿”。

1986 年 9 月他以优异的成绩考入湖北省重点高中房县第一中学。在房县一中三年的刻苦学习期间，艰苦的食宿条件不但没有影响他好学上进的志气，反而磨炼了他克服困难、迎难而上的坚强意志。他数学、物理、化学、英语等各门功课都不落后，高中毕业后顺利考入湖北汉江师范学院数学系。在大学期间，除了认真学习专业知识外，他还积极参加系部举办的各类学生文体活动，锻炼自己的社交能力，开阔眼界，拓展心胸，并将打乒乓球发展为爱好和专长。在大学这个大熔炉里，他从一个懵懂的农村少年成长为一个胸怀家国情怀的有志青年。

1991 年 7 月大学毕业后，他被分配到十堰市非常偏远的花果东风汽车公司某专业厂子弟学校。因为是工厂子弟学校，学生大多是专业厂职工子弟和周边

"半边户"职工的子弟。学生基础参差不齐，学习习惯、生活习惯各有不同。更重要的是学生家长们，因20世纪90年代我国改革开放进一步深化，各行各业为振兴经济大搞基础设施建设，东风汽车公司载重汽车产品在市场上非常畅销，因此各专业厂生产任务繁重，职工们忙于车间繁重的生产工作，经常加班加点，没有时间也没有精力关心子女的学习情况，做生意的父母忙于生意也很少过问孩子在学校的学习成绩。在这样的社会环境和教育环境下，学生的学习情况和班级管理基本上就是放任自流的状态。每年初三毕业，能有两三个学生考上东风一中（省重点高中）就是特大喜讯。杨士军被分配来之后，从教授小学五年级的数学开始。面对迟到早退、拖拖拉拉到校的学生，面对课堂上东倒西歪、叽叽喳喳、乱哄哄说话的状况，他没有因循守旧、破罐破摔、做一天和尚撞一天钟，而是一边教学，一边逐个辅导。他在下班时间进行家访，了解学生家庭情况，把孩子在学校里课堂上的学习情况及时反馈给家长。他营造了家校共管的教育学习氛围，建立了家校联系手册和班级值班管理制度，不仅逐渐扭转了班级班风和学风，而且营造出学赶帮超的学习氛围，还带动了同年级的其他班级，形成了学生专心学、教师专心教的良好局面。就这样，他跟班一直教到初三毕业。2001年杨士军所带的一个年级的平行班有五位同学考入全省重点高中十堰市东风一中，创造了该专业厂子弟学校历年来的最好成绩，给学校增了光、添了彩，也让学校领导感到无比光荣。老师们纷纷去观摩杨士军的数学课，学习他思维清晰、条理分明、逻辑严密的教学风格。他还因此荣获本年度市级"优秀教师标兵"光荣称号，并成为一名中国共产党党员。

是金子放到任何地方都会发光。即使在偏远山区，仍然能够出成绩、创佳绩，培养优秀学生。工作之余，他还参加华中师范大学的函授班学习，不断充实知识，提升自己。鉴于杨士军在专业厂子弟学校做出的优秀的教育教学成绩，东风第七中学领导向他抛出了橄榄枝。在他所在专业厂子弟学校不放人的情况下，东风七中以借用的名义安排他到七中教授初中的数学课程并担任班主任工作。

在东风七中的十几年教育教学工作中，杨士军认真钻研业务，不断提高数学教学能力和水平，所带班级数学成绩一直很好。2005年、2008年的中考成绩位列十堰市东风公司第一，也因此荣立一等功。他深受学生爱戴、家长拥护、老师好评。在学校领导和党组织的充分关怀和帮助下，1997年、2000年、2004年、2005年、2006年、2007年、2016年分别获得十堰市优秀班主任、优秀教师、模范教师、优秀党员等光荣称号。育人者必先育己，立己者方能立人。他不断反思自己的不足，加强学习，为进一步提高自己的业务能力，积极参加

“国培”“省培”“区培”。2012年他自费报名参加国家心理咨询师学习，并顺利毕业，获得国家二级心理咨询师证书。这样的业务能力也给他带来了各种获奖机会，据不完全统计，十几年来，杨士军荣获市级以上的奖项和荣誉如下：

1. 1999年参加东风汽车公司初中数学说课竞赛，荣获一等奖。

2. 1999年写的论文《浅议初中生思维能力的培养》获湖北省教研室三等奖。

3. 2000年写的论文《磨合期学生不良心理及其化解》获“新世纪教育文库”丛书优秀论文一等奖。

4. 2001年写的论文《浅议数学美在教学中的应用》获湖北省教研室二等奖。

5. 2002年写的论文《班级管理中的三种不利教育观念》参加新时期全国优秀教育论文征文，荣获国家级一等奖。

6. 2003年写的论文《例谈发现学习法教学模式》获湖北省教科所三等奖。

7. 2005年指导学生杨玺荣获全国初中数学竞赛二等奖。

8. 2007年参加湖北省首届初中新课程教学精英赛，荣获数学说课二等奖。

9. 2007年写的论文《搞好班规管理，创建和谐班级》获十堰市教育学会一等奖。

10. 2008年指导学生罗上荣获全国初中数学竞赛二等奖。

11. 2008年写的教学设计《垂径定理》获湖北省教科所三等奖。

12. 2009年写的教学设计《课题学习重心》获中国教育学会一等奖。

13. 2014年参加《2014中国教育电视优秀教学课例》评选活动，荣获国家三等奖。

14. 2015年写的论文《用好合作学习小组，促进课堂教学自然生长》获十堰市东风教研室二等奖。

15. 2016年写的论文《班级学习小组建设与管理初探》获湖北省教育学会二等奖。

16. 2019年写的论文《转化后进生的几点尝试》获十堰市教科所一等奖。

17. 2020年写的论文《如何帮助学生寻找几何证明题的思路》获西藏自治区山南市教育局二等奖。

18. 2021年写的《创设教学情境，培养学生自主学习能力》发表在《学生·家长·社会》第四期215页。

19. 2021年写的《班级学习小组管理方式新探》发表在《中小学班主任》第四期29页。

20. 2022年写的《例谈课堂教学中组织小组合作存在的问题——一节数学录像课的教学反思》发表在《时代教育》5月中旬刊33页。

21. 2022年写的《实现生长课堂的几点尝试》发表在《数学学习与研究》8月下旬期刊45页。

22. 2022年写的《我在离天最近的地方逆风飞翔》发表在西藏自治区山南市党刊《雅砻论刊》第三期52页。

一转眼几十年过去了，他在教育教学岗位上积累了丰富的教育教学实践经验和专业理论知识，一直渴望有个更能施展作为的广阔天地，发挥自己的教学才华，为祖国培养更多优秀的下一代人才而发光发热。2019年8月，为响应湖北省第二批教育人才“组团式”援藏支教的号召，不甘于现状的杨士军毅然决然地报名参加援藏支教工作。在经过了一系列严格的政治审查、身体健康条件的检查后，他作为湖北省第二批教育人才“组团式”援藏管理干部（德育主任）选派，随其他19位援藏教师对口支援西藏自治区山南市东辉中学。他担任西藏自治区山南市东辉中学德团办主任（德教与团委在一起）。面对西藏自治区特殊的区情和东辉中学的现状，他积极融合，积极作为，秉承着“一年促规范，两年提理念，三年创特色”的工作宗旨，致力于把东辉中学打造成重视民族团结进步教育和红色文化教育的标杆学校。三年来，学校安全稳定，教育教学等各方面进步很大。2019年学校荣获山南市平安校园称号，荣获山南市青少年（U系列）篮球赛初中组第一名；2020年、2021年连续两年被评为西藏自治区山南市民族团结进步模范单位称号；2020年、2021年中考成绩均位于山南市第一（2022年中考成绩还在统计中）；2021年学校荣获山南市庆祝建党100周年红歌赛优秀组织奖；2022年学校正在申报西藏自治区国防教育示范学校，西藏自治区“经典诵读”示范学校，西藏自治区红色文化教育示范学校。他本人2020年荣获湖北省第九批援藏工作队优秀党员称号，东辉中学“三联三进一交友”优秀教师称号；2020年、2021年年度考核均为优秀；2021年12月他荣获西藏自治区未成年人思想道德建设先进工作者称号；2022年7月他荣获山南市优秀援藏干部称号，湖北第九批援藏工作队优秀干部人才称号。

除担任东辉中学德团办主任外，他还教一个民族混合班的数学课。面对知识基础、民族习俗不同的班，他克服困难，砥砺前行，研究学生，研究课堂，研究教法，利用自己积累多年的教育方法帮助学生取得成绩的进步。他还与在藏老师结对互助，发挥示范引领作用，带动学校加强教研教改，提高学校整体教育教学质量。

《格桑花开——回眸我的援藏岁月》这部著作就是杨士军老师三年援藏的心

路历程，记载了他在西藏自治区山南市东辉中学如何适应恶劣环境而调整身心、如何开展多民族混合学校的德育工作、如何帮助数学基础知识非常薄弱的多民族子弟班级提高学习成绩的工作生活过程。从这些点滴中折射出他时刻牢记支教援藏报效国家的初心，时刻牢记支教报国的使命，用一颗热忱的忘我公心、事业心和博爱之心为东辉中学的学子们奉献了一段为党育人、为国育才的无悔人生。

杨国辉

2022 年 9 月 8 日写于湖北汽车工业学院

前　言

山南，史称“雅砻”，位于西藏南部、雅鲁藏布江中游，地处冈底斯山至念青唐古拉山以南，北接拉萨，西邻日喀则。亘古流淌的雅鲁藏布江顺山势俯冲，于此处发育起一片河谷地带。山南一如群山环抱的孩子，卧于高原之上，河谷之中。山南素有“藏民族之宗，藏文化之源”的美誉。西藏的历史从这里开启，雪域文明的曙光在这里乍现。这里曾是吐蕃的发祥地，雍布拉康的金顶于呼啸的天风之下，仿佛能映照出时光深处的山南市景。作为西藏历史上第一个宫殿，雍布拉康见证了从聂赤赞普开始一代代赞普的崛起，直至松赞干布一统西藏高原，迁都拉萨，让山南成为吐蕃的荣耀故乡。如今来到山南市，看到辽阔山野中极具规模的藏王墓群，看到肃穆洁净的桑耶寺，便知这片土地，是一片有着深厚历史文化底蕴的热土。

实施对口支援西藏，是党中央从党和国家工作全局出发作出的重大决策部署，是推动区域协调发展、协同发展、共同发展的重大战略，是加强区域合作、优化产业布局、拓展对内对外开放新空间的重大布局，是实现先富帮后富、最终实现共同富裕目标的重大举措，是维护国家统一、加强民族团结、铸牢中华民族共同体意识的重大策略。因此多年来，一批批来自外省援藏干部人才、调藏干部、应届大学生奔赴这里，将自己的知识、视野、经验、理念投向山南这片广袤的大地，把自己的青春、热血、汗水挥洒在这片高原热土。

教育是民生之本。改变藏族聚居区的面貌，根本要靠教育。党的十八大以来，为彻底改变西藏教育落后面貌，教育援藏工作深入推进。一批批教育援藏工作者满怀热情，接续奋斗，跨越万水千山，将知识和智慧播撒在雪域高原。教育援藏犹如一片繁茂的格桑花，盛开在西藏的莽莽高原，为这方神奇的土地增添了一份绚丽的色彩。

三年，或许是人生的三十分之一。有人用来赚钱，有人用来求学，有人用来创业，有人用来陪伴亲人。我选择了援藏，而且无怨无悔。我用自己辛勤的汗水努力实践着自己的援藏初心，用不懈的坚持奏响人生新的乐章，用一腔热血书写着自己的教育援藏故事。

《格桑花开——回眸我的援藏岁月》用图文并茂的方式记录了我援藏三年从事西藏自治区山南市东辉中学德育工作所做所思所感所悟，借此冲淡对家人的思念，充盈孤独寂寞的时光。在写作过程中，得到了在藏校领导巴桑、卓玛、洛桑旦增、吴勇、洛追和德团成员强巴多吉、扎西旺堆、尼玛多吉、达瓦卓嘎、达瓦等和部分援友王与雄、周桓、汪鹏鹏、马丹、梅光利、邱道刚、徐艳华、杨乐、刘进辉、汪洪珍、徐誉、宋书军、陈红兰、段程伟、段琪智、罗安芬、李亚、程学军、胡艳红、蔡遇等同志的鼓励和支持，也得到湖北省第九批援藏工作队临时党委部分领导李修武、刘猛、朱江、贺云松、吴超、潘锃东、黄祥建等同志的高度重视和大力帮助。也得到十堰市教育系统部分领导寇伟、王晋江、赵卫华、徐乾忠、周均、张红萍、黄全龙、刘艳芳、常昌国、邹文、杜忠彬、郑前川、严立健、陈怿珏等同志的关心。在此，一并表示感谢……

由于本人水平有限，能力绵薄，加之时间仓促，书中难免有不足之处，恳请各位朋友和广大读者提出宝贵意见。

杨士军

2022 年 6 月 20 日于西藏自治区山南市

2019 年 12 月 21 日湖北第九批援藏工作队全体演职人员参加完元旦晚会后合影

（马丹提供）

目　录
CONTENTS

第一章　牢记教育使命

2019 年 7 月 9 日

校长谈话

“从来不怨命运之错，不怕旅途多坎坷，向着那梦中的地方去，错了我也不悔过……”唱起这首老歌《人在旅途》，想起这几天的事，我有些睡不着觉。也许是命运想磨炼一下我，也许是机缘巧合，我获得了一个去援藏支教的机会！

这事说起来巧合，这次支教省教育厅给了市教育局三个名额，规定年龄在 50 岁以下，市（局）经研究想在年龄 40 周岁以内进行选拔。我们学校领导接到通知后很重视，急忙调查了一下学校里年龄在 40 周岁以下的担任数学教学的男老师仅有四位，而且这四位老师家里的孩子都很小，需要陪伴，别说援藏三年，就是援藏一年，他们也去不了！还有一点是大家提起西藏，第一印象就是“艰苦”——空气稀薄，天寒地冻，高原反应，……一般人身体受不了，吃不了苦！

而我呢，真心想去西藏锻炼锻炼，挑战一下自己。首先，“世界那么大，我想去看看”，我待在七中十多年了，每天都在重复昨天的“故事”，没什么变化；其次，人到了中年，那种中年人不甘于现状、不安于现实的心理危机和焦虑经常令我失去人生的方向；最后，目前我精力充沛，家里也没有太大的后顾之忧，女儿上大学，双方父母都有人照顾。因此，我回家与爱人商量后，毅然决然地主动报名参加援藏支教工作。

对于我的申报，学校领导喜忧参半，喜得是我能主动申请援藏支教，帮学校分担任务；忧的是目前学校正缺数学老师，而且我带的两个班情况很好，期末都被评为学校优秀班集体，在我离开后学校会安排谁来接手我的两个班呢？

我填好援藏申报表，把表送到校长那里，校长找我进行了谈话。校长的话意味深长，他说：“你去援藏支教，首先，要安心扎根西藏三年，做好吃苦耐劳的准备，自己或家里有什么困难要克服，当然学校和组织上也会帮助你的！其次，去西藏要力求‘有作为’，三年的学习和工作说长不长，说短不短，要有规划和安排，不能虚度，三年可以做很多事呀！再次，希望你保持记日记（或随笔）的习惯，把三年生活的点点滴滴记录下来，作为第一手原创资料，会很有意义的。最后，就是要搞好民族团结，要为七中（湖北十堰）争光……”

校长的话高瞻远瞩，句句戳到我心里，这几天一想起来，内心久久不能平静。

2019 年 7 月 10 日

一切都是最好的安排

临近期末，大家的心情都很好。在散学典礼大会上，校长宣布了我去援藏支教的事。会后学校同事聚在一起议论开来，有同事说：“学校没人报名，没人去，去西藏会吃苦头……”也有同事说：“海拔 3000 米以上会有高原反应，前几年去云南，高原反应强烈……”还有同事说：“年前组团去西藏，有三个人根本受不了，整天头痛，只能吸氧……”大家说得很是恐怖。

我知道“小马过河”的故事。判断什么事能不能做都需要亲自尝试，量力而行。何况能不能去西藏支教最后还要等省教育厅通知后再由市教育局安排我们体检后才能决定呢！我想：一切都是最好的安排！

2019 年 8 月 3 日

通知来了

盼望着，盼望着，电话来了。昨天下午我接到市教育局人事科打来的电话，通知我 8 月 3 日早上带上自己的身份证，空腹去十堰市太和医院体检中心进行进藏前的身体检查。这样就意味着没什么问题的话，一周后可能就要出发进藏了！

2019 年 8 月 12 日

援藏是为了什么?!

我告别了亲人和朋友，告别了领导和同事，也告别了学生和家长。今天 8 月 12 日，我们正式踏上了去往西藏的路。我们十堰一行人先坐动车到武汉，在九州通衢大酒店见到了这次湖北“组团”援藏的十九位老师。虽然大家从来没见过面，但有一种一见如故的感觉，也许是援藏共同的目标和意义让大家从湖北的各地一起赶来，拉近了大家心的距离。

宾馆很快给我们安排了不错的宿舍和晚餐（自助餐）。之后我了解到了行程安排，明天（13 号）上午集中培训，下午 2 点坐飞机直飞西藏，5 点多就能到达西藏贡嘎机场了。

在宾馆的宿舍我读到一篇文章，眼睛突然湿润了。这是三位援藏干部写给家人的信。信的内容更多地诠释了援藏是为了什么。

譬如丈夫写给爱人的信：

匆匆一别，倏忽半月。时光飞逝，关山阻隔，千言万语，哽咽难言，唯余思念。可我想，你是懂我的。路愈远，心愈近。二十年相濡以沫，有些话不必多讲，有些事无须讨论，我们心意相通。做某些选择，并不是因为简单，而是因为困难。

…………

萨迦海拔高环境恶劣，条件艰苦生存不易，经济落后百业待兴，与上海的巨大差距让我不得不奋发努力，去做一些力所能及的事儿。人生很短，容不得浪费一秒；三年很长，足以谋划全局和踏踏实实做点事儿，做一些足以在余生自豪的事儿，倘如此，总算不枉此生。

…………

譬如爸爸写给女儿的信：

爸要去做的，是一件非常有意义的事情，能去帮助那些更需要帮助的人。每个人都有责任和担当，在国家和社会需要你的时候，站出来，出一份力，只有国家变得更好，我们的生活才会更加幸福。

…………

同时，爸爸也想给你做个榜样，不管是学习还是生活，任何时候都不能停止奋斗和学习，要时刻保持积极向上，充满力量，要拥有永不放弃的精神。

…………

譬如《一封家书》:

……援藏出发前，你（大儿子）执意送行和难以克制的泪水深深感动了老爸，要知道平日里你是那么调皮。我相信，你是真的成长成熟了。

这些天，感觉最为牵挂的还是不足两岁的小儿子。都说“陪伴是最好的教育”，但这一点对爸爸而言却成了奢望。进藏前两周，你似乎意识到了什么，每天哭着闹着不让我出门。但在那个你熟睡的早晨，爸爸还是偷偷离开了你。你一定不能理解，爸爸为什么不辞而别选择了远方；你一定不能理解，爸爸为什么总是出现在手机视频里，总是通过墙上的视频设备向你“喊话”；你也一定不能理解，在炎热的夏季爸爸为什么穿得那么严实，明明没有生病，鼻子里却插着管子……是的，你毕竟还不足两岁啊。我相信，等你长大的那一天，你一定能够明白所有的疑问。抱歉，儿子!

这些天，感觉最为亏欠的还是不辞辛劳的爱人。援藏三年，我们之间不再有争吵，但沉重的家庭负担就要实实在在地落在你的肩上，个中滋味也只有自己品味咀嚼。“一人援藏，全家援藏。”既然我们选择了援藏，就是选择了牺牲和奉献。也请你放心，在雪域高原，与一群富有家国情怀、敢于牺牲奉献的大老爷们儿为伍，与当地广大干部群众为伴，我们一定能度过人生中最为精彩难忘的三年时光，在人生的大事记中书写浓墨重彩的一笔。

三年，很长也很短，愿一切安好!

2019 年 8 月 16 日（湖北媒体报道）

湖北省第二批“组团式”援藏教师“接棒”为山南教育再做贡献

湖北日报讯（记者彭磊　通讯员马丹）从湖北第八批援藏工作开始，湖北三年期“组团式”援藏教师尽心尽力，建立完善了 11 项管理制度，实现了对口援建的山南市一高高考上线率全市第一，囊括了全市文、理科第一名，学校在啦啦操比赛中荣获全国冠军，湖北首批教育“组团式”援藏，在西藏赢得了信任和口碑。近日，湖北第二批“组团式”援藏教师再出发“接棒”，分两批抵达受援地山南，为山南教育再次贡献湖北力量。

湖北省第二批“组团式”援藏教师进藏后在西藏贡嘎机场合影（马丹提供）

湖北省第二批“组团式”援藏教师在武汉培训现场（马丹提供）

根据《教育部中组部国家发改委财政部人社部关于做好新一批“组团式”援藏教育人才选派工作有关事项的通知》（教民函［2019］4号）和《省委组织部省人社厅关于做好我省第九批援藏干部人才选派工作有关事项的通知》（鄂组通［2019］14号）要求，通过各地推荐、组织初审、体检，湖北省教育厅审核，结合我省实际和受援地需要，湖北省今年从省9个地市及4所教育部在鄂直属高校附属学校中选派出20名优秀教育管理干部和教师，对口支援山南市东辉中学，第二批援藏教师团队中，全部为中级以上职称，其中高级职称教师10人，中共党员10人，均占总人数的50%。

8月13日上午，全体援藏教师在武汉参加了第二批“组团式”援藏教师培训会。省教育厅陶宏厅长勉励在座教师要带着使命赴藏工作，带着情怀赴藏工作，带着责任赴藏工作，圆满完成援藏任务。8月13日至8月14日，湖北援藏教师分两批抵达西藏贡嘎机场，山南市教体局领导到机场迎接，为每位湖北援藏老师献上了洁白的哈达，欢迎他们的到来。

8月14日晚，湖北省教育厅黎虹副厅长、山南市教体局董安学书记、赤列边巴局长、潘锃东副局长来到园丁大厦看望了新一批援藏教师。黎虹副厅长提醒援藏教师们，一定要保重身体，做好汉藏教育的使者，在三年援藏期间留下美好的回忆。董书记还教给大家初进藏工作新方法：走路像老人，生活像病人，工作像军人。他要求全体援藏教师大力弘扬湖北援藏的光荣传统，充分发挥“组团式”援藏的优势作用。援藏教师纷纷表示，虽然远离亲人，在生活上会有种种不适，并伴有强烈的高原反应，但大家一定不负领导重托，主动融入，主动作为，为山南教育做贡献，不断为“老西藏精神”注入新的时代内涵。

湖北省教育厅黎虹副厅长看望援藏教师（马丹提供）

2019年8月22日

难受的高原反应

8月13日到18日，这五天我是在难受、痛苦、恐惧中度过的。我高原反应特别厉害，五天里每天都头疼、头晕、恶心、呕吐、胸闷、气喘、失眠。因害怕感冒，我大热天不敢洗澡，不敢洗头，每天穿秋衣秋裤，害怕受凉，而且只能躺在床上静养，稍一动就心跳加速，喘不过气。就这样过了一天，到了第二天、第三天，一起来的同伴们都恢复良好，他们查血液中氧饱和度，血氧量在慢慢回升，都能超过80%，而我的血氧饱和度只有60%多，而且头疼得要命，走路慢得像老年人，还喘气，一次次更密更深的头痛、气喘、失眠，是高原在向我宣战。我十分害怕，因为有一个一起来的同伴不适应高原环境已经被工作组送回去了。

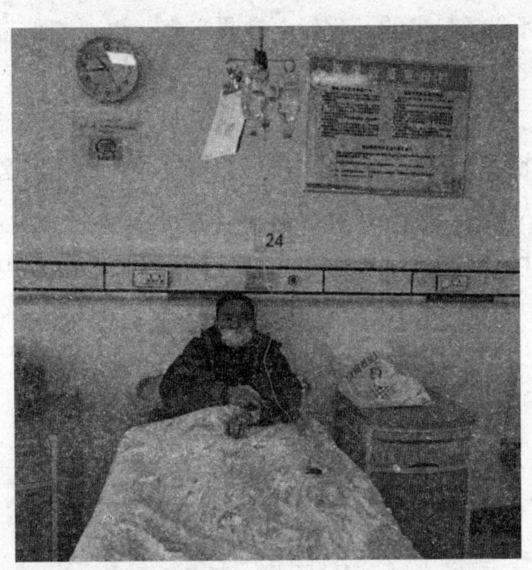

进藏急性高原反应住院观察（作者本人提供）

看到我这种情况，负责我们健康的随行医生怕出意外，叫来了救护车，让我去医院做个检查，我在援藏队友徐艳华老师的陪伴下，硬撑着身体，提心吊胆地来到医院。医生看我手指尖有些发乌，脸色发黑，明显是缺氧症状，赶快叫护士拿来氧气袋让我先抱着吸氧，然后给我做检查，给我量血压，万幸我血压还比较正常（130/89mmHg），接着让我抱着氧气袋到一楼放射科拍X线胸片和脑CT。折腾一番后，诊断我的病情不是肺水肿和脑水肿，而是急性高原反应。这时我才稍松了一口气，悬着的一颗心才落下来。医生说我氧饱和度太低，很危险，要求我住院，打点滴观察，并且关心地对我说："您不适合在高原工作，会有生命危险的，早一点回内地去吧！"听完他的话后，我心里拔凉拔凉的，心里极度不服（生怕梦想的脚步就此终止）。我躺在床上偷偷地抹眼泪，默默鼓励自己：我要挺过去，不能放弃呀！我要加油呀！

躺在病床上听着点滴"啪嗒啪嗒"往下落，我思绪万千：离家的孤独，高原的反应，一切陌生又艰苦的环境，还有即将要忙碌的工作，春夏秋冬三年的循环，我的身体能吃得消吗？我能抗得过来吗？我并不年轻了呀！我能坚持多久?

“一切都会好起来的!”似乎很熟悉的声音隐隐约约地从耳边传过来，这是我的一位来过高原的亲戚说的话。高原反应是人体极速进入高海拔地区（3000米以上）的缺氧环境，机体各种组织系统为了维持平衡会进行缺氧状态下的自我调适而表现出来的一种生理病症，一般三到五天就会缓解的!

是的，一切都会好起来的。我们要敬畏自然，更要相信自然规律，不要害怕，要相信自己肯定能战胜它。我要加油！挺住!

我躺在医院打了三天点滴后，情况有了好转。医生告诫我说：“你要是留在西藏工作每天只能靠吸氧了……”之后，我出院了，回到宿舍，援藏领导都来看望我，援藏带队的王与雄校长主动把他的制氧机借给我用，并时时鼓励我，不要害怕，要挺住。刚进藏，我就感受到援友兄弟般互帮互助的情谊，那一刻，我暗下决心要坚持下去。谨遵医嘱后的每一天（早中晚），我都靠制氧机（吸氧）生活着。

2019年8月23日

洁白的哈达

走进东辉中学，东辉中学巴桑书记代表校领导给我们献上洁白的哈达，表示欢迎！这是进藏后第一次戴哈达，大家心里都美滋滋的！耶!

湖北省第二批“组团式”援藏教师走进东辉中学合影留念（李亚提供）

2019 年 8 月 27 日

加油吧，少年！

开学典礼，意味着一段新的征程开始了，我十分有幸与这批学生同行。那早自习上的惺忪睡眼，那晚自习里的灯火通明，操场上的奔跑，食堂里的等待，好奇与不安，欣喜与躁动，都是一段段“小插曲”。我相信你们会走向成熟，找到自我。

民族班七（6）班第一次早读（梅光利提供）

2019 年 8 月 27 日

艰苦的军训

西藏的天真好看，天蓝如海，蓝得纯净，毫无悬念，宛如天神打翻了蓝墨水瓶，倾倒在群山之上。但这里低气压，缺氧，紫外线超强，来自内地的爷们儿都戴着遮阳帽、大墨镜、护脸口罩。看着可爱的西藏孩子们和教官们在烈日下进行军训，我既感动又心疼。这里艳阳高照，强紫外线晒得皮肤生疼，空气特别干燥，缺氧（每立方米空气含氧量相当于内地的70%左右），五天的军训会把稚嫩的皮肤晒得黝黑，但这些孩子都坚持坚持再坚持。你看他们一个个皮肤黝黑，太阳照得他们的小脸蛋在发光，小小身躯顽强地站着军姿，标准地走着正步，我心里真有些敬佩！

入学教育——军训（潘泽倩提供）

2019 年 8 月 30 日

质朴的西藏孩子

这周是学校开学第二周，我带队值周。我们一行 5 人负责住校生的一日三餐和住宿纪律，每天早上 6 点 30 分去学生宿舍叫学生起床吃早餐，中午 12 点督促午餐，晚餐则是从 6 点 20 分开始。

这些孩子很守规矩，无论什么时候吃饭他们都自觉排队，自己依次拿盘、拿筷、盛菜、舀汤，一切都是那么自然、自觉和守秩序。有时排队也有个别调皮的学生互相拥挤，但当值班老师走近他们时，他们便自觉地散开了，然后还主动地很有礼貌地喊一声“老师好!”嘿嘿一笑，非常友好的样子。

还有一点比较可贵，他们不娇气，若饭菜不合胃口，盛饭菜的时候他们就少盛，而且从不把饭菜撒在桌面上，或者乱倒进垃圾桶里，从不浪费粮食。有时候有学生来晚了，饭菜不够吃，他们也不争不闹，随便打点汤泡饭吃就行了。

住校生在学校食堂就餐（作者本人提供）

他们也是一群容易相处，十分善良的孩子。这周二晚自习我第一次在七年级六班上数学课，我因为怕感冒，衣服一直穿得很厚，这节课看到孩子们听讲都很专注，自己自然而然就讲得投入，身体感觉有点热，就顺手把外套脱了放到讲台椅子上。一节课与孩子们进行互动，不知不觉就下课了。随后，我回到了办公室，一到办公室才想起我的外套还在教室，立马想回教室去取，刚走出门几步，只见有三个女孩子马成英、马玉兰、程雨欣（后来才知道名字）跑过来了，她们手里抱着我的外套，看见我之后，笑眯眯的。她们是看见我衣服忘拿了，专门给我送过来的。我接过衣服，赶忙说了声谢谢，内心更多的是感动和激动。

因太阳直射、空气干燥的原因，西藏的孩子多数皮肤都黑黑的，不水灵；但看他们的眼睛，一双双大大的眼睛就像西藏的天空一样透着健康，透着干净！

2019 年 9 月 1 日

开学打架

民族班七（6）班马瑞同学（作者本人提供）

一进东辉中学，听同事们说，民族班不好管理，有时会打架闹事。民族班学生生源复杂，是多民族学生混合编班组成的：藏族、回族、汉族、苗族、白族、珞巴族、门巴族、东乡族……因为各民族生活习惯不同，文化差异很大，又要短时间内在一个班级里交往、交流和学习，各种各样的问题和矛盾就容易发生。想要管好这样的班级，对班主任而言是一种很大的挑战，对学校而言是一种无形的压力，但我作为学校的德育主任责无旁贷。所以接手工作以来，我一直在思考民族班的管理方式和方法，特别是那些爱打架的孩子，我们要了解他们的行为表现和打架的动机是怎样的，他们的思想、心理特征是怎样的，我们要防微杜渐，在他们刚刚升入初中时就把他们的不良行为有效地遏制住，使他们不良的思想和心理尽早得到教育和转化，确保他们平稳度过初中三年时光，帮助他们成人成才。

这不，刚开学不到一周，七年级军训还没结束，七（6）班的一名男生马瑞就“主动袭击”了七（5）班的一名男生，而且动作娴熟，一点也不留情面。据了解，马瑞在操场边玩儿，然后直接喊另一个孩子过来，那孩子过来后还没来得及说话就被打了……

这到底是为什么呢？我让班主任去了解了一下情况，只知道他们可能以前认识，两个孩子都是山南一小毕业的，除此以外，班主任也什么都不知道了。

我听了班主任的反馈信息后，结合军训这几天观察到的情况，我对马瑞这孩子已经对上号了。军训这几天我也一直在跟进这批七年级新生训练，马瑞早已引起了我的注意。孩子细高个，脸有点瘦小，眼睛看什么都不太友好，看老师的目光更多的是不服气，他学体操和军训也不太爱听指挥。

这孩子为什么会和人发生冲突呢？我很好奇，也很疑惑，想细致地了解一下这孩子的家庭情况，就与班主任商量，准备对这孩子先进行一次家访再说！

与班主任梅光利老师一起去马瑞家第一次家访（作者本人提供）

2019年9月9日

写给内地孩子们的一封信

亲爱的孩子们：

你们好！想你们了！

转眼开学一周了。临近教师节我不断地收到你们的祝福，内心激动不已。但我只能在离你们3300多公里的地方提笔给你们写信，以寄相思之情。

又是一个新的学年，可是这次的开学，我却没能陪伴在你们身边与你们并肩战斗，对此，我很是遗憾。此时的“老杨”，已经成为另一群孩子的“杨老师”了，而接替我继续引领你们探索知识奥秘的、继续来爱你们的老师非常牛，他们是我们十堰市东风七中最优秀、最年富力强的一批老师。这样有实力的老师，你们完全可以放心，大家要继续好好学习。

事发突然，在我知道有机会教育援藏的时候，我也是犹豫再三。一方面，我真舍不得5班、11班的你们。想到你们小学毕业时的那一张张稚嫩的脸和一个个活泼可爱的样子，如今变成了青春靓丽、生龙活虎的一群少男少女，我万般欣喜。你们的纯真可爱，还有家长们的完全信赖，都让我割舍不下。另一方面，杨老师心中的教育理想又让我欣然向往。我反复思量，艰难地做出了自己的选择——支援西藏的教育事业。

西藏自治区，地处青藏高原，与印度、尼泊尔、锡金、不丹、巴基斯坦等国接壤，是祖国的西大门。电影《2012》的挪亚方舟就是修建在这里，建在喜马拉雅山脉上，可见它的地理位置和战略位置是何等重要。习近平总书记提出：“治国必治边，治边先稳藏。”教育援藏因其意义深远而显得更加非凡。在这里因为条件有限，很多孩子要想得到更好的教育就只能背井离乡，小学毕业后就去到内地就读西藏班。十年树木，百年树人，西藏的孩子同是祖国的未来，所以我想为他们做些力所能及的事情。

也许我的力量微薄，但我也要坚持努力，永不放弃（希望你们也能坚持自己的理想）。我努力拼搏之后，你们也可以自豪地说：曾经我遇到一位老师一腔热血，到西藏自治区进行教育援助。虽然西藏条件艰苦，空气稀薄，但一切只为舍身报国，驻守边疆，为国家长治久安贡献自己的一份力量！在七中平凡坚守了20多年之后，我第一次有了实现梦想的激动之情。

来这里快二十天了，我时常想念爱人和孩子，想念同学和朋友，想念你们，想念我以前教过的学生，知道大家都在为理想而奋斗，我非常欣慰。

孩子们，加油吧，青春是用来拼搏的，祖国未来的建设需要你们。你们正值青春年少，正是长身体、学知识、长本领的大好时光。海阔凭鱼跃，天高任鸟飞！老师相信你们在前进的路上一定不会懈怠，一定会勇敢向前的！

看看窗外，已近深夜，就此搁笔，以后再聊。祝大家一切安好！祝孩子们学习进步！愿我们友谊长存！

爱你们的老杨

2019 年 9 月 9 日

2019 年 9 月 20 日

民族班怎么教

从教 20 多年了，从没怀疑过自己的教学水平和能力。因为自己本身爱钻研专业，又教书多年，教学成绩一直不错，自我感觉还是良好的。可是进藏后学校安排我带七年级民族班的数学，半个多月过去了，我心里越来越没底了……

由于班中学生学习基础参差不齐，且我对学生的了解程度也不够深，加之一些其他的主观、客观因素，导致教学效果不尽如人意，在一次数学考试后，许多教学问题一一凸显出来。对此，我有些迷茫和无助。

2019 年 10 月 1 日与民族班学生一起庆祝中华人民共和国成立 70 周年合影（作者本人提供）

为什么会这样呢？数学是一环套一环的，这可是初一呀?！而且是初中一年级最简单的加减运算法呀！如果现在这样，后面三年的数学咋教?！我有些迷茫和无助。

担心之余我开始分析这一段时间我的教学过程，进行自我反思，发现我的课堂教与学几乎是两张皮的，我自认为对教材非常熟悉，又有课件和微课小视频辅助，所以就按照原来的做法，按部就班地教和讲解。有些学生似乎在听，但眼神流露出的迷茫我并没有在意，我想：只要他们认真听讲，多学和多练，成绩是不会差的，可实际上呢？

接下来我该怎么做呢？特别是数学方面，如何让他们能快速进步？我觉得我需要好好学习，充充电了。

我上网翻开《教育学》《心理学》，看到中小学常用的教学原则：（一）直观性原则；（二）启发性原则；（三）系统性原则（循序渐进原则）；（四）巩固性原则；（五）量力性原则（可接受性原则）；（六）思想性与科学性统一的原则；（七）理论联系实际原则；（八）因材施教原则。

中小学常用的教学方法：（一）讲授法；（二）讨论法；（三）直观演示法；（四）练习法；（五）读书指导法；（六）任务驱动教学法；（七）参观教学法；（八）现场教学法；（九）自主学习法。

因材施教原则、量力性原则、循序渐进原则是教育学的三大基本原则，我怎么能忘了呢?！一瞬间我茅塞顿开，似乎找到了教育教学的法宝……

有位专家说得好：当你很迷茫，很彷徨，很无助的时候，正是你需要好好“充电”的时候，教师这一职业尤其需要。大家共勉吧！

2019 年 9 月 28 日

忍耐

刚进高原，生活上便遇到诸多困难，大家都有很多不适：去教学楼上课才爬到二楼就会感到心慌气短，胸闷乏力；上课若是有连堂，上完第一节课下来身体就很累，口干舌燥，有时还胸闷、胸疼，呼吸急促；硬撑着上完第二节课就感觉特别疲惫；讲课时声音稍大一点就会感觉身体特别不舒服。

夜晚的西藏山南市湖北大道（作者本人提供）

高原温差也很大，早晚上下班时气温只有 2℃~3℃，雪风刺骨，得穿棉袄；中午又是艳阳高照，强紫外线晒得皮肤生疼。高原空气干燥，晚上不开加湿器睡觉，第二天早上鼻腔一定会出血。而且在高原上人的睡眠质量差，经常半夜两三点钟就会“憋醒”，这样更加重了白天的疲惫。在这样恶劣的条件下，刚进藏的我们常常嘴唇干裂，鼻咽炎频发。这些困难进藏前大家也都想到了，只是没想到困难会有这么大。但是援藏的初心促使我在夜深人静时控制住对父母妻女的思念，一遍又一遍地提醒自己来进藏为什么，在藏干什么，离藏留什么。我在心里暗暗发誓，一定要尽己所能，不辱使命，珍惜一次援藏行，留得一生藏汉情。

我们住的地方（万人小区）距离学校 4 公里—5 公里，每天早晚自习课骑电动车上下班雪风刺骨，有时路面冻土很不安全，好几位援藏老师都摔伤过……

曾记得援藏第一年的一个早上，天刚刚亮，路上见不着人，气温特别低，我裹着很厚的羽绒服还冻得瑟瑟发抖。我因急着赶去学校上早自习，电动车骑得有些快，在“湖北大道”的一个十字路口前，从我右边岔道突然“杀出”一辆货车来，我慌忙捏闸，急刹车，但车好像不听使唤似的，在地面“吱”地一下，人车分离，我当场从电动车上飞起来了，摔出去一米多远，手和屁股着地。右边的货车司机也急刹车，在我身边急停下来，好险呀，车轮离我的手很近很近。我只是手蹭破了皮，屁股有些疼，万幸身体没严重受伤……

更为惊险的是援藏第二年，有一天晚上 10 点多我值班巡查完宿舍后，沿着“湖北大道”人行道，骑电动车回小区，在一个花坛旁边，一辆小货车突然从机动车道越过花坛“杀”到我这边来，因花坛灌木丛遮挡视线，我躲避不及，电动车直接撞向小货车，幸好我紧握方向盘，上身倒向安全气囊，只是胸部因反弹隐着疼。小货车停住了，从车上跳下来三四个藏族群众。我也下车观察情况，我的电动车前轮挡板被撞瘪，车轮轴已经严重脱位了。我按着胸口，报了警。警察来了，了解完情况后，问我身体要不要紧。我说：“胸部有点疼痛，问题不太大。”之后我要求对方司机把我的电动车推去修理厂修理。对方司机答应了。路上我看着被撞瘪的车前轮，想起当时瞬间发生的事，心里后怕极了……

三年援藏我们都遇到过意外，都遇到过困难，但我们都想尽一切办法克服，因为我们始终坚信：人改变不了环境，但可以改变心态；改变不了身体的痛苦，但可以增强自身的精神意志。精神的力量是无穷的，只要精神不滑坡，自己平时多注意安全，内心一定能经受住这种考验！

2019 年 10 月 05 日

给民族班家长的一封信

各位家长：

大家好！我是教七（6）班（民族班）数学课的杨老师。开学快两个月了，今天与家长算是第一次在群里见面。首先，感谢各位家长对学校工作和我教学工作的大力支持和配合。其次，我要夸一夸这些孩子们，这一个多月对孩子们来说也是蛮辛苦的：他们顺利完成了一周艰苦的军训，接着完成了一个多月的满负荷学习任务，既要适应学校和老师，又要实现从小学到初中的心理蜕变。他们每天早出晚归，上课，听讲，活动，测试，完成作业，似乎都来不及喘一口气，就一天天过去了。孩子们没有逃学的，更没有一个逃兵。所以在这里，我们应该为孩子们一个多月的表现点赞！

初中学习就是这样的：紧张有序，充满竞争和挑战。在一个多月的学习中，我们观察到每个孩子的学习基础参差不齐，情况各异。我们这个班是“民族班”，是一个多民族融合的班集体，大多数学生来自不同地方，不同小学。如何提高这个班孩子们的数学成绩？如何让孩子们课堂有所获？如何把孩子以前的基础知识补起来并衔接好初中知识，我一直在反思怎么做！但是有一点希望家长一定要积极配合老师，督促跟进孩子的学习情况，针对孩子目前的学习现状，及时辅导数学，认真检查孩子的数学作业情况。教育从来都不是一个人的事，家校合作十分重要，只要我们和孩子共同努力，我相信孩子一定会进步很大的！

另外，数学第一章有理数四则运算已经学完了，希望家长这几天辅导一下。

孩子是你们的，学生是我们的，我们的愿望是一致的，都是希望孩子早一点成人成才！大家以后多沟通，多交流！

2019 年 10 月 12 日

教育援藏与家国情怀

——观《我的喜马拉雅》有感

昨晚 10 点多，我含泪看完了电影频道播放的电影《我的喜马拉雅》，剧情真实感人，令人同情。影片所反映的是现在喜马拉雅山边境地区藏族同胞的真实生活和恶劣的生活情景，使我深切地感受到生活在祖国边境的藏族同胞的不容易。如果说我这次没有来西藏支教，也许我这一辈子也不会接触藏族同胞，也不会理解藏族文化，也不会知道教育与爱国、家国情怀、边境、坚守等字眼的意义。但是自从我进藏两个月来，所见所闻的藏族同胞和藏族文化，再结合我看了《我的喜马拉雅》这部影片后，我才理解了我们国家的民族政策和治藏大政方针是完全正确的。特别是习近平总书记提出的“治国先治边，治边先稳藏”的思想是远见卓识，高瞻远瞩！

影片《我的喜马拉雅》以妹妹卓玛的回忆旁白引入故事，以一封表彰信开头，交代出在中国西藏东南边境高海拔地区（西藏自治区山南市玉堆乡），环境恶劣，由于历史原因，常有外国武装人员非法入境，盗猎野生动物，威胁我国边民生命财产安全，致使该地区近乎成为无人区。只有桑杰曲巴一户人家。他们克服住环境恶劣、外敌骚扰、亲人病逝等艰难困境放牧戍边 34 年，如同格桑花一般扎根祖国雪域边陲，为祖国守住数千平方公里的土地。

爸爸桑杰曲巴是一个为守护国家边疆奉献自己毕生的高原铁汉子。他在影片开头对妻子说，“这是中国的地方，我是中国的人，那些家伙不是”，让我深受感动。但不幸的是，妻子拉珍在送往县城的路上，没能挺过重病，倒在了苍茫风雪之中，留下两个女儿独自在家，家里有用的东西都被外敌洗劫一空。最让我感动的是当外敌要将毛主席的画像从墙上撕下来时，小女儿卓玛挺身而出，制止这一切，这是怎样坚强的信仰和无畏的勇气。

影片中间刘叔叔的一句话让桑杰曲巴重新有了新的想法，那就是“立着国旗的地方就是政府”，有政府外敌就不敢侵入。随后桑杰曲巴自己做了一面国旗，在玉堆乡的石头和树上画上了国旗，成立了“玉堆乡政府”，父亲桑杰曲巴是“乡长”，姐姐格桑是“妇女主任”，妹妹卓玛是唯一的群众，整个玉堆乡里只有三个人。

刘叔叔从县城带来的记载着玉堆三人乡的报纸和外面各界人士带来的信都被爸爸锁在了盒子里，他想做的仅仅只是将祖国的每一寸土地都守护好。巡山途中，又遇外敌，父亲桑杰曲巴只身一人引开了敌人，为姐妹二人赢取了生还的机会，但与此同时自己却不幸中枪，所幸姐妹二人及时返回，合力将父亲桑杰曲巴从死神的手中救回。

影片中桑杰曲巴怀着一颗感恩的心为祖国守住这片土地。最终玉堆也告别了三人乡的历史，桑杰曲巴父女三人搬到了离边境最近的地方。乡里居民也多起来，乡里也成立了边境派出所。影片结尾回到现实，姐妹二人带着父亲的遗物去拉萨，全乡人送行，玉堆的明天变得越来越美好。

作为一名中国人，守护祖国的每一寸土地是我们每一个中国人的神圣使命。许多革命先烈用自己鲜红的鲜血才换回如今的太平盛世，因此我们应该怀揣着一颗感恩的心，去过好每一天，同时用自己的力量为祖国的美好明天添砖加瓦。我想到我们的教育援藏意义非凡，我们援藏的中学虽然是山南市有名的初中——山南市东辉中学，是一所市直学校，但我们学校有一半的学生是住校生，他们的家乡也有在边境线上的，生活条件很艰苦，他们的父母（包括他们的祖祖辈辈）一生都生活在那里，守护着祖国的边疆，这就是无声的奉献。因为有他们祖辈的守护和坚守，才有我们内地人们的幸福生活，才有祖国的安定团结和强大。所以我们教育援藏——来当老师一定要承担责任和履行义务，把他们的孩子教育好，培育好，让他们成为西藏的人才，成为国家的栋梁。不仅如此，我们还要搞好东辉中学的各项建设，推动学校发展，进而引领山南市教育发展，使之缩小与内地教育的差异。

2020 年 5 月 15 日

想象与现实

来山南前，我对西藏生活的想象：夕阳西下，牵马归家，掀起牛皮帐篷，打一碗酥油茶，点起漫漫长夜中唯一一盏荧荧灯火，在这小小的灯火下记录一天跋山涉水的艰辛工作。来到山南后，我身处的现实却是车流喧嚣、高楼大厦，是团结广场的锅庄舞、彻夜不息的彩色夜灯。这已经是一个基本现代化城市了，仿佛已经不再需要微不足道的我们来建设它了。但是随着对这片土地的了解逐渐加深，随着学校活动和各项工作的开展，我意识到这种想法的狭隘与浅薄。

西藏山南市城区鸟瞰图（李亚提供）

参观山南市博物馆和东辉中学校史馆，学习百万农奴大解放历史，学习老西藏精神，跟随在藏老师了解过去生活工作时的情景。我仿佛回到了过去，跟着十八军战士的脚步开山修路，翻过一座座巍峨的雪山将第一面五星红旗插在青藏高原。我仿佛看到一代代援藏工作者从祖国各地汇聚于此，开荒生存，修桥铺路，让广阔的西藏连成一个整体。我仿佛看到夜晚中亮起了第一盏灯，然后第二盏，第三盏……千千万万的灯光像星星一样照亮了整片高原。固有印象与现实的巨大反差不是一夕之间产生的，而是一代代援藏建设者不怕吃苦，不怕牺牲，将青春和热血奉献在雪域高原，奋斗了整整七十年，这才有了我们今天所见到的美丽新西藏。援藏是一次历练，也是一份责任。每个人都有责任，在国家和社会需要你的时候，站出来，出一份力，接续奋斗，前仆后继。只有国家变得更好，我们的生活才会更加幸福。

第二章　交流交融，砥砺奋进前行

千百年来，雅砻河悠悠地穿过时空，沉淀下了藏族灿烂的文明史。斯河之畔，贡布山下，一所西藏名校——山南市东辉中学（其前身为“泽当小学”“长建小学”“山南一中”，1980 年才实得此名）就在此诞生、成长和壮大。

山南市东辉中学鸟瞰图（李亚提供）

学校创办于 1965 年，占地面积为 31286 平方米，建筑面积为 14344 平方米。国家及自治区领导阿沛·阿旺晋美、张国华、张学忠、旦增先后为学校题词。“东辉中学”校名由张国华书记题词，蕴含着“毛泽东思想的光辉永放光芒”之意。自 57 年以来，学校为社会培养了初、高中及其他人才 2 万多名，为西藏的建设和发展做出了巨大的贡献。风雨五十多载，一路沧桑；春秋五十多度，一路凯歌。

学校悠久的发展历史及过硬的教学质量，长期以来已经在山南市形成了良好的社会口碑，得到了山南市人民群众的认可，成为山南市基础教育的一张名片吸引着山南市优秀的小学毕业生来学校就读，目前学校的对口招生学校是山南市一小、山南市三小。虽然学校生源中藏族学生比例较大，但是学生汉语水平较高，理解和接受能力较强，为教学活动的有效开展提供了坚实的基础。学校还吸引了各县少量优秀学生来我校就读，这些孩子学习刻苦努力，潜力较大。

学校现有在校学生约 700 人，共 18 个教学班。在校教师有 119 人，汉族占 25%，藏族占 75%；本科学历人数达到 92%，教师学历合格率 100%。教师中有很多都是在山南市区各中学工作多年后，由于教学业绩突出，后调入东辉中学的。这些老师具有丰富的教学及管理经验。2019 年学校就有三位老师（达曲、嘎玛拉珍、次仁美多）荣获自治区模范教师称号。学校教师年龄结构偏大，但是老师们在教育岗位辛勤付出多年，有很强的敬业精神，相信在学校合理的管理下，老师们也将释放出更多的能量，展现出更高的工作热情。

2019 年 8 月，湖北省从省 9 个地市及 4 所教育部在鄂直属高校附属学校中选派出 20 名优秀的教育管理干部和教师，对口支援东辉中学。援藏教师团队来自湖北省各地市优秀学校，工作经验丰富，教学和管理能力强，为学校的发展提供了有力的支持。在这批援藏团队里有四个管理干部，我担任的是东辉中学德育主任。要在边境地方学校从事思想政治管理工作，这对一直在教学（业务）岗位工作的我是一次巨大的考验，也是一次巨大的挑战。

山南市东辉中学原篮球场和校徽雕塑（李亚提供）

2019 年 8 月 24 日

我很忐忑

8 月 24 日学校中层以上的老师们提前报到了。在学校中层以上的会议上，宣布我担任东辉中学德团办主任（学校德教处与团委在一起）。在新的学校我第一次参加中层例会，心里诚惶诚恐。我认真地听着校长和书记的讲话，手里不停地记着笔记。校长对开学前的各项工作都进行了部署，给德团办布置的工作最多，有新生报到、新生入学教育、住校生住宿安排、开学典礼、开学第一课等等。我听完瞬间感觉“亚历山大”，要知道这些工作我以前都没做过，心里非常忐忑。

开学第一次中层以上会议（潘泽倩提供）

快中午 12 点时，会议结束。我们回到办公室，坐在我对面的校团委书记小潘老师对我说：“东辉中学学生打架多，要镇住他们，藏族老师优势更大……”小潘老师话里有话，可能对我担任德团主任信心不足，只是没有明说。

课间操时间，我在校门口遇到了援藏副校长周桓，由于都是援藏的，显得更亲切一些。我犹豫了一下后，对他说：“周校，能不能向校级领导反映一下，德团办主任让扎旺担任，我担任副主任，毕竟他是藏族老师，后期处理学生矛盾的时候，他能听懂藏语与学生沟通方便一些。”

周校看看我，怔了一下说：“扎旺担任的是副主任，协助你工作，他在乎你这个正主任职位吗？工作是一起干的，真正干起来还分正副职位吗？”

是呀，在学校工作，大家目标是一样的，都是为了学校更好地发展，只是分工略有不同，分工不分家，任何一项工作真正干起来，大家（包括校长书记）都要精诚团结，相互协调，相互支援，还分正副彼此吗?!

周校的话给了我信心。我不能犹豫了，只要用心尽责，没有干不好的工作，德育工作我要担当起来，不负众望，撑起东辉中学德育这片天。我一定行的！加油！

2019 年 8 月 28 日

学“贺信精神”

夜幕快要降临了，学校阶梯教室里灯火通明。这里正在举行七年级新生“开学第一课”讲座，讲座由我主持。

“开学第一课”讲座现场（潘泽倩提供）

先是东辉中学校长王与雄讲话，他先和同学们一起回顾了东辉中学的发展历程。然后他结合习近平总书记的贺信，谈到学校的办学思想——立德树人。他要求同学们要始终保持爱国之心，感恩党，刻苦学习，有一颗向上的心，做中华民族未来的建设者和接班人。

接着是道法汪洪珍老师给同学们上了一节“感念党恩，立志报国”的政治课。汪老师结合贺信内容，先让学生了解了西藏民族大学在中国共产党的领导下走过的60年历程，接着通过图片对比看到了西藏人民生活水平的日益变化，看到了西藏人民在党的领导和全国人民的各方面的援助下一步一步脱贫的场景。整堂课讲得生动具体，教育意义很强。

最后是副校长吴勇讲，他也是以习近平总书记贺信精神为切入点，勉励同学们要感恩党，听党话，跟党走，积极向上，做一个德智体美劳全面发展的社会主义接班人！本次活动历时一个半小时，加深了大家对贺信精神的理解和认识，同学们很有收获。

2019年8月30日

新生军训总结表彰大会

军训汇报现场（潘泽倩提供）

英姿飒爽展青春风采，口号嘹亮抒报国情怀。

8 月 30 日下午，初一新生军训总结表彰大会在校足球场隆重举行。经过刻苦训练，七年级新生圆满完成为期一周的军训任务，以优异的成绩向军训团领导汇报。王与雄校长、吴勇副校长参加了此次表彰大会。此次大会由团委书记潘泽倩老师主持。

操场上国旗迎风招展，在汇报表演上，由初一新生组成的 6 个班排着整齐的队列，迈着坚定的步伐，依次走过主席台。学生们个个精神抖擞，以饱满的热情、严肃的军容接受了军训团领导及学校领导的检阅。来自山南市边境管理支队的教官们进行了擒敌拳表演，他们刚猛矫健，集中展示了教官们良好的精神风貌，并赢得全校师生的掌声。

会操结束后，王校长做了军训总结讲话。他说："同学们，我首先代表学校向此次训练教官表示最衷心的感谢，向刻苦参训的全体同学表示亲切的慰问，向在军训中受表彰的先进集体和先进个人表示热烈的祝贺！"接着他说道，"在此次军训中，同学们以顽强的毅力和必胜的信念接受了一次又一次的考验，不仅学到了丰富的军事知识和技能，增强了国防意识，更重要的是在军训中锤炼了吃苦耐劳、持之以恒的品质，加深了热爱祖国、忠于祖国的情感。希望同学们把在军训中学到的好思想、好作风、好纪律、好精神保持下去，发扬光大，积极投身新的学习生活，克服娇气和傲气，树立正气和勇气，把爱国之情转化为学习动力，志存高远，勤学苦练，开启更加绚丽的初中生活，争取获得更大的荣誉和成绩。"在欢快的乐曲声中，与会领导对在本次军训期间涌现出来的先进班级和个人颁发了荣誉证书。王校长向承训单位领导赠送了锦旗。

王与雄校长向承训单位领导赠送锦旗（潘泽倩提供）

2019 年 9 月 8 日

善待

幼儿家庭教育专家王建平博士来东辉中学巡讲（作者本人提供）

9 月 8 日上午 10 点，东辉中学阶梯教室高朋满座。我校特邀中国妇女第十二次全国代表大会代表、全国巾帼建功标兵、湖南省五四青年奖章获得者、幼儿家庭教育专家王建平博士来学校给七年级学生家长授课。我负责会场纪律。王建平博士端庄优雅，落落大方，语言生动幽默。在讲座中她结合自己多年的家庭教育研究，提出了自己的一些理念：一、在教育中，家庭是成长之源，是人生的第一所学校；二、处理好家庭关系的方法——善待家人，包括善待自己，善待伴侣，善待老人，善待孩子；三、重点谈到善待孩子，要与孩子成为好朋友，要能体谅孩子，尊重孩子，锻炼孩子。孩子在 12 岁到 18 岁是叛逆期，要会信任，会赏识，会发现，会评价，做到智慧地爱孩子，等等。为活跃课堂气氛，她与家长进行互动，让家长一起参与探讨问题。她说："快乐家庭呼唤'善待'，善待自己，保持好心态；善待孩子，成为好朋友；善待家人，扮演好角色。"她还告诉家长开启孩子自信大门的四把金钥匙（即四种力量）：赏识的力量、信任的力量、发现的力量、评价的力量。

整场讲座轻松活跃，透过家长的表情我们可以看到家长高兴的心情。相信家长们会把所学的理念和方法运用到今后的生活中，努力提升自己的素质，教育好自己的孩子。讲座最后，部分家长和老师主动与王博士合影留念，并向她请教家庭教育方面的问题。

2019 年 9 月 7 日

过第一个教师节

第 35 个教师节数理化生组教师合唱表演（李亚提供）

9 月 7 日是我们来西藏过的第一个教师节。上午东辉中学食堂里热闹非凡。在藏教师像过藏历新年一样身着漂亮的藏族服装，一个个喜气洋洋，喜形于色，一改平时严肃认真的模样。我们援藏老师也穿着得体的服装分别在每个组参加组内集体活动。

我在数理化组，我们的节目是一个诗朗诵和一个合唱节目。第一次参加这样的活动，许多老师都不熟悉，所以有些放不开，表演节目时只能跟在队伍后面了。

在会场上，看着在藏老师们个个都能唱能跳，载歌载舞，我很羡慕，也很受感染。来之前就听人说过：藏族、苗族等少数民族都是能歌善舞的民族。他们大多会走路就会跳舞，会说话就会唱歌，真是这样啊！佩服，天赋呀！

看，在歌的世界，舞的海洋，帅哥美女无不欢乐！

2019 年 9 月 14 日

别样的中秋节

中秋节吃藏餐（作者本人提供）

“明月未出群山高，瑞光千丈生白毫。”

——苏轼

9 月 14 日是中秋节，学校领导很热心，也很周到，在中秋月夜特意安排援藏老师与部分藏族老师在一起过一个中秋节。我们也提前借好了藏装，穿在身上，学校工会后勤工作人员提前准备好了藏餐。我们穿着藏装，吃着藏餐和月饼共度良宵。

校领导巴桑书记亲切地慰问我们，为我们每人献上一条哈达。藏族“才子”教师达旺占堆老师和嘎珠老师现场为我们作诗作画，并送给我们，然后大家一起唱歌。伟色错吉、强久卓玛、达瓦卓嘎、嘎玛拉珍等老师围着会场跳起了欢快的藏族舞蹈，舞姿优美，很是热闹。

此情此景终难忘，且认他乡作故乡！

2019 年 9 月 26 日

听讲座

援藏教师汪洪珍做师德师风讲座（作者本人提供）

学校每周一下午第四节课是教工例会。今天教工例会是思政组汪洪珍老师给全体教师开师德师风方面的讲座。汪老师提前准备了内容。课堂上汪老师主要讲了四方面：一、解读了何为师德师风；二、剖析了违反师德师风的现象及其根源；三、解读相关法律法规；四、提出了“学高为师，德高为范”的要求。汪老师讲课言简意赅，内容翔实，既有理论，又有实例；既有图片，又有视频。整个讲座引人入胜，效果很好！

讲座中老师们屏息凝神，认真地做着笔记，或思索，或看视频。特别是汪老师讲到“范跑跑”“杨不管”事件时，老师们都陷入深思，每位老师的心灵都受到洗礼，思想都受到撞击。从老师们的表情中可以看出，老师们在反思如何做一名合格的教师。讲座最后吴勇副校长讲话，他说：“感谢汪老师的精彩讲解，我想大家肯定深受教育！”然后他结合目前学校老师的思想状态，对老师们提出要求，要求老师们不忘教师初心，牢记教师使命，为东辉的明天无私奉献自己的力量！

2019 年 10 月 31 日

情暖敬老院

去敬老院慰问活动（马丹提供）

10 月 28 日下午，平日清静的乃东区特困集中供养中心（敬老院）热闹非凡，因为东辉中学第一、二党支部组织全体党员教师过来看望、慰问这里的孤寡老人。党员教师购置了一些护理用品，逐一送到每位老人手中，并向敬老院的护理工作人员了解每一位老人的健康状况和日常生活。援藏马丹老师围坐在老人们周围，陪一位身体虚弱的老人晒太阳。达瓦卓嘎老师与老人促膝交谈、嘘寒问暖，详细了解老人们的身体和生活状况。洛追老师搀扶一位老人从楼道走出来。还有一些党员教师帮忙打扫房间，清理老人床铺。大家都在做一些力所能及的事……一幅和谐安详、敬老爱老、人间真情的画面展现在眼前！

尊敬老人是中华民族的传统美德。现在随着社会的快速发展，人口老龄化趋势越来越严重，老年人会越来越多。我们作为党员更要践行社会主义核心价值观，有责任为社会出一份力，帮助老年人过好晚年生活，为社会营造一个尊老爱老的氛围。

快要离开敬老院时，党员教师们与老人们还在依依不舍地道别。大家纷纷表示，今后还会经常来看望老人们，为老人们奉献自己的爱心。

2019 年 11 月 5 日

“阳光”一小时

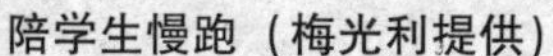
陪学生慢跑（梅光利提供）

援藏教师学跳藏舞（梅光利提供）

“每天阳光锻炼一小时，幸福生活一辈子。”这是国务院关于《健康中国行动（2019—2030）》对中小学身体健康提出的“阳光活动一小时”标准。东辉中学三操落实很到位。每天早读后，全体学生在操场跑步，一个班接一个班地围绕 300 米的操场跑起来。这样的场景是我 30 年前“十年寒窗”时的记忆了。如今我慢慢地适应了这里的气候和环境，也跟着学生跑起来了。

星期六援藏工作队邀请山南市民族歌舞团的老师教我们跳藏舞。课间操时，我们援藏老师跟着欢快的音乐，有模有样地跳起锅庄舞来。

山南市雅砻河夜景（作者本人提供）

2019 年 11 月 14 日

热血的碰撞，运动的火花

荣获 2019 年山南市青少年“U 系列”篮球赛冠军合影（李亚提供）

11 月 14 日是我校值得纪念的日子。山南市青少年“U 系列”篮球赛落下帷幕，我校篮球队以七战全胜的出色表现，勇夺冠军，创造了东辉学校建校以来的最好成绩。

本次篮球赛由山南市教体局主办，教体局体育组承办。比赛单位是山南市的 11 所中学，共 11 个精英球队参加，分 A，B 两个大组，历时 9 天进行角逐。东辉中学篮球健儿们在教练扎旺老师和湖北援藏教师杨乐的带领下，经过 7 轮的奋战拼搏一举夺得冠军。山南市教体局领导张英明、副局长潘理东亲自为运动健儿们颁奖。

“宝剑锋从磨砺出，梅花香自苦寒来”，此次冠军来之不易。东辉中学在接到比赛通知以来，学校领导和政教处体育组高度重视，德教处扎旺副主任亲自挂帅当教练，精挑细选篮球队队员，每天早晚带领队员进行强化集训：跑、跳、投；练体能、练技术、练战术。

14 日下午 6 点，是激动人心的时刻。10 名运动员和他们的教练员手捧冠军奖杯从球场归来，扎西旺堆老师荣获“最佳教练”称号，九（5）班的格桑多吉荣获“最佳球员”称号，学校领导和全校师生为他们举行了隆重的欢迎仪式，场面非常热烈。每一个参赛选手都斗志昂扬，信心十足。学校王与雄校长和巴桑书记亲自给教练和运动健儿们敬献哈达并合影留念。

取得如此辉煌的成绩，与学校长期坚持开展篮球特色运动和进行科学的训练是分不开的。东辉中学以阳光体育为载体，不断增强篮球师资配备和专项经费保障，打造校园篮球文化，着力抓好学校篮球特色建设，将篮球打造成学校的特色品牌，从而走上了优质、特色的发展道路。

2019 年 11 月 16 日

是谁偷走了孩子的幸福?!

九年级下晚自习后住校生一起做“老鹰捉小鸡”游戏（作者本人提供）

宿管员强巴多吉老师的父母在拉萨出事了，他需要回家处理后事，德团办便安排我管理宿舍。星期五晚上我在学生宿舍值班，七、八年级的住校学生都回家了，只有九年级的住校生因补课继续留下来。

九点二十分刚下晚自习，九年级几个女生想回家就过来找我请假，我不了解情况，又拗不过她们便让她们在值日本上写下姓名留底后再回家。正巧她们的班主任嘎珍老师来了，一看见班主任嘎珍老师，她们就害怕起来，支支吾吾地说不回家了。

夜黑漆漆的，两栋宿舍楼之间位置比较宽阔，虽有一排洗漱池，但地方也足够学生玩耍的。两排宿舍楼之间有比较亮的灯光，回宿舍的学生有的开始洗漱，有的开始洗衣服，有的学生奔跑着嬉戏打闹，还有几个学生聚在一起说着悄悄话。这边有一帮男生女生围成一圈玩丢手绢游戏，还有几个在玩老鹰捉小鸡游戏；那边一帮男生女生手拉手玩“左左右右，前前后后，不能动，谁动谁输……”的游戏。一派热闹快乐的场景呈现在眼前。

刚开始我担心他们的安全，怕有孩子调皮捣蛋闹恶作剧，存在安全隐患，便站在他们旁边看着。实际上，我的担心是多余的！他们男生女生在一起玩，很团结，很友好，没有任何顾虑，非常自然，也没有一丝不好意思。他们不时地发出欢笑声，那笑得开心的样子会感染你，你真看不出他们是九年级的学生，也看不出是毕业班的学生，反倒像是一帮幼儿园（或小学）的孩子。

我想到我们内地的初中学校，什么时候才能在校园里看到这种无拘无束、无忧无虑、开心快乐的场景呢？这些藏族聚居区的孩子小学刚毕业（不到 12 岁）就早早离开父母来到东辉中学（或外地学校）住校，一星期或两星期才能见自己的父母一面，他们还能这样开心快乐地学习和生活；而内地的孩子虽然天天在父母身边，但过早的智力开发，过多的学习，过早的“成人化”，让他们失去了部分同龄人该有的开心、快乐和童真。

2019 年 11 月 18 日

不要抱怨，反思成长

入藏后我担任学校德育主任。这所学校是老牌学校，三个月来我一直努力工作。目前，我已能理顺各种工作关系，尽心尽力地完成上级部门和学校领导交给德教处的各项任务，开展各种各样的活动，平均 2 天举办一个大型活动（100 人以上）。我颁布并大胆推行班级管理量化考核制度，指导班主任老师规范管理班级事务，抓习惯，抓养成，抓纪律，抓卫生，抓三操；督促班主任认真落实学校各项工作（如每星期国旗下讲话，每星期安排班会，一月出一次黑板报，等等）；积极开展“庆祝中华人民共和国成立 70 周年”教育活动（如组织学生听报告，听讲座，看话剧，搞比赛，看电影，举行书画展，等等）。为迎接山南市中小学德育目标检查，我每天加班准备各类资料，忙得不亦乐乎。

教育援藏团队政治业务学习（梅光利提供）

忙碌之余，总感觉自己在行政岗位上还需要学习。因为我在援藏前一直是搞业务（教学）的，虽说担任班主任 20 多年，但是搞德育管理还是新手，还是“小白”一个。孔子曰：“己欲立而立人，己欲达而达人。”在今天，将这句话赋予时代内涵，则是对教育管理者提出的一个基本要求：作为肩负“立人”使命的老师，首先要做到“立己”。

我在宿舍看到了一本书《忠告中层》——给学校中层管理者的 47 封信，爱不释手地读了起来，里面的一些内容很好，它谈到作为中层领导在看人、用人上要包容和大度，还讲到要悦纳别人就如同悦纳自己一样。

他说道：“当一个人很热情，就可能难以谨慎；当一个人善于独立思考，就可能不太善于交际；一个很能创新的人，可能务实的精神就差些。因此，当你喜欢对方的热情，就别太介意他的马虎；当你很欣赏对方善钻研，就不必再期待他的交往能力；当你赞叹他的创新，你就得容忍他不那么实在。那有没有各方面都非常出色、非常优秀的完人？我认为没有，在我们的生活里，太多是两面都不行的人，我们可以称之为庸人。”①

每个人都要悦纳自己，很多人活得很辛苦，就是因为完美主义在作祟，总要证明自己样样都行，却不愿接受自己在某些方面确实不如别人。其实，你特别不行的那一面的反面，恰恰是你优秀的一面，人只要去表现优秀的一面就行，

---

① 郑杰．忠告中层：给学校中层管理者的 47 封信［M］．上海：华东师范大学出版社，2013：16，135-140.

就是在实现自我了，就是活出个样子了。记住，要表现自己，而不是向别人证明自己。

2019 年 12 月 8 日

要善意待人

教育援藏团队组织民族团结理论知识学习（梅光利提供）

为什么要善意待人？这方面有现实和民族团结的考虑。在我国，实行了教师聘用合同制，可这只是理论上的，事实上教师的退出机制并未形成。加之对那些工作态度差和工作能力达不到标准的教师，缺乏有效的制约，即使是绩效工资制度也不能很好地调动他们的工作积极性。如果你不对教师好，他们凭什么努力工作？对部分教师来说，他们并不是为了崇高的教育事业而到学校工作的，部分人的价值观混乱和信仰缺失加剧了教师队伍的世俗化倾向。所以管理者对教师的管理不能不作出务实的反应。对教师好一些，这个现实的反应是建立在情感基础上的，人们并不那么看重志同道合，也不那么看重你手中的权力，那么就让大家看在你对他们好的份上。人心都是肉长的，以情感交换情感，将心比心，这在一些学校可能是靠得住的东西。

我们再从有利于中层工作的角度来看，也得善待教师，大部分的教师工作压力大，往往陷入了职业倦怠之中不能自拔。德教处、教科研部门与质量管理部门的最大不同在于权威性，质量部门手里握着标准，而且不断地在用标准来衡量教师的工作，评价的结果又与收入挂钩，这无论如何都是一种威慑的力量；而德教和教科研工作弹性较大，不易评估，在很多人看来教科研工作只是工作之余的额外负担，因此你的工作重要性增加了，而你的权威性却下降了。请记住，权力大小不在于你的行政级别，人们不关注你，你就无所谓有权。在这种情况下，就应该设法为大家创造一种温暖而美好的感觉，让人们不由自主地产生工作动机。

那如何表示你的善意呢？秘诀就是融入教师日常生活，尤其是教师在生活中遇到困难和不幸的时候，你就该出场了，你的出场会让他觉得很感动。（老者安之，朋友信之，少者怀之）。让人深切地感受到你对他的好，这才是有价值的好。有时候你对下属好，可他们不领情，错在谁？错的还是你。因为你在公众场合为公事而对某人好，对方的第一反应就是：你为什么对我这么好？对我这么好是不是有什么不良动机？或者你对某人公开示好，反而招来周围人对他的嫉妒，破坏了他赖以生存的环境，他反而还会恨你的好。所以，对人好就要从心出发，分清场合，不仅要锦上添花，更要雪中送炭。

当中层干部从事管理工作，最大的好处就是个人的成长，而试图转变自己，让自己心甘情愿对他们好，正是你成长的机会。

就我个人来说，最不能接受的是嫉妒心强的人。当年我担任中层干部的时候也很年轻，论资历和能力怎么也不应该由我担任，于是有些人心里就会酸酸的。嫉妒是一种很玄妙的心理，它像魔鬼，每个人都不曾真正摆脱掉它。我并不是说心里酸酸的是不正常的反应，如果没有嫉妒心，怎么才能进步？嫉妒心反映在好的方面就是要强和不服输，它像精灵，总在人们倦怠的时候予以刺激，使我们为之一振。我在这里说的嫉妒心强的人，是指那些自尊心、竞争意识以及想要压倒别人的欲望都特别强的人，若强过头了，嫉妒心的负面作用便显现出来，令人无法容忍。可是，即使是对这样的人，你也得对他好，你要从内心发出对他好的信号，不要装样子，而要真心实意。要一如既往，善意地对待他。

要对有个性的教师好。因为相当一部分有个性的人都很有才干，他们自视颇高，越是在怀才不遇的时候，个性化表现得越是鲜明。你欣赏他的才干吗？如果你接受这一点，那么也请你接受他由此带来的骄傲。从某种意义上来说，消磨了他的个性就是让他回到平庸。才华出众的人才是学校的福，要对他们好，要使科研部门成为有才干的人的俱乐部。

你不要认为青年教师很热情所以最好管，毕竟他们还面临着住房、婚恋等生活压力和问题，他们有时会消沉，精神萎靡，容易因失败而灰心丧气，所以职业稳定性未必很强。你得与他们交朋友，要是哪一天你能与他们无话不谈你就成功了！记住，今天他们是年轻人，将来就是这所学校的顶梁柱，今天你对他们的关注，从某种意义上说就是在为学校的未来储备人才。

老教师可能会被你认为是个问题，但千万不要小瞧他们，人生阅历决定了他们绝非等闲之辈，在学校最有责任感和教师风范的几乎都是老教师。善待老教师，就得如子女一般尊重和理解他们，你要时不时地与他们聊聊天，听他们讲述以前的时光。虽然有时候他们讲起话来可能会与你有代沟，但即使是这样，也千万不要流露出这种神色，因为这会令他们十分伤心。你要边听边鼓励，千万别折腾老教师，如让他们经常上公开课和写论文之类的，那会令他们身心疲惫。

还有“老领导”。你得理解这些人隐隐约约的失落感，善待他们。最佳表现就是多向他们请教工作，毕竟他们经验丰富。对于他们的意见，你一定要十分重视，千万要仔细斟酌。如果你不同意，也一定要拿出十分可信的理由来。生活中你可以放心地与他们保持密切的关系，让他们感觉到你仍是一如既往地尊敬他，这会让他感激欣慰，也会彰显你的美德。

总之，无论从现实考虑，还是从工作考虑，抑或是从自身成长考虑，请真诚地善待教师。

2019 年 12 月 19 日

学做道德伦理原则的“守护人”

人类一些共同的道德原则是需要我们信守的：

一、重视生命价值（生命教育）。简而言之，重视生命价值就是将人视为目的而不是手段，也就是说班主任不能把学生当作工具来使唤，哪怕你的目的再崇高，也不能牺牲学生的个人利益。那些强制学生违背个人意愿而维护学校、班级的所谓荣誉的做法是反人道的。重视学生生命价值还意味着学生的人格尊严应该受到维护。虽然他们年龄尚小，虽然他们可能犯错误，但是学生有与我们成年人一样的人权，人权是与生俱来的，不是班主任赋予的，因此更无权剥夺。在学生的人权中，人格尊严权无疑是一项核心的权益，因此尊重学生永远是德育的第一原则。

二、重视诚实和说真话。班主任为了使自己带的班更出色，在某种压力或者竞争面前，示范、纵容甚至亲自导演学生的造假行为，得到的报应就是学生对造假行为习以为常，最终班主任在班级里得不到真实的信息。

三、重视善心善行。善心是恻隐之心，善行是帮助弱者的行为，应使两者保持一致。每个班级都有困难学生和问题学生，这些学生是班主任道德素养的试金石，若想要衡量教师是否信守道德原则，看看班主任如何对待学生就可以了。当你嫌弃他们，恶待他们，你便是在向全体学生宣告：困难的人、存在问题的人，是不值得怜惜的，是可以被唾弃的。你一旦用行动向学生们作出了宣告，你还能期望他们真心实意地关怀和帮助他人吗？

四、重视公平公正。公平公正可以用来衡量班主任的奖励和惩罚是否合理，当班主任把某种奖励给予学生，或者把某种惩罚给予学生时，要格外慎重。因为凡是不公平的和不公正的处理方式，都会打击学生的心，并且诱发其产生不良行为和心理。当人身处在一个不公平不公正的环境中，人们可能会做出不道德的事情，也可能会选择用堕落来回应不公平和不公正。

五、重视自由和自主性。自由和自主性都强调选择性，即班主任要尊重人的自由和其自主性选择的权利。道德从来属于“自由民”，因为他们的权利得到尊重，所以他们才自愿承担道德责任。用不容置疑的口气教育学生，其实就是对学生的智力和品德的奴役，“学奴”是没有道德成长的。道德从来都是人的一种自觉，而不是一种强制。

2019 年 12 月 24 日

打油诗一首

冬至前一天，下午四点半，晚会贺新年，宾馆把言欢。修武书记到，节目水平高，艺术形式多，主旨是汇报。老师诗朗诵，内容“读中国”，彩排两三回，最终好效果。时光真荏苒，马上到元旦，回想一九年，喜忧各参半。半年在内地，工作很努力，师生很默契，家长也满意！后期来援藏，一切还顺利，工作是德育，融合是第一。新年新目标，压力可不小，精品学校造，西藏一流要。全体东辉人，拧成一股绳，实干才兴邦，共创新辉煌！

2020 年元旦山南市市委领导、湖北援藏工作队领导与三支部全体老师合影

（梅光利提供）

2020 年 4 月 15 日

学习民族政策

在其位，谋其政。援藏工作中一个很重要的工作就是民族融合工作。我国是一个由 56 个民族组成的统一的多民族国家，那么我国的民族政策是怎样的呢？这便要组织学生进行学习，通过了解党和国家的民族政策，从而知道党和国家制定民族政策的历史背景和取得的巨大成就。在日常生活中，能遵循并运用民族政策分析和解决实际问题，进一步树立和巩固促进民族团结、维护国家统一、反对民族分裂的意识。我国民族政策有如下主要内容：

第一，民族平等政策。民族没有大小之分，一律平等。各民族在一切权利上完全平等。

第二，民族团结政策。反对民族压迫和民族歧视。维护、促进各民族之间内部的团结。各族人民齐心协力，共同促进祖国的繁荣发展。反对民族分裂，维护祖国统一。实现共同繁荣，共同富裕。团结就是力量。

第三，民族区域自治政策。建立民族自治地方，设立自治机关，行使自治权。

第四，少数民族干部政策。自治机关的主要领导人主要由实行区域自治的民族的人担任，并大量地培养少数民族干部。

第五，少数民族和民族地区经济社会发展政策。坚持自力更生与国家帮助相结合的原则。组织发达地区对少数民族地区的对口支援，加强横向经济联系的方针。（发展少数民族和民族地区教育事业的政策和措施：深化教育改革，增强办学活力；加快“双基”步伐，促进各级各类教育的协调发展；进一步加强对民族教育的支援工作和教师队伍建设；大力加强民族团结教育和德育工作）

第六，民族语言文字政策。

第七，民族风俗习惯政策。

第八，宗教信仰自由政策。

民族政策的本质：中国的民族政策，实际上是有关少数民族的政策。它是中国政府根据马克思主义民族理论，结合中国的多民族的基本国情和民族问题长期存在的客观实际制定的，其本质是促进各民族平等团结、发展进步和共同繁荣，是正确认识和处理民族问题的重要行为准则，是中国政策体系的重要组成部分。

湖北省援藏工作队三支部业务骨干培训学习（梅光利提供）

2020 年 5 月 18 日

升旗·表彰大会

升旗仪式

表彰优秀班主任（潘泽倩提供）

5 月 18 日上午，东辉中学操场上全体师生个个精神抖擞，严阵以待。学校全体师生在操场举行了以“民族团结”为主题的升旗仪式暨优秀班主任表彰大会。会议由我主持，校领导班子和七、八、九三个年级的全部师生均参加此次活动。

东辉中学是一所藏、汉、回等多民族学校，学校一直很重视民族团结工作。学校德团办结合学校实际，多次向全校师生发出倡议，希望每一个人都能认识到民族团结的重要性，真正把民族团结做到入心、入言语、入行动，共同为东辉中学的美好明天做出新贡献。在这次升旗仪式上，九年级六班学生代表旦增朗珍同学，以“维护民族团结”为主题作国旗下讲话。她说：“在中华民族的大家庭中，汉族离不开少数民族，少数民族离不开汉族，各少数民族之间也相互离不开，事实证明，只有民族团结才能维护社会和谐稳定。团结是福，分裂是祸。维护校园和谐稳定，要从我做起，从身边做起，从现在做起！”

升旗仪式结束后，我宣读了上学期优秀班主任的表彰人员名单，并热情洋溢地进行讲话。我说：“一学期里各位班主任任劳任怨，教书育人，为东辉中学做出了贡献。这一学期里涌现出一批优秀教师和教师楷模，为了表扬先进，激励后进，特表彰一批优秀班主任。首先我代表学校向荣获‘优秀班主任’称号的教师们表示热烈的祝贺！向一学期以来一直默默付出的老师们致敬！同时希望大家在各自的教育教学岗位上继续发扬吃苦耐劳、开拓创新的精神，用汗水和智慧赢得学校的信任、学生的尊重、家长的支持……”

此次活动会增强我校教师团队的凝聚力和向心力，相信全校教师会以更加饱满的热情投入新学期的工作中去。

2020 年 5 月 24 日

选拔播音员

5 月 24 日（星期日）下午 4 点，东辉中学阶梯教室正进行着一场“没有硝烟的战斗”，而且“战斗”很紧张很激烈。这是学校为了提高学生的汉语、藏语学习水平，同时也为了提高英语学习水平，增强学生的语言表达能力和交际能力，提高学生学习语言的积极性，为我校广播室引进各民族优秀语言人才而举办的一次播音员选拔大赛。学校德团办老师放弃了下午休息的时间，特邀请藏语组次仁扎西老师、汉语组刘晓群老师、英语组梅光利老师担任此次选拔赛评委，德团办全体成员负责组织学生。

本次比赛汉语组共有 37 位选手参加，藏语组共有 23 位选手参加，英语组共有 6 位选手参加。比赛分为自我介绍和短文朗读两个环节。经过前期的细心准备和勤奋练习，参赛选手们普通话标准、言辞准确、饱含情感，充分展示了自身在朗读、播音方面的扎实功底。选手通过激烈角逐，经评委老师的综合评定，杨志昂等 11 名同学分别入选汉语组，曾雅琪等 8 名同学入选英语组，达娃卓玛等 8 名同学入选藏语组。

学校选拔“三语”播音员活动（作者本人提供）

有比赛才有竞争，有竞争才有进步。此次比赛以选拔播音人才为契机，为爱好播音及有才艺的学生搭建了一个展现自我的舞台，让学生在比赛中挑战自我、锻炼自我。这次活动对我校语言教学水平的提高，增强学生学习语言的热情，以及各民族语言的发展都很有帮助！

2020 年 6 月 8 日

爱洒高原

2020 年 6 月 8 日东辉中学举行了一次隆重的升旗仪式，来自中国地质大学（武汉）附属学校的援藏教师陈红兰老师进行国旗下讲话。她讲话的题目是《手拉手，藏汉一家亲》，她代表中国地质大学（武汉）附属学校向东辉中学捐赠 3000 元。

说起这次捐赠，与 2019 年 12 月 31 日中国地质大学（武汉）附属学校小学部组织的一场“红领巾爱心跳蚤市场”活动有关，那次活动全校学生都奉献了爱心，自愿捐款，共筹集了 3000 元。2020 年 1 月 6 日陈红兰老师回武汉参加附属学校援藏教师慰问座谈会，代表东辉中学进行了爱心捐赠。

援藏教师陈红兰代表中国地质大学附属学校向东辉中学捐款现场（作者本人提供）

在本次升旗仪式上陈红兰老师说：“虽然捐赠的 3000 元微不足道，但是一分一毫都代表着中国地质大学附属学校孩子们的一片心意和最诚挚的问候……”陈老师还挑选了中国地质大学附属学校余家傲和暴欣瑶两位同学的慰问信进行选读。巴桑书记代表东辉中学接受了捐款并表示感谢，同时也希望陈老师进一步发挥好桥梁和纽带作用。后期两校会进一步沟通联系，中国地质大学附属学校也愿意为东辉中学办学出一份力，为西藏山南教育尽一份心。

2020 年 6 月 10 日

我学会了跳锅庄舞

2020 年教师节数学组老师一起表演——跳锅庄舞（梅光利提供）

“锅庄”——藏族的民间舞蹈。在节日或农闲时跳，男女围成圆圈，自右而左，边歌边舞。我来西藏后一直想学跳锅庄舞，一方面是为了锻炼身体，另一方面是想切身感受悠久的藏族文化，这样才能与藏族同胞（师生）很好地融合，以便给我援藏三年留下永恒的回忆。所以进藏后一有时间我就去山南市民族团结广场学跳锅庄舞。每天傍晚山南市民族团结广场的藏族同胞最为集中。山南市三小的格桑老师领舞，他是一个非常爱跳舞的藏族同胞，每天他都很积极地搬来音箱，播放锅庄舞曲和大家一起跳，每晚一般要跳两个小时左右。刚开始我不会跳，踩不准节奏，身体也不协调，转换重心、换脚都是乱的，怕出丑放不开，心里挺不好意思的；后来硬撑着每天晚上都去跳，渐渐地从简单舞曲到复杂舞曲我都能跟上，而且感觉越跳越有意思，越跳越快乐，越跳越好。我每天跳出一身汗还不过瘾，非要坚持跳到舞曲结束才捂着湿衣服（怕感冒不敢脱外套）骑着电动车回宿舍，这感觉特别爽！

每天晚上的舞曲大致一样，个别时候格桑老师带领大家跳他自编的舞蹈，这样每周都保证能有一曲新的舞蹈可以学习。《生日歌》《喜迎文成公主》《吉祥如意》等经典舞曲，我已跳得很好了。

跳锅庄舞时，男性动作幅度较大，伸展双臂有如雄鹰盘旋奋飞；女性动作幅度较小，点步转圈犹如凤凰挥翅飞舞，具有健美、明快、活泼等特点。

锅庄舞形式多样，舞姿矫健，动作挺拔，既展舞姿又重情绪表现，舞姿顺达自然，优美飘逸，不但体现了藏族人民淳朴善良、勤劳勇敢、热情奔放的民族性格，而且舞蹈有一定的力度和奔跑跳跃的变化动作，动作幅度大，具有明显的体育舞蹈训练价值和锻炼价值。不论从表演者的装饰上、动作节奏上，还是从表演时的舞姿变化上，都能体现出藏族民间体育的风格，锅庄舞的健身作用是显而易见的。

2020 年 6 月 20 日

感悟德育

感悟之一：德育是为智育的发展提供思想保证和智力支持（保驾护航）的。

德育其实就是我们平常说的“育”，智育就是平常说的“教”。德育好了，学生都遵规守纪，认真学习，就有利于课堂教学，也有利于智育；课堂教学开展得好，反过来又促进了德育。学校为什么会有“品学兼优”的说法，原因就在于德育与智育的相辅相成。

正如著名学者高震东先生说：“德育是一切教育的根本，智育没有德育做基础，智育就是犯罪的帮凶；体育没有德育做基础，体育就是暴力的前卫；群育没有德育做基础，群育就是社会动乱的根源；美育没有德育做基础，美育就是腐化的催化剂！德育是一切工作的前提和关键。”

感悟之二：要用有益的活动占据学生违规的课余时间。

要让地里不长杂草，唯一的办法就是在地里种上庄稼。同理，要想学生少犯错误或不犯错误的最好方法就是用正确的思想占领学生的思想空间，用有益的活动占据学生违规违纪的课余时间。对于教育而言，难教的不是知识，而是思想。有人说：思想不是教的，是自己感悟的，知识才需要认真教；而我要说，思想是靠老师引导和影响的，知识却是可以自学的，古往今来自学成才者比比皆是。

“不活动不德育!”开展校园活动有利于学生身心健康发展。2019 年是建国 70 周年，学校开展大型校园文化活动，包含“师德师风”专题讲座，法治教育，迎国庆“70 周年”书画展，迎国庆“70 周年”校园篮球赛，心理健康知识讲座，中华传统文化教育知识讲座，“牢记使命，畅想青春旋律”红歌赛，中华经典诵读赛，“手足相亲　同心筑梦”征文比赛，“我为祖国点赞”读书活动，检查思政课老师教案共 11 项活动，历时一个月，人人参与，各显所长。2020 学年学校结合“四讲四爱”又安排了一系列活动：经典诵读选拔赛，广播站主持人选拔赛，主题教育，书记或校长“四讲四爱”宣讲，青春期心理健康知识讲座，“四讲四爱”演讲比赛，“四讲四爱”文艺会演，“四讲四爱”节点总结表彰大会，班主任论坛，等等。

感悟之三：见微知著，把学生的违纪行为扼杀于萌芽状态。做德育工作，向来是见微知著，要尽量看到潜在的危机，把不必要的祸患扼杀在萌芽状态。这一点是许多优秀班主任的高明之处，他们会防微杜渐，抓细节，抓机会，善于扭转不利风气和预防违规行为发生，做好学生德育工作!

2020 年 6 月 30 日

歌的世界，舞的海洋

6 月 30 日下午我校由学校党支部和团委牵头主办，德教处、党建、校办、总务处等其他部门通力配合，在琼嘎顶社区大礼堂举行了“四讲四爱”主题教育暨促进民族团结文艺宣传活动。活动邀请了山南市教育局党组书记董安学、市教育局副局长赵志诚、市教育局援藏副局长潘锃东、市教育局调研员仓决卓玛、中行山南分行行长旦增洛桑、琼嘎顶社区党总书记巴桑卓嘎等领导参加，市委宣传部、市电视台记者跟踪采访。许多学生家长也前来观看，全场座无虚席。

演出开始之前是东辉中学王与雄校长致开幕词，王校长激情地讲到东辉中学取得的可喜变化和未来的发展离不开社会各界的支持，学校工作要把“四讲四爱”这一主题教育思想注入学生心田，在新时代新思想下全身心地铸魂育人，东辉中学党政领导一直把学校思想政治工作作为学校的生命线，相信这次文艺会演，一定是一次团结的盛会，一次多民族交往交流交融的盛会！

2020 年东辉中学民族团结文艺汇演现场（李亚提供）

随后，主持人宣布演出开始，八（4）班的舞蹈《情满草原》拉开了会演的序幕，《黑氆氇》《唐古拉》《我在西藏，你在湖北》《bang bang bang》《唱支山歌给党听》等一个个精彩的节目纷纷登场。有声音洪亮的独唱，有动感十足的街舞表演，有节奏感十足的果谐（一种藏族歌舞），还有红歌串烧等节目，观众在一饱眼福的同时也发出阵阵的欢呼声。

2020 年东辉中学民族团结文艺汇演演职人员合影（李亚提供）

最后，在全校师生合唱《四讲四爱》的歌声中，在孩子们的笑声和欢呼声中，山南东辉中学“四讲四爱”文艺会演圆满落幕。

此次文艺会演，全方位地呈现出东辉中学德育的累累硕果和东辉学子快乐丰富的校园生活。学校给同学们提供了施展才华、张扬个性的广阔舞台，使校园到处洋溢着朝气和活力。这次会演既提高了学生的创新意识和实践能力，又培养了学生的审美情趣和艺术素养。站在新的起点上，东辉中学一定不辜负山南市委、市政府等各级领导的期望和家长的厚爱，团结奋进，锐意进取，用我们不懈的努力和追求继续办让人民满意的教育，回报社会。我们坚信：东辉中学这艘承载着光荣与梦想的船一定会扬帆远航，驶向更加美好的明天！

2020 年 7 月 1 日

丹心一片献高原

我是“八转九”“组团式”教育援藏管理干部王与雄，由湖大附属中学选派，已经在藏工作三年。2017 年 5 月，我由湖北省教育厅选派，成为首批“组团式”教育援藏干部，担任山南一高校长。去年 8 月转入第二批“组团式”教育援藏，现任东辉中学校长。三年援藏，我第一次有幸作为援藏教师代表进行交流发言，真诚感谢临时党委对我的关心和关爱，感谢第三支部同志们的支持和认同！

王与雄校长发言（马丹提供）

倾心援藏，开创援藏工作新局面

“何时可见真本性，高原风雪弥漫处。”援藏需要一种义无反顾的精神，需要一种坚韧不拔的毅力，需要承受大自然对生命的考验，需要忍受漫漫长夜带来的孤寂和痛苦，更需要有终生抱病的思想准备。我在山南一高工作期间，带领 50 名援藏教师，把湖北省先进教育理念植入山南一高，创造了湖北“教育组团+精准援藏”的品牌，倾心谋划受援学校远景，绘制学校发展蓝图，学校生源质量持续向好，教育教学质量稳步提升，学校高考成绩首次超越山南市重点高中，居全市第一名，教育援藏团队也被评为山南市“民族团结先进集体”。

去年 8 月调到东辉中学后，我不忘进藏初心，牢记援藏使命，将自己的援藏工作经验和新受援单位特点结合起来开展工作。通过深入调研，全面掌握学校情况，制定三年援藏工作规划；充分利用援藏教师团队丰富的教育理念和资源，有效调动东辉中学自我发展的积极性，通过开展形式多样的校本教研讲座、课堂教学等活动，达成援藏、在藏教师深度融合的目标；探索学校管理有序、运转有效的管理机制，落实日常管理，强化文化建设，很快完成身份转换和切入工作。三年来，我始终以心怀大局、牢记使命的政治信念，凭着不怕吃苦、身体力行的工作作风，凭着工作讲方法、做事有成效的素养和能力，维护一名湖北援藏干部的形象，在山南市教育系统和受援单位赢得了良好口碑。

感恩组织，勇毅前行力争新作为

“艰苦不怕吃苦，缺氧不缺精神”，这是我们援藏干部人才常说的一句话。我深信它的力量源泉来自对党的忠诚，对事业、对责任、对人生的坚定信念。在上一批援藏期间，我的首要困难就是吃的问题。因多种原因，援藏教师需要自行解决吃饭问题。我每天下班，最苦恼的是到哪里去填饱肚子。是吃油腻的豌杂面还是将就一份炒饭？是来一个肉夹馍还是将就一碗方便面？每当我疲惫地骑着电动车，在寒风中艰难抉择时，总会有一种莫名的孤独、无尽的思念。而现在会馆就是我们援藏教师温暖的家，每次下班都有丰富的热饭热菜，这种幸福对援藏人员来讲，来得太快了！大家都知道，山南冬天的夜太长，缺氧、寒冷、干燥，每天晚上想早点睡就是睡不着，晚上三点半左右，像定了闹钟一样总会被憋醒，长期缺少睡眠，睡不好就吃不好，长期恶性循环，对身体健康有很大损害。在修武书记的关怀之下，新一批援藏教师率先安装了氧帐，现在可以一觉睡到自然醒，彻底解决了睡眠问题。西藏高原特殊的缺氧低气压环境，不同程度地影响着我们援藏干部人才的身体健康，组织上对援藏教师身体健康的关心是无微不至的。刘部长多次转达修武书记对援藏教师的关心和问候，临时党委关心、关注老师们的生活需求、心理状态，老师生病住院时还主动安排“病号饭”、做心理疏导、到万人小区慰问，组织上的关心、关爱一直伴随在我们援藏教师左右。

一年来，第三党支部把严管与厚爱相结合，严格落实请示报告制度、“十个严禁”等制度，对支部成员进行严格教育、严格管理的同时，也关心身体健康、关心成长成才、支持干事创业。学校将援藏党员教师纳入学校党总支统一管理，严格要求其发挥示范引领作用，注重加强汉藏融合，创新德育方式，规范教学常规，开展教研科研。教育援藏管理干部严格按照“紧盯目标、守住底线、争创一流”的要求，率先垂范，任劳任怨，不断探索教育援助力提升的方法。

按照我的援藏承诺以及上级文件，我本应于今年5月结束援藏工作。但是党组织对我们的关心、关爱，让我们充分感受到了家的温暖。正是由于领导为民，组织暖心，我选择了延期援藏。今年寒假期间向省教育厅汇报援藏工作时，我主动表达了继续援藏的意愿。

全体援藏教师坚守初心，忘我工作，为东辉中学的发展付出了辛勤的努力。没有对比，就不懂感恩！组织上对我们的关心和爱护，是教育援藏团队工作的无限动力。

初心永擎，方可照亮前路；使命在肩，更需勇毅前行。我们所能做的，唯有以“老西藏精神”为榜样，以对党忠诚、为党分忧、为党育人、为国育才的政治担当，不忘初心、牢记使命，满怀激情地投入山南市基础教育的工作中，为湖北援藏工作和山南教育创造新的辉煌，书写教育援藏人的无悔人生。

2020年9月26日

千里送温暖

9月23日湖北十堰市东风五中龚中华校长和我原学校（湖北十堰市东风七中）黄全龙校长等一行三人不远千里，亲临雪域高原，来看望、慰问我和杨乐老师。下午3点半，东辉中学王与雄校长、巴桑书记、周桓副校长、组援办马丹主任等在校门口亲切接待慰问人员，并献上了洁白的哈达。接着在东辉中学三楼会议室里举行了交流座谈会，会议由东辉中学副校长周桓主持，巴桑书记介绍山南市东辉中学的基本情况，王与雄校长介绍湖北“组团式”援藏的工作情况以及十堰市东风第五中学援藏教师杨乐和我在藏的工作情况。十堰市东风第五中学校长龚中华、十堰市东风第七中学校长黄全龙分别作了讲话。会议在隆重、热烈、亲切、友好的氛围中进行。

湖北省十堰市东风七中、五中慰问援藏教师座谈会（李亚提供）

接下来十堰市东风七中十堰市东风五中向东辉中学捐赠了50个足球，祝愿东辉中学在发展足球运动特色教育方面越办越好。十堰市东风七中向东辉中学捐赠了一台电脑和一台激光打印机，帮助东辉中学教师配备办公器材，解决燃眉之急。十堰市东风五中、七中两位校长还给我与杨乐各赠送了一件冲锋衣，表达学校的关怀和学校老师们的深情厚谊。两位校长还勉励我们要不忘初心、牢记嘱托，做让西藏人民满意的教师。

百年大计，教育为本。为了加快雪域高原西藏教育高质量发展的步伐，湖北省充分发挥科教大省优势，自觉扛起教育援藏的责任，汇聚优势资源，强化管理服务，推进改革创新。援藏教师牢记嘱托、怀着爱心、带着责任，对口援建山南市东辉中学，将爱我中华、民族团结的种子播撒在山南青少年的心灵深处，为加快推进西藏山南教育高质量发展贡献出湖北力量。

湖北十堰市历来高度重视教育援藏工作，在上一批援藏老师三年援藏期间，十堰市教育局和派出学校先后三次进藏慰问援藏教师。在今天，恰逢中央第七次西藏工作座谈会召开不到一月之际，十堰教育局又派出几位学校领导不辞辛劳地进藏慰问、交流、捐赠，这充分体现了湖北省教育厅、十堰市教育局和各派出学校基层领导高度的政治站位、自觉的责任担当，我们两位备受鼓舞。我们一定会化感动为行动，在接下来援藏不到两年的时间里加倍努力，为山南市教育事业的长足发展谱写新的篇章。

2020 年 10 月 22 日

高原见省长

金秋十月飘桂香，东辉校园喜气洋。迎接省长来看望，援藏教师精气爽。省长握手把颜欢，一一行礼把头点。校长引导看展板，看完展板观表演。

一年工作展板现，德育中考是重点。民族融合显亮点，学生社团不一般。省长看后点头赞，援友内心比蜜甜。备受鼓舞加油干，坚定信心谱新篇！

湖北省副省长赵海山进藏到东辉中学看望援藏教师（梅光利提供）

湖北省副省长赵海山进藏到东辉中学看望援藏教师（梅光利提供）

2020 年 10 月 25 日

感悟成长

追问一：我们拿什么来爱学生？

《班主任之友》曾刊发一篇文章《爱心、民主、专业化》。文中把近三十年的班主任分成三个时代：第一个十年“爱心与奉献”，第二个十年“民主与科学”，第三个十年“专业与特色”。文中提出师爱的三个层次：一是朴素之爱，如精心呵护学生的衣食住行，解决学生的生活困难之类的真爱；二是民主之爱，倡导给学生以民主、公正的班级生态环境，搭建民主大爱；三是专业之爱，用专业的方式给学生专业的爱（用自己对眼前利益的取舍，以及对学生未来负责的专业精神来成全学生的生命，他们的爱才是无边至爱）。

追问二：我们应该站在学生的哪边？

有时候，位置所表达的意义和传递的能量，远不是一个简单的观念所能囊括的。站在学生的前面呈现的是师者的权威和控制，站在学生身旁暗示的是一种对生命的理解和尊重，站在学生身后则是一种更深层意义上的生命关照和关怀。时代在进步，人的生命蜕变和完善越来越表现为人性的自我解放和被解放。一个出色的老师能根据教育的需要，调整并胜任不同的位置。

周桓副校长与华中理工大学附属中学进行线上培训互动现场（李亚提供）

追问三：我们应该让学生相信谁？

教育培养的应该是社会人，我们所能够给予学生的就是让他们尽快融入社会的能力。我们不是在培育粉丝，我们不是在强化某种崇拜，我们不可能让学生一辈子生活在教师的影子里。把学生培养成一个独立，自信，具有极强的社会适应性，时时都能够信任自己的人，这才是最大的教育成功，换言之，培养学生就是在放飞学生。无论我们怎样不舍，也得承认我们只是学生人生旅途中的一个过客。我们可以走进学生心中，但绝不能长久停留。一个离开了班主任就乱糟糟的班级，一颗没有班主任就空落落的心灵，绝对不是我们希望的，也不应该是我们追求的。

追问四：我们应该怎样表达自己？

教师的表达能力可以划分为三个层次：一是叙述，二是解读，三是提炼。叙述，讲一个故事，从中收获了什么，看到了什么，思考了什么。解读，理清怎么样，为什么，也就是说明白我是怎么做的，为什么要这样做。提炼，不仅仅是总结，还要从总结中寻找自己的特色、特长。

追问五：我们如何再往前一步？

在处理学生问题上，适合的方法，向前多走一步，教育将会有一个巨大的飞跃。

追问六：我们需要什么样的成长？

班级管理是一个极富弹性空间的成长领域，也是一种容易生长特色的教育实践。一个特色班主任的成长大概需要做到：通过一段时间的实践，成为一个合格的班主任，具有娴熟的、足够满足班级管理的能力和智慧；通过进行深刻的思考和反思，发现自己的特长和专长，做一个有特长的班主任；通过不断完善和张扬自己的特长，让特长成为特色；通过品牌的锻造和锤炼，让特色无限发展，做一个特色班主任。这需要一种意识，跟紧时代发展潮流的意识；也需要一种能力，把实践生成品牌（课程）的能力。

2020 年 10 月 29 日

拔河比赛

2020 年是抗美援朝 70 周年，为了不忘历史，致敬英雄，铭记伟大胜利，捍卫和平正义，校工会 10 月 29 日下午在校党总支书记巴桑的指导下，举办了工会会员拔河比赛。全体会员分为三个年级，分别由各组组长担任队长，使用循环赛制法。大家都积极投入比赛，参赛的老师都鼓足了劲儿，全力以赴地展开了一场力的较量，热情的啦啦队在场外高喊着“加油！加油！”震耳欲聋的声音此起彼伏，经过激烈角逐，拔河比赛终于在呐喊和加油声中决出了胜负，落下了帷幕。获得第一名的是九年级组，获得第二名的是八年级组，获得第三名的是七年级组。

2020 年东辉中学教师拔河比赛（李亚提供）

此次活动丰富了教职工的日常文化生活，体现了教工之间的交流与合作，增强了团队的凝聚力和向心力，也增强了中华民族的共同体意识。

2021 年 6 月 30 日

“乒”动我心

2021 年山南市第二届市直机关职工乒乓球、羽毛球比赛于 6 月 27 日上午 9 点拉开了帷幕，开幕式在庄重热烈的氛围中进行，山南市教体局领导出席了开幕式。本次比赛参加的对象主要是全市市直机关职工，共有 30 名选手报名参加，我也是其中之一。

乒乓球作为中国的国球，普及率极高，虽然大家平时没有经过专业训练，但是都能信手拈来，所以比赛也异常激烈。本次比赛分为：男子单打、女子单打、男子双打和女子双打四个部分，采用单淘汰制。各路强手在比赛开始时就不断地涌现出来。比赛在众多势均力敌的参赛运动员之间展开，这样也使比赛变得更加精彩：直拍、横拍、扣球、旋转球、弧线球等都一一展现，比赛中不时传出热烈的喝彩声，兴奋的“好球”声不断。历经 5 天的激战，我最终获得了男子单打亚军。

2021 年 6 月山南市第二届市直职工乒乓球比赛颁奖现场（梅光利提供）

在男子双打比赛中，我与次多老师配成一对，我们二人挥汗如雨，积极拼搏，配合默契，不到最后一刻决不放弃的精神深深地打动了在场的每一个人。最终经过拼搏，我们二人获得了男子双打第三名。

2021 年 6 月山南市第二届市直职工乒乓球比赛单打决赛现场（梅光利提供）

本次比赛在一片欢笑声中圆满结束。它为我们广大职工提供了一个交流交往、切磋球技、增进友谊的机会，也激发了大家的拼搏热情，展现了参赛选手的青春风貌和饱满精神。这种风貌和精神不会因为比赛的落幕而停滞，而会继续随着时间的推移而升温，为职工生活注入新的活力。

2020 年 11 月 21 日

感悟生命

这周我读了《为生命而教》这本新书，感触颇深。教育源于生命，循于生命，达于生命。生命是教育的元基点。生命既是教育的起点，又是教育的终点，还是教育的中心点。文中从教育发生学的观点来看，教育因生命而发生。教育的本质是关注人的生命的发展，这种发展是指人的全面、自由、充分的发展。当前教育的现实表明，青少年学生依然被“升学为主”“教师权威”“学科本位”“智育第一”等几座大山所“压迫”。学生学习的真正意义被异化，学生的心灵受到束缚，课业成了学生的负担……这与我们教育的初衷渐行渐远。只有教育与人的生命存在和发展紧密联系在一起，使教育饱含生命活力，才是素质教育终极目标的体现。

教育应改变当今更多强调智育的现状，更加关注生命存在、生命智慧、人生境界和生命价值等重要问题。叶澜教授指出，基础教育的培养目标包括三方面：培养基础性学力、唤醒生命自觉和提升生存智慧。我们要让教育回归到唤醒人的生命意识、建构人的精神世界、提升人的生命价值的终极目标上来，使教育重新焕发出生机与活力。文中谈到八大信条，我理解为八大感悟。

感悟一：教育是直面人的生命，通过人的生命质量的提高而进行的社会实践活动，是以人为本的社会中最体现生命关怀的一种事业。

感悟二：教育通过“教天地人事，育生命自觉”，实现人的生命质量的提升，体现教育人文关怀的特质。

感悟三：教育通过提升人的生命质量，为社会提供各种人才，实现其社会功能。

感悟四：学校是师生开展教育活动的生命场。提升学校的生命质量是学校变革的深层次诉求。

感悟五：学科教学和综合活动是学校教育特殊性的体现，是师生在学校承担社会责任的具体表现，也是师生学校生活的基础性构成。

感悟六：教师是从事点化人的生命的教育活动的责任人。没有教师的创造性劳动，就不可能有新的教育世界。

感悟七：每个人都得自己活，不能由别人代活。

感悟八：用创造学校新生活的理念开展日常教育活动，使师生成为学校生活的主动创造者。教育的意义不只在未来，更在当下创造生命成长的、丰富的各项学校活动中。

又谈到生命教育的一些观点。将人的生命理解为三个层次：活着、活好、活出价值，即自然生命、精神生命、价值生命三个层次。生命教育包括：生命意识教育（学生，学是求学；学生是学生活常识，学生存技能，学生命意义），生命质量教育，生命价值教育。

生命教育目标：强化生命意识感，引导生命幸福感，提升生命价值感。①

教育兴则国家兴，教育强则国家强。中共中央、国务院高度重视教育事业，始终将教育事业摆在优先发展的位置上。在党的十九大报告中，习近平总书记明确指出：“优先发展教育事业。建设教育强国是中华民族伟大复兴的基础工程，必须把教育事业放在优先位置，深化教育改革，加快教育现代化，办好人民满意的教育。要全面贯彻党的教育方针，落实立德树人根本任务，发展素质

---

① 张显国．为生命而教［M］．北京：北京师范大学出版社，2019：161-163.

教育，推进教育公平，培养德智体美全面发展的社会主义建设者和接班人。”① 2018 年 9 月 10 日，全国教育大会在北京召开，习近平总书记强调：在党的坚强领导下，全面贯彻党的教育方针，坚持马克思主义指导地位，坚持中国特色社会主义教育发展道路，坚持社会主义办学方向，立足基本国情，遵循教育规律，坚持改革创新，以凝聚人心、完善人格、开发人力、培育人才、造福人民为工作目标，培养德智体美劳全面发展的社会主义建设者和接班人，加快推进教育现代化，建设教育强国，办好人民满意的教育。

“两个一百年”奋斗目标的实现、中华民族伟大复兴中国梦的实现，归根结底靠教育，而基础教育则是实现伟大复兴中国梦、提高民族素质、促进人的全面发展的奠基工程。为此，要鼓励校长和教师创新教育思想、教育模式和教育方法，在实践中办出特色、教出风格。我们要为生命而教育！

2021 年 8 月 17 日

船到中流浪更急

湖北省委组织部领导中期考核援藏干部大会讲话现场（作者本人提供）

① 中国共产党第十九次全国代表大会报告内容。

8月17日湖北省委组织部中期考核大会在山南市泽当饭店举行。来自湖北省委组织部的王部委一行5人参加大会。王部委对援藏工作进行了充分调研，今天开大会进行总结发言。大会上他要求全体援藏干部做到如下几点：

一、思想认识要高站位，增强使命感。

援藏是政治任务，援藏干部是政治干部，援藏工作是政治工作。从中央层面援藏是党之大者，国之大者，民族之大者。历届省委省政府都非常重视。从政治站位、情感站位、目标站位上充分认识政治意义、政治任务、政治责任。

二、任务落实要高质量，增强责任感。

来西藏就是要干事创业，履职尽责的。不能躺着就是做贡献，而要站着干事。要有问题导向，算好时间账、任务账、资金账。

三、学风作风要高标准，增强紧迫感。

一方面，珍惜岗位，珍惜干事创业机会，锻长板补短板，提高能力素质。另一方面，学习成就未来。学习领导艺术和方法，提升能力。学习不是积累，而是持续不断的察觉、领悟。要着眼事业的发展，着眼自我成长的需要，着眼未来工作的方向，进行学习。

四、管理监督要高要求，增强敬畏感。

从严管理干部是干部管理的基本要求。严管就是厚爱，严管必须厚爱，厚爱必须严管。援藏队伍是一支特殊的队伍，有特殊的使命、特殊的任务、特殊的环境，但是一般意义的干部没有特殊性，或者特殊环境下要求更严。制定体系要一以贯之。要全员，全方位，全过程管理。选好，管好，用好援藏干部，三好以干好为前提。要压实责任，健全体制，强化日常，及时沟通。后期干部考核任用要充分尊重临时党委意见要求。

五、团队建设要高层次，增强荣誉感。

在团队建设上，一人的表现就是全队的表现，一人的成绩就是全队的光荣，一人的错误就是全队的污点甚至耻辱（要有“一荣俱荣，一损俱损”的荣誉感）。

（一）团结。最后一年许多同志会对提拔任用，评选表彰，待遇补酬，交流交往等有想法。要以一家人的心态，加强沟通，讲大局，讲修养，讲格局，讲规矩。

（二）健康。健康是一，其余都是零。注意心理健康，要把握心理“度量衡”。“度”：追求有高度，涵养有气度，修炼有风度。“量”：气量，雅量，肚量。衡：心态要保持平衡（有不平衡要调试好，沟通好）。

（三）保护良好生态。我们是一个集体，我们的生态要风清气正，风正气足。“生态是水，干部是鱼，好水养好鱼。”（应勇书记语）要处理好个人与集体的关系，既要各美其美，又要美美与共。

2021 年 11 月 22 日

融合工作加油！

两年多来，我一直保持着兢兢业业的工作态度和一股干事创业的劲头，德育工作中无论是学生行为习惯教育，还是班主任工作的开展，都还没遇到大的麻烦。可是这几周连续出现几起学生打架的事，因涉及学生受伤赔偿问题，总要请来家长，对此，我明显感觉力不从心。一方面，语言沟通有困难，我听不懂藏语，而学生汉语表达水平还有待完善；另一方面，我性格急，没有耐心，所以处理问题时情绪容易激动。而德育副校长脾性好，他相对经验丰富一些，有时能撑住场面，化解矛盾，从中我学到了不少方法。

两年多了，我们做每一件事都不容易呀！融合工作要加油！

2022 年 1 月 28 日

政治担当高站位，慰问座谈暖人心

——湖北省十堰市教育局召开援藏援疆教师座谈会

为深入贯彻落实中央第七次西藏工作座谈会和中央民族工作会议重要讲话精神，切实地从思想和行动上支持关心援藏援疆工作。2022 年 1 月 28 日上午，十堰市教育局组织援藏援疆老师召开教师座谈会。出席会议的领导有市教育局党组书记、局长寇伟，市教育局党组成员、副局长王晋江以及茅箭区教育局，张湾区教育局，援藏援疆老师所在学校负责人。会议由副局长王晋江主持。

上午 8 点 40 分座谈会开始，先是援藏教师代表杨士军老师和援疆教师代表夏取权老师分别介绍了援藏援疆工作情况，对市教育局党组和学校领导的关怀表示感谢，也表示对后期工作充满了信心。接下来是教师交流发言，每一位援藏援疆老师表示均表示不忘初心、牢记使命，搞好民族团结，铸牢中华民族共同体意识，勇于担当，砥砺前行。各派出学校校长和区教育局领导纷纷表态发言，表示要用实际行动支持援藏援疆工作，做好老师们的后勤保障工作。会议在紧张、热烈的气氛中进行。

湖北省十堰市教育局援藏援疆教师座谈会（作者本人提供）

市教育局党组书记、局长寇伟认真听取大家的发言后讲话，他表示在这次座谈会上深受教育和感动，他代表市教育局党组成员对援藏援疆老师及其家属表示关心并致以亲切问候。他勉励援藏援疆老师要有过硬的政治责任、政治担当，为边疆地区的安全稳定服务好，搞好教书育人工作。他说，要发扬“援藏精神”，用过硬的作风，树立援藏援疆工作者的高大形象。对派出单位领导他也提出了要求，要求他们用过硬的措施把援藏援疆老师的后勤保障搞好，做到“三心”服务。教育是最大的民生。为铸牢中华民族共同体意识，加快边境地区教育高质量发展步伐，湖北省充分发挥科教大省优势，自觉扛起教育援藏援疆政治责任。援藏援疆教师牢记嘱托、怀着爱心、带着责任，对口援助边疆地区学校，将爱我中华、民族团结的种子播撒在边疆青少年的心灵深处。

湖北十堰市历来高度重视教育援藏援疆工作，十堰市教育局和派出学校每年都召开援藏援疆座谈会，关心慰问援藏援疆老师，还多次派出学校领导不辞辛劳地进藏进疆交流、捐赠，这些行动充分体现了各级领导高度的政治站位和自觉的责任担当。援藏援疆教师备感温暖，他们一定会化感动为行动，在接下来援藏援疆工作中加倍努力，为边疆教育事业的长足发展谱写新的篇章。

附发言稿：

尊敬的寇局、王局、各位领导和各位老师：

大家上午好！

我是来自十堰市东风第七中学援藏教师杨士军，现担任西藏自治区山南市东辉中学德教主任。首先特别感谢市局领导安排这次援藏援疆工作座谈会，还让我代表十堰援藏三人在这里进行汇报发言，我倍感荣幸。

援藏援疆是国家战略决策，是政治任务。援藏援疆干部人才是政治人才。很感谢组织的培养和领导的信任，选派我们参加这项工作。特别感谢各位领导的关心、支持。两年多来我们都非常珍惜在西藏的工作学习机会，因此，我们克服了高反、高寒、缺氧等恶劣的自然环境，履职尽责，担当作为。

我们援藏三人所在的学校位于海拔近3700米的西藏自治区山南市中心，是一所市直初中，名为东辉中学，学校面积不大，学生不多（近800人），但学校历史悠久（56年校史），是和平解放西藏的开国将军张国华亲自命名的学校（毛泽东思想的光辉永放光芒，寓意党的光辉照边疆）。虽说是市直中心学校，但是学校条件一般，各方面情况相对比较落后。我们湖北援藏团队一行20人按各自学科加入后，大家的工作量都比较大。徐艳华老师年龄最大，是我们的老大哥，两年多来多次意外受伤，仍然坚守在教学第一线，一周上11节课。他除了教学语文学科外，还担任全校语文备课组长，每周组织开展一次集体教研活动，在语文教学中发挥示范引领作用，帮助在藏老师进步。除此之外，他还为学校做了很多工作。如协助学校党总支巴桑书记开展党史学习教育，开展红色经典阅读《红星照耀中国》分享会，活动效果甚好，媒体电视台都纷纷报道。他参加市委政法委招聘出题改卷，还与自己所在的学校（实验中学）搞线上联合远程教研，在西藏自治区反响热烈。他还主持湖北知名作家舒辉波“走进山南市东辉中学《天使之翼》阅读分享交流会”，受到湖北日报、山南电视台等多家媒体报道。总之，他各项工作都完成得很出色。

杨乐老师是体育老师，他一周上14节体育课，虽然年轻一些，但要知道，在缺氧环境里上体育课，无异于“玩命”。另外他还协助学校各个部门开展特色活动。2019 年、2020 年、2021 年连续三年筹备并开展山南市青少年“U 系列”篮球赛，带领学校篮球队分别获得山南市冠军、季军、第四名的成绩，他本人也获得“优秀教研员”称号。他连续三年协助体育组教师完成《国家体质健康测试》并在全区内率先完成上报。2021 年他与湖北大学研究生援藏支教团，一起创建山南市第一支舞龙队，并坚持每天组织学生训练，在山南市教育系统庆祝中国共产党成立 100 周年、西藏和平解放 70 周年文艺会演中得到山南市市委领导的交口称赞。2021 年 7 月他带领舞龙队前往山南市各社区巡演，传播中国传统文化，并于 11 月参加“2021 年国际舞龙舞狮网络大赛”。他主持 2022 年湖北援藏工作队元旦晚会，获得湖北援藏工作队领导的一致好评。20 名援藏老师里仅杨乐老师主动担任班主任工作，尽管班级管理有一定难度，但杨乐老师用心、用情、用智慧“扛过来”了。他所带的班 2020 年、2021 年连续两年荣获“优秀班级”称号，并且收到班里同学的家长送的锦旗“关爱无微不至，关怀教导有方”。2020 年 5 月在东辉中学“四讲四爱”系列活动中，他所带的班获得多个比赛奖项；在文艺会演中，他所带的班以激情洋溢的篮球啦啦操获得了“民族班”有史以来的第一个一等奖。2021 年 4 月他带领学生参加山南市“经典诵读”活动，以优异成绩入围高一级比赛。因为他表现突出，所以 2019 年度、2021 年度的考核都被评定为优秀等次。

我是作为湖北省教育厅援藏管理干部（德育主任）选派进藏。从进藏第一天开始，我深知自己肩负重担，时时处处都以一个老共产党员的身份，虚心好学，严格要求自己。因担任的是边境地区学校的德育主任，所以全面贯彻党的教育方针，认真落实习近平总书记关于教育的重要论述，学习民族政策，加强民族团结，铸牢中华民族共同体意识，反对民族分裂，不断加强学生的思想政治建设。两年多来在援藏团队的指导下，我们秉持“一年促规范，两年提理念，三年抓特色”的工作宗旨，与在藏老师积极进行交往交流交融，致力于把东辉中学打造成一所重视思政教育和红色文化教育的标杆学校。在学校领导的大力支持下，每学期都要开展各种各样的德育活动。刚过去的 2021 年是中国共产党成立 100 周年，为加强学生党史学习教育和民族团结教育，德育工作仅上半年就开展了 47 项活动。活动形式多样，有课内社团活动，也校外实践活动，如参观博物馆、气象站、烈士陵园，参加田间劳动，听专家讲座，等等。下半年活动更多，每一项活动我都亲自做方案，亲自实施，写简报，写总结，汇报材料等。除此之外我还担任数学教学工作和数学备课组长工作，每周上 11 节课，每天都很忙，经常加班。用心耕耘总会有所收获，湖北援藏团队自加入东辉中学后，学校教育教学成绩有很大进步，连续两年位于山南市第一，连续两年被授予“山南市民族团结进步模范集体”称号，2022 年 2 月又被评为“西藏自治区全国中小学国防教育示范学校”。2020 年 7 月我荣获“湖北援藏工作队优秀党员”称号，2020 年度、2021 年度连续两年年度考核是优秀等次。2021 年 12 月我荣获“西藏自治区未成年人思想道德建设先进工作者”称号，这份荣誉来之不易，是通过山南市各行各业层层选拔，严格审核后获得的，我有幸成为湖北教育援藏有史以来第二个获此殊荣的人。当然，荣誉是大家的，不是给我一个人的，它代表的是西藏自治区对湖北援藏工作的肯定，更是对湖北十堰教育援藏工作的肯定。

总之，两年多来像许多援藏工作者一样，我们透支了身体（我和徐老师身体越来越不好），忽略了家人，苍老了容颜，竭力做好援藏工作，努力做到三个满意：让西藏人民满意，让湖北人民满意，让自己满意。还有半年时间援藏就要结束了，我们一定会在自己的岗位上继续努力工作，不辜负组织和各位领导的关心，为湖北高质量教育援藏奉献自己的力量。

谢谢大家！

2022 年 1 月 27 日

2022 年 4 月 10 日

如何做好管理干部

3 月 26 日，我和部分行政人员交流了“做善谋事、敢担事、干实事、会共事的学校管理干部”的话题。

今天，我希望继续和大家就这个话题来交流一下，在我即将结束我的任期之前，对全体行政人员提一些要求，也包括对自己的要求，目的是进一步强化我们每一位行政人员的责任意识，提升我们的管理水平，打造一支团结务实、高效廉洁、战斗力强的管理队伍，为学校的新一轮发展打好基础。

我校当前的主要任务是巩固办学成果，提升办学品位，进一步强化校风、教风、学风建设，进一步提高教育教学质量。

王与雄校长带领全体教师宣誓（马丹提供）

下面着重谈一谈我们管理者的责任及应具备的基本素质：

一、要有全方位的服务意识。

学校是师生发展的园地，学校在实施各种措施的时候，要把人的成长、人的发展当作目的。教师发展得快，管理就相对轻松一点，学校办学效益就提升得快。我们每一位管理层的同志，要在学校管理过程中重视人、尊重人，教育教学方面有好的建议，要适时、及时地提出来，和老师们共同分享，真心实意地关心每一位教职员工的发展和需要。以教师的发展为本，让每一个教职员工在学校这块沃土上发展得更好，是我们的重要责任之一。

二、要有独当一面的工作能力。

在座各位都是学校的中坚骨干，教书育人都是专家高手，在教师中有较高的威信，这一点是做好管理工作的根基，要保持下去。毛主席在 1957 年 3 月的一次干部会上，发表过一个著名的《坚持艰苦奋斗，密切联系群众》的讲话，其中反复强调“我们的同志应当注意，不要靠官，不要靠职位高，不要靠资格吃饭，要靠正确，靠本事①”。我们的行政管理人员如果个个能够独当一面，把我们分管的工作管理好，做正确，把自己职责范围内出现的矛盾和问题及时有效地解决好，我们的工作就会井然有序地推进。

① 毛泽东. 毛泽东选集：第五卷［M］. 北京：人民出版社，1977 年：419-422.

三、要有一定的包容之心。

要用人之长，容人之短。邓小平说过："能容忍各方面，团结各方面是领导的一个关键性问题。"① 有创造力的人一般都是有点棱角的人，这就要求我们管理者要大度些，在一些无关大局的事情上容忍些。教师有自己的思想，你给了他尊重，给了他台阶，原谅了他的过失，他最终会感激你，并在更大程度上尊重你，支持我们的工作，（要有胸怀，给别人下台阶）这样大家的工作才会更好地开展。

四、要有较强的政治头脑和正派的工作作风。

现在教师对领导的要求很高，眼睛也很亮，我们这支管理队伍必须敢于接受群众的监督，只要我们团结、务实、廉洁，我们就会赢得大家的支持。借用陈云同志的一句话："班子不团结，议而不决，决而不行，各自为政害死人。"所以我们管理层务必精诚团结，每个行政管理人员都要有大局意识，坚持原则性与灵活性相结合，要正确对待个人意见和集体决定。各处室要注意多收集师生好的建议，根据实际情况调整管理方法，不断改进工作。

五、平时言行要出于公心、顾全大局。

多讲有利于团结的话，多讲有利于学校的话，在教师面前尽量少发牢骚，不利于学校发展的话尽量少讲，要多看到别人的优点，多向别人的长处学习。我们行政管理人员的思想境界要高一点，严于律己，宽以待人。

六、管理上做到"粗线条、细格子"。

所谓"粗线条"是指各项工作布置应侧重讲清工作的任务、工作的要求及工作的意义，至于操作的方法、操作的细则应精讲或略讲，做到思路清晰、语言简洁、主次分明。管理的核心是能动的人，管理的动力是人的主动积极性。因此，布置工作应以做好人的工作为根本，既要让老师明确学校工作的总体目标和任务、基本的要求和方法，又要尊重和相信教师，调动其工作积极性、主动性和创造性。应给教师留有思考的余地，充分发挥其聪明才智，让教师在深刻领会工作目标、要求、大体思路的前提下，对如何开展具体工作进行创造性的发挥、拓展，从而鼓励老师大胆革新，实现其自身的劳动价值。

所谓"细格子"有两层意思：一是对分管的工作要进行细致的检查、指导，帮助他们改进工作；二是自己要抓好工作的全过程，要有计划、有安排、有检查、有总结。

---

① 倪德刚. 邓小平提六条准则：中央领导人怎样才能干好［EB/OL］.（2014-07-14）［2022-04-10］. http：//theory. com. cn/n/2014/07/4/c40531-25276683. html. .

七、要勤于思考，善于学习。

通过反思学习，不断加强自身工作的原则性、系统性、预见性和创造性，不断提高工作效率。无论是出去开会、培训，还是参观，我们都要做个有心人，多听，多看，多留意别人好的做法、有成效的做法，对自己的工作进行改进提高。现在网络发展得很快，很多优秀资源可以从网上获得，一些名校的管理经验也可以从网上获得，这些都是我们平时学习的主要内容。

八、要有较强的奉献意识。

行政人员的节假日和一般教师是有区别的，一般情况下正常休息，但如果学校有事情，就应该及时到位，处理相关工作，不能讨价还价。

同志们，我提了这几点要求，与大家共勉。希望大家齐心协力做工作，同心同德干事业，让东辉中学在我们这一帮人手里有一个更好的发展。

2022 年 4 月 23 日

收获培训

湖北省第九批援藏干部人才集中培训（作者本人提供）

第九批援藏各项工作快接近尾声了。领导还是领导，未雨绸缪，想得远、想得深，让援藏干部人才集体学习培训一天。

第一节课请的是山南纪委处长赵龙结合自己办案时的工作案例和人生感悟，讲了党的十八大后中央六大纪律和八项规定。他告诫党员干部要遵守党纪国法，还要做到三个看重：看重社会奉献，看重家庭幸福，看重完美人生。

第二节课请的是山南市审计局（安徽援藏）副局长陈波讲审计方面的工作。以 PPT“账总是要算的”拉开讲座帷幕！他说审计像体检一样，治已病，防未病，还给干部讲了哪些账目资金容易出现问题，干部们听后受益匪浅！

第三节课安排在下午，由援藏干部山南市国家发改委主任解读湖北省“十四五”规划和湖北 2035 年远景目标。参会者听后热血沸腾！

第四节课请的是山南市公安局肖运强（援藏人才），讲的是维护西藏稳定的重要意义和反分裂斗争的长期性、艰巨性和复杂性！并告诫我们注意自己的言行举止。

一天的培训信息量很大，但收获满满。我觉得作为一个国家党员干部应该好好学习，增强个人风险意识。

湖北省第二批“组团式”教育援藏团队合影留念（马丹提供）

第三章　建章立制，创新德育工作

山南市东辉中学（梅光利提供）

作为一所历史悠久，在山南很有社会影响力的学校，随着社会环境的变化、信息化的发展、社会竞争力的加强，学校在发展中出现了滞后的情况。目前学校面临的困难和挑战有很多。

一、学生在校时间过长，教师工作负担重。由于西藏自治区情况特殊，自义务教育阶段起，不同学段都有升学任务与压力，如小升初需要统一考试以选拔学生进入内地初中班；中考全自治区统一考试，选拔优秀学生进入内地高中班或自治区重点中学。东辉中学学生在校时间约为九小时二十分（住校生在校时间更长），九年级周六还需上课。教师负担过重体现在全体教师要参与学校各类值班及保障安全和维护稳定工作。

二、教师年龄结构偏大。东辉中学在岗在藏教师有 100 人，平均年龄 45 岁，最年轻的教师 30 岁，近 10 年以来未引进新教师，教师年龄偏大使得教师群体在教学工作中投入精力不足，学校后续发展受到严重影响。

三、学科教师不平衡，部分学科教师严重缺乏。以东辉中学为例，全校八、九年级共13个教学班仅有4位物理老师，每周总课时72节，平均每位老师周课时18节（不算晚自习）。个别教师还承担了学校行政工作，负担不可谓不重。学科教师缺乏的后果之一就是不同学科教师的替岗现象频发，缺物理学科教师就让其他学科教师来顶替。这对学校学科建设极为不利。

四、教师工作奖惩机制有待完善。学校在教师奖惩机制上未有明显差别。物质奖励层面，无年终奖励、中考奖励，班主任津贴每月80元，中层干部无工作津贴。制度的不完善及不健全导致班主任、中层干部工作积极性下降，学校教学工作重量不重质。精神奖励层面，教师职称评定难，且与奖励挂钩的国培、区培等教师专业培训名额较少。这些都是学校工作难以开展的重要原因。

五、阶段性学情分析不到位，学校教学教研制度有待改进。科学、准确、及时的学情分析是高质量教学工作的前提和保障，东辉中学现有的学情分析手段和方法较为单一，无目标分解，无上线达标分析，无保优率等指标和数据，学校教学部门及管理层无法准确地把握各年级各班的学情。学校现有的教研组管理功能大于教学研究功能，教研功能严重缺乏，学校教研活动氛围不浓，教研活动仅限于听课、评课，教研活动缺乏广度和深度。学校长期以来缺乏教育课题的研究，教师发表专业论文数量少，教而不研成为常态。

六、学校教学设施严重老化，信息技术设备落后。学校现有主体教学楼一座，行政楼一座，另有学生宿舍两座，学生食堂、科技楼各一座。主体教学楼建于1986年，至今已经36年，楼栋内部结构设计老旧，水电线路设施严重老化，学生食堂、宿舍等生活区设施也一时难以更新和改进，对于师生教学、生活产生了一定的负面影响，学校整体面貌陈旧。另外，学校监控，网络、信息化教学设备也比较老旧，直接影响到学校的校园安全监控及教学工作的开展。

七、学校运行经费紧张，资金不足。2019年8月新学期开始后，学校下半学期整体运行经费约23万元，不足以开展常规的工作。后期学校校舍维护、修缮，消耗品采购等都需要大量支出，运行经费明显不足。

八、学生管理有待于精细。虽然在多届党政领导的关心支持下和多位德育主任的带领下，学校德育工作体系日趋完善，形成了以德团办为主导，以德教处团委、班主任、思想品德课教师为主体的德育工作队伍，以德育工作研讨会、教研（年级）组工作会议、家委会、班主任例会、学生会、国旗下的讲话、主题班会等为依托，在日常养成性教育，文明礼仪教育，爱国主义教育，文化、体育、艺术教育等方面均取得一定成效，学校德育工作逐步规范。但是，学生在生活、卫生、学习等习惯养成方面还有待加强；以前的德育管理制度有待完善；德育工作队伍建设有待加强；德育激励机制有待进一步优化；各部门的沟通联系有待加强；心理健康教育和生命安全教育亟待启动和探索；等等。

2019 年 9 月 9 日

班主任安全工作专题会议

班主任安全工作专题会议（潘泽倩提供）

2019 年是中华人民共和国成立 70 周年，根据学校领导和维稳办统一部署安排，学校 9 月 9 日下午 6 点在阶梯教室召开全体教师大会及班主任安全专题会议。会议由副校长吴勇主持，巴桑书记和洛单副校长参加会议并进行大会发言。会议先介绍了援藏老师，接着是洛单副校长就开学 3 周教育教学存在的问题进行说明。接下来就是巴桑书记就校园安全问题进行动员。他强调：安全不保，谈何教育?！他从校园门卫，教学区域，宿舍安全，食堂，厕所等方面分析可能存在的各种安全隐患，要求全体老师明白：校园安全，人人有责！

接下来由德团办成员和全体班主任留下来又召开了安全教育专题会议。扎旺副主任就近期看到校园内学生存在的安全隐患一一进行介绍，提醒班主任注意防范。我也谈了三个方面的问题：第一，班主任要统一思想，提高认识，不能因为某一个班，某一个学生，某一个老师出了问题，砸了东辉中学这块牌子。第二，班主任要了解学生，特别是要关注存在安全隐患的学生，班主任要有作为。第三，班主任要学会借力——借科任老师的力、借学生的力管好班级。巴桑书记最后进行总结发言，他强调：校园安全有倒查机制，不能出问题！

这次校园安全动员大会是全员参与，班主任全员防范，全校师生上下一心，为创建“平安校园”奠定扎实的基础。

2019 年 9 月 25 日

上好班会课

管好一个班绝非一朝一夕的事，需要持之以恒地从实际工作中的一点一滴做起才可能会有大的起色。而上好每一节班会课就应该是一个很重要的抓手。

庄周《谐》之言“鹏之徙于南冥也，水击三千里，抟扶摇而上者九万里，去以六月息”说得很好，做什么事都要有所凭借，需要有一个“扶手”或者说“抓手”。管理一个班也一样，想创建一个理想的班集体，就要有更多的“扶手”和方法，其中利用好班会课，上好班会课就是很好的“抓手”。

首先，多年带班的经验让我认识到，在不同的阶段设置不同的班会课，能引导一个班集体形成健康向上的氛围，可以给学生的成长指明前进的方向。如七年级刚开学开班会可以定主题“怎样做一个合格的中学生”，让学生适应身份的转变，规范行为；八年级可以定主题“青春有梦”，侧重青春期的生理心理指导，让学生有个良好的过渡；九年级则以“理想教育”和“励志教育”为主题，为中考做好心理辅导。

其次，班会课形式可以多样。形式多样的班会课可以让学生主动参与，提升学生的主人翁意识，有利于学生良好性格和心理的养成。

最后，班会课可以邀请科任老师或校领导参加，有利于构建和谐的师生关系。在互动的话题中，学生可以和老师沟通交流，老师或点拨，或引导，使彼此关系更加融洽。

总之，作为班主任，只要我们充分利用好班会课，就能产生班级凝聚力，促进班级学生团结友爱，形成良好班风学风。同时，师生共同参与班会课，也会增进师生感情。

因此，德育管理工作应从抓班会入手，让班会活动主题化。由德团部门统一确定每周主题班会内容，发挥班会课的德育功能。一学期有 20 周可以确定 10 个教育主题。每周班会课前我提前加班准备班会资料，让每个班会活动都有 PPT，有内容，有互动，有场景，有留痕。德团办每周日晚读课（班会），分工检查考核，通过这种传帮带形式督促班主任加强德育工作。

2019年9月28日

培养习惯

东辉中学第一年“促规范”上午课间操（李亚提供）

教育就是培养习惯。习惯养成性教育一直是政教工作的重点。我们经常说，养成性教育需要反复抓，抓反复，那么如何操作呢?

作为德教部门的我要做的第二件事就是利用好学生会抓几个关键点，巡逻教室和走廊，保证每天课间教室和走廊的安静和干净，提醒帮助教育违纪学生，查找安全隐患。与此同时，也要对每个班提一些要求：

一、每班每天要配有值日生管班。

二、每位学生进教室后坐在自己的位置上，不能扎堆说笑，不能影响别的同学看书或学习。

三、学生不能在走廊（过道）里大声喧哗和打闹，不能频繁地串班，不能频繁地在教室里走动，以免打扰别人。

学生会干部要把每天的检查结果在学校公示栏上公示出来（上墙），严重违纪的扣1分，特别好的加1分，在公示栏上晒一晒。一天一比，一周一算，一月一合计，并将其作为评先评优的一个重要依据。这样安全隐患便会减少很多，课间无序状态也会慢慢扭转。

这些想法能不能推行，还得经政教处集体商讨。听说学校似乎以前也这样做过，只是后来有班主任反对，最后就“夭折”了！但我认为，只要是对学生有益的、对学校大局有利的做法，就应该坚持下来，只不过要因地制宜，要不断地进行修改和完善。

2019 年 10 月 11 日

起草班级管理细则

“一流管理靠文化，二流管理靠制度，三流管理靠监督。”东辉中学已有 50 多年的建校历史了，但是领导换届比较频繁，有些好的做法和制度没能坚持下来，我接手德教工作时感觉有好多管理细则需要制定和完善。经过我一个多月的观察了解，决定重新起草《班级管理和学生日常行为规范管理细则》，便于日后规范管理班级，规范德育工作。我主动与主管德育校长商量了好几天，并找学校校长、书记咨询过，还找学校骨干教师研讨过，最后经反复酝酿，才拿出一个草案。为使草案符合民意，我在班主任工作群里公布了征求意见稿，让班主任提提意见。

班级管理细则征求意见座谈会（潘泽倩提供）

各位班主任老师：大家好！常言道：没有规矩不成方圆！为了进一步规范学生日常在校言行，规范学校班级管理，保证学校良好的教育教学秩序和良好的声誉，结合全国中学生日常行为规范和文明礼仪要求，征得学校领导同意由学校德团办起草了班级管理和学生日常行为规范考核细则。希望各位班主任抽空认真地看一看，多提宝贵意见。

友好提示：考核量化细则不是针对哪个班、哪个学生、哪个老师，考核分值也不会与班主任的个人成绩挂钩，只是帮助班主任在管理学生时更有依据，教育学生时更有抓手。一切为了学生，为了学生的一切，为了一切的学生！我们的初衷就是这样的。谢谢大家！

2019 年 10 月 14 日

落实考核

征求了班主任的意见后，周六我就加班整理出《东辉中学班级管理和学生行为规范考核量化细则》正式稿。有了班级考核细则就相当于班级管理有了“法”。这是依“法”治班开始的第一步。“有法可依，有法必依，执法必严，违法必究”是我们国家法治工作的十六字方针，用在班级管理上也有效，这样“法”才有用。接着如何公平操作、如何监督考核、由谁统计分数、如何汇总分数等一系列问题就冒出来了。这里每一项程序都不简单，没安排好，“法”就流于形式，而且每一个环节都需要公正、公平、公开，不能由一个人完成。我想到了学生会，成立学生会组织，让学生会参与事务的管理。这样既完成了考核任务，也锻炼了学生会干部。这里有个问题就是必须选好学生会成员。有道是“其身正不令而行，其身不正虽令不从”。学生会成员自己不好，管理别人会更糟糕。于是按照以往的做法，我让每一位班主任在本班推荐一名优秀学生成为学生会成员，成立学生会组织，开始值周。对于学生会成员的个人素质我想在后期工作中进行考察，最后优中选优。刚开始为使这一考核制度落实且有成效，我亲自督导，让学生会干部合理考核，把握好扣分尺度。

10 月 14 日是星期一，早上 7 点多我就起床了（相当于内地 5 点左右）。虽说才到 10 月份，但是在西藏早上已经很冷了，气温在 2℃~3℃，寒风凛冽，我们宿舍离学校约有 5 公里路程，我骑电动车赶到学校，去看学生跑操，顺便督导学生会考核扣分情况。十九个班都分布在操场跑操，我也跟在学生队伍后面。我让学生会成员分散跟在每个年级的后面。针对班级大面积跑步不整齐的，我们的考核要求是：一提醒，二警告，三扣分。

2019 年 10 月 16 日

陪学生回家

2019 年 10 月 16 日是我永远不会忘记的一天。在这一天里我曾与另一位老师（梅光利老师）送一个爱打架的孩子回家。被送回家的孩子是谁？为什么会这样呢？看过我前面“QQ 说说”的人肯定知道。那就是七（6）班的马瑞同学。这次又是他挑事，骂九年级的一个学生，九年级学生不依他，找他理论，双方就打起来了，而且他们还各自找一帮学生帮忙，参与打架的学生接近 10 人，三个年级的学生都有，影响很坏。

我与班主任梅光利老师送学生回家并再次家访（作者本人提供）

针对这种情况，我召集政教处同事迅速开会，把参与打架的学生都叫到会议室询问。最后找到了挑起事端的马瑞和帮忙打架的八年级学生马琳，还请来了马琳的家长，让家长带他回家反省三天。马瑞家长不接电话，于是我当机立断与班主任一起骑电动车送他回家。

去往马瑞家的路上，马瑞骑自行车走在前面，我和班主任骑电动车走在后面。过完街道后，班主任走前面去了，我怕马瑞溜掉，就一直跟在马瑞后面。

大约20分钟就到了马瑞家。因班主任骑得快，先到马瑞家，我们到时马瑞爸爸已经在门口等着我们了。

进屋坐下后，我就把打架的事情给马瑞爸爸叙述了一遍，强调打架挑事的人是马瑞，并且已经打架多次。马瑞爸爸听后很生气。我说马瑞我们已经教育过多次了，但他此次变本加厉打群架，影响很坏，为了教育本人，也为了告诫其他学生，决定让他停课在家，反省三天，写500字材料，周日下午返校时交给政教处留档。家长还算明事理的，答应配合学校教育，这样我和班主任才离开。在我们回学校的路上，我心里并没有感到轻松，虽然把马瑞交给了家长，让马瑞停课在家反思，但这种教育方式到底有没有效果，马瑞能不能收敛自己言行认识到自己的错误，能不能做一个守规矩、懂礼仪的学生？我真不知道……

2019年10月20日

公布考核第一周

万事开头难。正式考核第一周我每天都紧跟学生会，教他们如何根据不同的情况给每个班打分，密切关注着每天汇总的分数。分数来自三大方面：值周老师积分（卫生区积分和早上学生迟到的积分），学生会积分（三操纪律积分），班级活动积分。每天下午第四节课后学生会成员把考核分数报到我这儿来，我再在电脑上汇总。周五下午由蔡老师把一周分数汇总并评出七个优秀班级来。然后下周一升旗仪式上颁发流动红旗。

为了体现出分数值的公平公正公开，我在班主任群里也公示出来了，并用红笔把文明班级以及班主任姓名也标上了。为使没获得“文明班级”的班主任心里好受一点，不会对这项工作有抵触，我还特意附上一段话：

各位班主任老师：大家好！上面是这一周“文明班级”考核的汇总分。这个汇总分只是这一周的简单情况，不能完全反映出我们班主任的辛苦和付出，更不能说明什么，所以没有获得“文明班级”的班主任也不用灰心，大家后面还有公平竞争的机会。

同时我们考核细则和一周的打分也可能存在一些问题，希望大家提出来，以便于后期我们改进考核细则里不合理的地方，保证打分的客观性与公平性。这周考查的重点是三操和卫生，下周开始会将课间纪律也纳入考核，目的是希望我们大家共同努力，让我们的校园变得更好、更文明、更和谐。谢谢大家的配合和支持，大家辛苦了！

2019 年 10 月 26 日

周一升旗讲话

德育主任杨士军国旗下讲话（梅光利提供）

各位老师，各位同学：

大家早上好！上周是班级管理和学生行为规范考核的第一周，有七个班获得本周的流动红旗，这是这些班级的学生严格要求自己的结果，也是班主任付出辛劳的结果，希望大家向他们学习。没获得流动红旗的班级也不要灰心和气馁，大家要继续努力，争取下周获得流动红旗。本周总体上有进步，特别是三操有明显进步，清洁区卫生也好了很多，学生仪容仪表、校服穿着也好多了，请继续保持。不好的方面是这周有打架的现象和躲在厕所抽烟的现象，上周二有学生聚众打架，德教处已经严肃处理了打架和挑起事端的人，一个送回家，停课三天，一个家长接回家，在家反思，下一步再犯就是处分留档。希望大家引以为戒，以后打架谁挑事处分谁，谁先骂人处分谁，谁先动手处分谁。

打架是最不文明的表现，社会发展到今天，提倡合作、共享、团结友爱、互帮互助。中国梦就是国家富强，民族团结，人民幸福。党的十八大上习近平总书记就提出要创建人类命运共同体，共商，共享，共建，合作共赢。在学校我要提倡小组合作学习，取长补短，共同进步，不能打架，更不能打群架。再发生打架事件学校绝不手软！抽烟危害健康，尤其是对未成年人，学校对吸烟行为零容忍，抓到后严惩不贷。希望大家引以为戒，好好学习，把心思用在学习上。

这周我们德育工作会加大课间纪律的考核力度，我们学校课间打闹、吃零食现象还比较严重，这周课间学生会巡查，若发现可能会扣分，当然我们还是以教育提醒为主。一般遵循一次提醒，二次帮教，三次扣分，并通告本班班长或同学，希望引起各班同学的注意。

今天讲话到此为止，谢谢大家！

“促规范”考核第一周颁发流动红旗（作者本人提供）

2019 年 10 月 27 日

树正气

各位班主任老师：

大家辛苦了！表格体现的是上一周统计的班级管理量化分值，增加了一栏是班主任巡查宿舍分值（班主任巡查次数从 10 月 1 日开始计算，强巴老师有记录），最后总分是按照 8∶2 的权重得出了七个文明班级。

本周做志愿服务（做好人好事）的班级增多，这是学校的好现象、好风气，值得弘扬和表彰。这周有志愿服务的班级，凡是向我们德团办老师说明了的（有记录，有证明，有视频），我们都酌情加了 1 到 2 分。

后期关于学生做志愿服务加分一事，值得与各位班主任老师探讨一下。我们都知道做志愿服务是好事，是校园文明现象，值得提倡。但是无法排除后期有些学生为了逃避自己犯下的错误和应该承担的责任与后果而“被迫”做志愿服务。这种影响是很坏的，对“文明班级评选”的破坏力是很大的。这种“为了加分而加分”是与我们教育初衷背道而驰的，是一种“伪教育”！所以，为了学生教育的长远发展，我希望我们班主任老师要把握好教育的尺度，处理好学生犯错误与扣分，做好人好事与加分的关系，做好学生的正面引导。谢谢大家！

2019 年 11 月 9 日

会场吹口哨

这周三我安排了学生和老师共 450 人去山南市雅砻剧院看话剧《不准出生的人》，八（5）班的一个学生在节目进行中闹腾，吹口哨，影响很坏。话剧结束时市局领导点名批评了东辉中学，还要求做解释说明。

东辉中学部分学生在雅砻剧院看话剧提前“暖场”（作者本人提供）

这次活动是我策划和安排的呀！上周五我就接到市局文件，让我们学校安排 450 人去剧院看话剧。周一上午市局又让我和校长一起去局里开会，局领导再次强调这次活动很重要，要热烈，要提前安排唱歌“暖场”。于是我开会一回来就在班主任群里和同事群里发了通知。通知如下：

接市教体局通知，定于明天周三下午 2 点 30 分，学校组织七、八年级全体学生和思政老师、班主任共450人去雅砻剧院看话剧《不准出生的人》。这次活动上级领导（区，市）非常重视，市领导出席并安排有电视记者现场采访。为了保证演出活动安全有序、热烈、有暖场、受教育，学校领导商量特提出如下要求：

一、此次活动由周桓副校长和团委书记潘泽倩带队，蔡宇老师，尼多老师，数达瓦老师，所有思政老师，七、八年级班主任跟班参加。具体分工为尼多老师协助管理七年级，蔡遇、数达瓦老师协助管理八年级。

二、全体人员不迟到（下午2点30分校门口整队出发），不早退（5点10分结束，学生回来上第八节课）。

三、全体学生必须穿全套校服，不许带零食和饮料。

四、会场听从指挥，按要求就座，并随音乐歌唱《我和我的祖国》，不准大声喧哗、怪叫、吹口哨，不能出出进进、影响他人，要注意自己的言行，做一个文明观众。

五、参加活动考核分是4+1分，学校值日生上岗打分，单列本周活动加分中。

六、本次活动表现差的班级，下次取消参加类似活动的资格，回学校后开班会进行教育整顿。七、因有电视台记者现场采访，故每班安排2人做好采访准备。看完后每班学生写观后感并上交德团办。

请班主任把要求传达给学生。辛苦了！

周三早上德教干事尼多利用跑操时间也强调了下午活动的时间和纪律。我想学生应该能够做好的，就没多说。

下午不到两点我就在校门口等待学生和老师了。学生对于活动很积极，早早在校门口排队了。老师则晚一些，不过都没迟到。政教干事尼多整好队，450人浩浩荡荡走向剧场。因巴桑书记让我下午三点在学校开家长委员会，所以我不能亲自去。但我自认为安排妥当了，心想：应该没什么事吧。

很多时候是谋事在人成事在天。下午六点左右，我看见参加活动的学生回来了而且排好队站在校门口，周桓副校长站在队伍前面很生气。我很纳闷，立即跑过去询问，才知道八（5）班的一个学生在剧场吹口哨影响很坏，恰巧这个班的班主任也没来，是让其他老师顶替的。顶替班主任的老师在会场上睡着了，这样学生就乱套了。我必须先找出吹口哨的学生，然后给领导汇报工作。怎么找？既然吹口哨的是八（5）班学生，我就让八（5）班的几个班干部到我办公室集合，每人发一张白纸条，让他们各自写出看到吹口哨学生的姓名。事情进展还好，我很快找到了吹口哨的学生。

晚上我躺在床上睡不着觉，想着刚发生的事，问题出在哪呢？策划安排布置没问题呀！为什么没管住学生吹口哨呢？班主任没到？为什么没到？我反思如下：

第一，以后重大事情的通知不能仅仅在群里发，要开会当面说。

第二，班主任请假替班问题后期需要多沟通多交流。

第三，学生行为习惯养成教育和文明礼仪教育需要加强。

第四，工作要注意轻重缓急，抓主要的、要紧的事做。

2019 年 11 月 15 日

期中表彰大会上的讲话

老师们，同学们：

大家下午好！今天，我们在这里隆重聚会，召开本学期期中考试总结表彰大会。首先，我代表学校德教处向勤奋学习，追求上进的同学表示亲切的问候，向在本次期中考试中获奖的同学表示热烈的祝贺！同时我想借这个机会，结合我校学生在学习、安全、纪律养成、卫生等方面给大家做一些提醒和要求。

在期中考试中，有些同学们虽然取得了一些成绩，但我们应该看到自身的不足。有的同学学习成绩不进反退，要认真分析成绩滑坡的原因。有的同学学习目的不明确，每天待在学校不知道自己该做什么，整天无所事事，不知道珍惜时间。下面我就本校部分学生目前存在的问题归纳为以下几类，希望同学们结合以下几点进行反思，看看哪些你做得比较好，哪些还没有做到，下一步准备怎么办。

一、有些同学的学习态度不端正，不能认真听讲，上课睡大觉，开小差，不完成老师布置的作业，即使交了作业，不是抄袭，就是随便应付交差。这部分学生思想状态非常懒散，一切要靠监督过日子，学习目的不明确，学习态度不端正，虽表面没有违反纪律，但思想开小差，学习不用心，最终导致学习成绩没有提高。

二、有的同学不能正确对待平时的测验，弄虚作假，考试传纸条，传试卷，甚至作弊。

三、个别学生对待老师的批评教育不听不管，任性妄为，甚至在公开场合顶撞老师或故意气老师。

四、有少数学生不遵守纪律，上课迟到早退，旷课，上课睡觉，做小动作。

五、有的同学与其他同学发生矛盾，不向老师反映，不向学校报告，而是纠集朋友或同学来殴打对方，与其发生矛盾。

六、有些同学不注意仪容仪表，不穿校服。男生留长发，留怪异头发，女生戴首饰，梳怪发；男女生，穿奇装异服，严重影响了中学生的形象。

七、个别学生在餐厅就餐时不排队，剩菜、剩饭随处倒，既不道德，也破坏了环境卫生。

八、部分学生在宿舍里不遵守休息纪律，大声喧闹、乱窜寝室，熄灯之后喧闹、玩手机等。

九、个别学生抽烟。尽管校纪校规明令禁止，实际上仍是有禁不止。有些吸烟上瘾的学生甚至下课十分钟也要躲进厕所里“过把瘾”。

十、故意损坏公物，有损坏自己的课桌、凳子的，也有损坏教室和宿舍门、窗的。

十一、个别学生带手机，上网、听流行歌曲、聊 QQ、打游戏。

十二、部分同学在植物园肆意践踏花草，在校园或厕所内胡写乱画。

十三、部分同学对大课间活动认识不到位，感觉大课间是负担，不好好参与，特别是九年级学生跑操不认真，希望九年级的同学转变态度，好好参与我们的大课间活动，这也是为明年的体育加试打基础。

十四、个别学生偷窃东西，随意进出老师办公室，偷窃试卷或其他物品。

期中表彰大会（李亚提供）

各位同学们，无规矩不成方圆。上上周学校出台了《东辉中学学生处分实施细则》，并告知了家长。学校是一个最讲规范的地方，校纪校规是我们学习的保障。人人都要严于律己，用自己的行动和好的习惯影响和带动他人，从而起到由个人到集体、由班级到学校的带头作用。但是，强制出来的习惯总归不如自我教育出来的习惯更能让人进步。我观察到，学生的层次分三种：第一种，自我教育好的学生是最好的学生，他们根本不用老师去批评，他们的进步主要靠的是自己。第二种，是那些要靠别人管教的学生，他们在老师的教育管理下恪守学生的本分。第三种，不知道什么是自我教育，又不能够听从老师的管理。我希望，第一种学生越来越多，后两种学生越来越少。最后祝同学们都能加强自我教育，做一个好学生！祝同学们前途无量！

谢谢大家！

2019 年 12 月 1 日

班主任座谈会

“不忘初心、牢记使命”主题教育班主任征求意见座谈会于今天下午 3 点 30 分开始。会议主要是由 19 个班主任一一发言，我最后进行总结发言。我归纳了老师们谈话的内容大概包含五个方面：一是班级管理考核实施上；二是班主任待遇、培训上；三是任课教师责任心上；四是住校生伙食、住宿、安全保障上；五是加强民族班的管理上。

最后我强调几点：

第一，班主任要有幸福感。当班主任最能实现当老师这一职业价值。当老师的黄金年龄一般都在 45 岁以内。很多退休老师回想自己职业生涯中最有意思的就是当班主任的岁月。很多人当过老师后，因各种原因从事其他职业了，但回首往事津津乐道的还是当班主任的岁月。所以珍惜这一岗位，不为自己留下遗憾。

第二，当班主任是良心活，要靠“爱”支撑的，是没法用钱和分数衡量的。要“大爱”（团结，整体，无私，公平），不要小爱（护“犊子”，总想听好话）。

第三，当班主任要腿勤，嘴勤，笔勤（反思），才能真正有效果。

第四，当班主任没有捷径，没有一劳永逸的办法，不同届的班，不同届的学生，不同学校的学生需要用不同的方法，班主任工作的苦和累就是因为没有统一办法，所以带每一届学生一定要寻找因地制宜的方法，与时俱进的方法。学生是变化的，发展的，光有热情是不够的，需要不断地学习和总结，可以借鉴别人的经验和方法，但不能照抄照搬别人的做法。

“不忘初心　牢记使命”主题教育班主任座谈会
（作者本人提供）

2020 年 1 月 3 日

2020 年来了！

我们将用汗水浇灌收获，以实干笃定前行。

我们继续张开双臂拥抱世界，不惧风雨，不畏险阻。

我们只争朝夕，不负韶华！请记住十句最理想的话：

一、即使最平凡的人，也得要为他那个世界的存在而战斗。

二、连伟人的一生都充满了那么大的艰辛，一个平凡的人吃点苦又算得了什么呢？

三、生活总是美好的，生命在其间又是如此短促。既然活着，就应该好好地活。

四、死亡的只是躯壳，生命将涅槃，生生不息，并会以另一种形式永存。

五、生活中真正的勇士向来默默无闻，喧哗不止的永远是自视高贵的一群。

六、孤立有时候不会让人变得软弱，甚至可以使人的精神更强大，更振奋。

七、只有初恋般的热情和宗教般的意志，人才有可能成就某种事业。

八、人处在这种默默奋斗的状态，精神就会从琐碎生活中得到升华。

九、锁链可以锁住门窗，锁住手脚，但人心是锁不住的。

十、即使没有月亮，心中也是一片皎洁。

2020 年 3 月 19 日

线上讲座

3 月 19 日、20 日两天，东辉中学德教处开展“习惯养成教育”线上德育讲座。学校七、八年级学生 350 余人参加此次讲座。讲座由副校长吴勇主讲，德教处主任杨士军主持，校长王与雄全程参与，七、八年级班主任及德教处全员参加。

副校长吴勇主要从五个方面跟学生们进行交流，首先他介绍了中国教育方针的核心——立德树人，当前我国德育的历史机遇和思想指南——习近平新时代中国特色社会主义思想。其次他分析了习惯的内涵和外延，以及养成好习惯的重要性，指出青少年在生活中的一些不良习惯，重点引导学生彻底告别不良习惯，积极养成良好的学习生活习惯，争做新时代文明青少年。讲座过程中，同学们踊跃在线互动，积极参与讨论、分析案例，气氛活跃，效果良好。

副校长吴勇最后倡导全体师生积极行动起来，从我做起，从现在做起，养成良好习惯，杜绝一切陋习，不断提升自我，努力争做新时代文明中国人。

“习惯养成教育”线上德育讲座不是学校日常德育“复制”，而是旨在强化学生养成良好习惯，不断提高学生生活、学习、运动的能力，同时也为规范行为习惯、营造良好校风、创建安定和谐的校园奠定良好的基础。

2020 年 5 月 10 日

班级日志 · 班主任工作手册

为了让班级管理有更大的成效，使班主任工作更细致一些，我给每一个班主任都提供了《班级日志》和《班主任工作手册》。《班级日志》每天由班长评价填写上课师生情况，周末上交给德教处检查盖章，让德教处第一时间掌握班级管理及教学动向；提供《班主任工作手册》以便班主任撰写班级动态，管理工作“留痕”，促进班主任成长。这些举措应该有效！

2020 年 5 月 17 日

班主任津贴补贴部分发放说明会

推动德育工作很重要的部分就是想方设法来调动班主任工作的积极性。班主任工作很辛苦，东辉中学津贴（财政补贴）不多，每个月只有 80 元。我积极与学校领导沟通，制定了《班主任津贴学校补贴部分发放方案和考核细则》。经校委会，班主任会讨论通过。这样每月考核后班主任一般每个月比以前多拿 400 元左右的补助，个别业绩突出的班主任甚至可以拿到 500 元左右的补助。这样班主任干劲儿明显足一些了。各项工作开展都顺利很多。

班主任例会——班主任津贴补贴部分发放说明（潘泽倩提供）

2020 年 6 月 20 日

编写《入学教育读本》

《东辉入学教育读本》

七年级新生入学第一周是一个重要的教育契机。根据以往经验，若这一时期的教育工作做好了，以后的教育便少、快、好、省，能达到事半功倍的效果，否则可能会出现多、慢、劣、费、艰难、窘迫的局面。如何利用好这一阶段把入学教育搞好，培养好初一新生入学的纪律意识、安全意识、责任意识、爱国情感以及心理调适等，我觉得德教处应该有所“作为”——编一本教材，开设一门课程。我把这一想法给王校长汇报了，他很高兴。他提供给我一些资料作为参考。他拿出他派出学校（湖北大学附属中学）入学教育资料《湖北大学附属中学学生成才指南》让我看，并提出了一些建议，让我起草编写一本东辉中学自己的读本作为校本课程的教材。当天我就认真看完了《湖北大学附属中学学生成才指南》，心里开始酝酿《东辉中学的入学教育读本》（后来的名字）。在入学读本里第一章是“校况篇”，这需要找学校历史方面的内容，包括校徽、校歌、校训寓意和来历，这些资料要找很多部门才能集齐。我通过一周的查询，问校办，问教务，问资料室，问以前办公室的“老人”才收集完整，于是加班加点地完成了第一章“了解东辉 热爱东辉”。第二章“管理篇”是有关学校制度方面的。有中学生守则，日常行为规范，礼仪常规，还有东辉中学学生管理的一些处罚制度和考评制度等。我也花费了一周多的时间整理汇编。第三章是“激励篇”，第四章是“安全教育篇”，第五章是“成才篇”“四讲四爱篇”。我几天都泡在图书馆里，教学工作之余加班加点找资料，翻资料，写资料，编写过程很是艰辛，有时加班到晚上一点多。我历时一个月完成了后面几章内容的编写。最终在七月初《山南市东辉中学入学教育读本》编写成稿，有5万~6万字。我让广告公司将稿打印成册，作为下学年新生入学教育课程的教材。

2020年7月5日

填写《综合素质报告书》

快临近期末了，按照内地学校要求，学期末是班主任最忙的时候，忙着给自己班的学生写“评语”——填写《学生综合素质报告书》。《学生综合素质报告书》里有本学期期中、期末各科考试成绩，还有老师、学生、班级小组对学生的评语。所以这些内容班主任必须提前几周准备，而且要求很严，学生评语要用第二人称，以鼓励表扬学生为主。我打听到东辉中学前几任德教处领导似乎没做过这项工作，至少我以前没看见过班主任写《学生综合素质报告书》册子。于是我按照内地的版本制作了一个册子，分三学年让广告公司印刷，并在周日班会课前召开了一次期末工作班主任例会，专门对这一工作进行动员和部署。我说：“《学生综合素质报告书》是综合反映一个学生在一学期里各方面的素质情况，是一项重要的工作。从本学期开始，每学期班主任都要填写《学生综合素质报告书》，交由德教处盖章。”很明显这项工作比较繁重，班主任是不太愿意的。但是我强调了这一工作对学生成长有好处，并且许多学校都在做这一工作时，是班主任也就默许了。毕竟是为了学生好，只要对学生有利的好的做法就应该提倡嘛。

2020 年 9 月 1 日

厉行节约，反对浪费

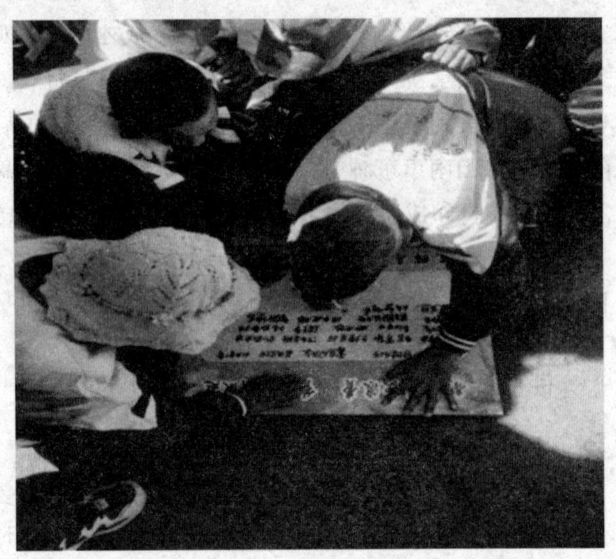

“厉行节约，反对浪费”学生签字仪式（梅光利提供）

“谁知盘中餐，粒粒皆辛苦。”节约是中华民族传统美德。制止餐饮浪费行为也是习近平总书记近期作出的重要指示精神，学校德教处也开展了系列教育活动。

首先，在学校校本课程《入学教育读本》里就有专门的篇章倡议全校师生节约每一滴水，节约每一度电，节约每一粒粮，节约每一张纸，节约每一分钱，节约每一秒钟。王与雄校长多次开大会倡导：东辉是我家，要做好开源节流、节能降耗工作。平时要做到及时关灯、关电，电脑、白板等设备长时间不用要及时关机，切断电源。各位老师要教育学生节约粮食，爱惜劳动成果，节约用纸，不滥印现成试卷，并控制打印机用纸，纸张要尽量正反两面使用等。

其次八月三十日晚读时间学校又组织全校学生召开以“厉行勤俭节约，反对铺张浪费”为主题的班会。班会课上，同学们各抒己见，罗列了生活中的一些餐饮浪费现象，纷纷表示要从日常就餐做起，践行“光盘行动”，培养勤俭节约的好习惯。

最后，九月一日上午在我校开学典礼大会上，学校又组织全体学生举行了

“拒绝餐饮浪费，节约从我做起”和“东辉是我家，清洁靠大家”的签名活动。在签字板上，每个学生签字题名，下决心自觉抵制餐饮浪费行为。学生签完字后，由广告公司工作人员把各班的签字板悬挂在各班教室比较醒目的位置，告诫学生时时提醒自己告别浪费行为，践行“光盘行动”，培养良好的行为习惯。

2021 年 7 月 6 日

47 项活动

期末全校家长会（梅光利提供）

亲爱的老师们、同学们：

大家上午好！光阴似箭，一转眼 2021 年暑假已经来到。这学期过得很快，简单回顾心里还是沉甸甸的。这学期德团办在校领导的关心支持下，在班主任的密切配合下，牢记立德树人根本任务，围绕党史学习教育、“五项管理”、民族团结教育、施工安全、校园稳定等工作，开展了 47 项德育活动，参与人数达 24205 人次，人均 35. 59 人次。三月份的德育活动：以“党史学习教育”为主题的“开学第一课”；3 月 2 日七年级听党史讲座；3 月 3 日看红色电影；3 月 4 日制作“五史”展板；3 月 5 日“学雷锋日活动”，组织全校师生清理卫生死角；

3月8日全校学生开展“我为妈妈洗脚”感恩活动；3月12日九年级百日誓师大会；3月21日、3月28日分别开办主题班会和举行升旗仪式；3月27日组织七年级部分班级去山南市气象局进行气象科普考察和参观；3月30日举行“预防近视，创无烟学校”签字仪式。四月份的德育活动：4月9日组织八年级学生瞻仰烈士陵园；4月22日听《红星照耀中国》阅读交流分享课；4月24日组织七年级参加山南市建党百年红歌赛。五月份的德育活动：5月14日七、八年级师生以及家长举行红歌比赛暨五四新团员入团仪式活动；5月19日去山南市实验学校听党史讲座；5月28日组织九年级去西藏第一“朗生互助组”红色基地进行研学活动，湖北大学生实习生参观克松村等；5月21日组织七年级部分学生前往山南市农业科学研究所开展农业科普活动；5月26日组织八年级部分学生前往山南市第一职业技术学校开展劳动实践活动。六月份的德育活动：课前三分钟讲“红色小故事”；每周日晚读党史知识竞赛等。这些活动极大地丰富了同学们的校园文化生活，让同学们在快乐中学习，在快乐中成长。通过这些活动可以看出我们学校以人为本的办学思想，学校很重视学生的全面发展和健康成长。

一学期以来，因学校施工，维护校园稳定平安成了头等大事，学校领导和老师做了大量的工作，开家长会3次，开班会2次，开班主任会2次。我们教育并惩处了打架学生和损坏公物的学生，学校教育教学秩序好了很多，学校没有发生重大安全事故，也没有出现违法犯罪现象。但是我们仍然可以看到部分学生行为习惯和文明素质还需要提高。我们的教育依然任重而道远，东辉校园与文明校园之间仍存在差距，还需要我们家长、老师、学生一起加油，共同来营造一个干净整洁、文明有序的校园环境。

老师们、同学们，今天是散学典礼，为了同学们过个安全、愉快而又有意义的暑假，我还是要提出几点要求：

一、暑假时间不长（20天），要劳逸结合，合理安排时间，做有意义的事（健身，读书）。每天锻炼一小时，读一本好书，不要变成“手机控”，成天抱着手机上网、聊天、打游戏。

二、在家要做个好孩子，不断提高自己的道德素质；在社会上争做合格小公民，要自觉遵守公民道德。积极参加社会实践活动。

三、预防溺水事件和其他安全事故的发生，切实提高自我保护能力。

最后，恭祝各位暑假愉快，万事如意！谢谢大家！

2021 年 10 月 29 日

班主任培训

班主任培训会（作者本人提供）

“学而不思则罔，思而不学则殆。”做学生工作需要经常反思和学习，这样才能很好地发现学生身上的问题，及时帮助学生进步。当班主任更需要学习，才能跟上社会发展的脚步。

2021 年 10 月 29 日上午在科技楼三楼组织全体班主任参加了“如何做一名优秀的班主任——班主任工作漫谈”的专题培训。东辉中学巴桑书记和王与雄校长，洛桑旦增副校长，德团成员和班主任以及实习生都参加了此项活动。本次培训会由吴勇副校长主讲。

他用平缓的语言讲解了班主任做好各种角色定位需要具备哪些条件，如心态、站位、方式方法、批评、契机等。他还提出了班主任工作的五大法宝，十个到位，十五个好习惯，三项应对（如何应对学生意外受伤，如何处理家长寻衅滋事，如何面对媒体采访）。他结合自己带班十多年的经验和我校目前班主任工作中存在的一些问题，分享了自己的一些观点和看法，很有指导意义。

2022 年 3 月 10 日

刚健有为，自强不息

七（2）班班主任白玛德庆给学生上班会课（作者本人提供）

体育强则国强，国家强则体育强。2022 年北京举办冬奥会，让我国再次成为世界的焦点。冬奥会展现了中国形象，促进了国家的发展，振奋了民族精神。习近平总书记指出，举办北京冬奥会、冬残奥会来之不易，意义重大，同实现“两个一百年”奋斗目标高度契合。这次冬奥会、冬残奥会是中国向国际社会交上的一份满意答卷。为铸牢中华民族共同体意识，发扬传承冬奥精神，培养学生不畏艰难、积极向上的人生态度，我校围绕“刚健有为，自强不息”主题开展了系列教育活动。

首先 3 月 9 日上午 10 点全校中层以上管理人员在三楼会议室召开了开学前的准备会议。各分管校长把自己这学期的工作进行安排和部署。

下午 3 点 30 分在阶梯教室召开全体教师大会。巴桑书记和王与雄校长围绕“改进作风，狠抓落实”向全体教师提出了新学期的要求。王与雄校长语重心长地进行表态发言，并向全体教师提出了八个“期待”。其他分管校长就各自分管领域提出了新学期新打算。会议紧凑且高效。

下午 6 点 30 分在三楼会议室召开了全体班主任会。会议由我主持。我回顾了上学期德育开展的各项工作、存在的问题以及下学期的打算和晚读班会的安排。对于班主任工作提出了改进“懒、散、松”作风，立足于细微处，落实立德树人根本任务。吴勇副校长谈到德教部门的职责和班主任工作的重点是抓养成性教育等。

晚读 7 点 10 分开始，各班以“刚健有为，自强不息”为主题召开班会。教育引导学生从小要志存高远、勇于担当、刚健有为、自强不息。班会课上老师向同学们指出了绿色、共享、开放、廉洁的办奥理念是新发展理念在北京冬奥会筹办工作的体现。习近平总书记指出，绿色办奥就是要坚持生态优先、资源节约、环境友好，为冬奥会打下美丽中国底色；共享办奥就是要坚持共同参与、共同尽力、共同享有，使冬奥会产生良好社会效益；开放办奥就是要坚持面向世界、面向未来、面向现代化，使冬奥会成为对外开放的助推器；廉洁办奥就是勤俭节约、提高效率，坚持对兴奋剂问题零容忍，把冬奥会办得像冰雪一样纯洁无瑕。

3 月 10 日上午学校在国旗下举行了开学典礼。王与雄校长和卓玛副校长分别进行发言。卓玛副校长从学生日常养成性教育方面给学生提出了四点要求。王与雄校长用“三个看见”表达了对全校师生的期望。开学典礼安静有序地进行。

2022 年 4 月 15 日

师德师风会

一个学校的发展，教师是中坚力量。教师的师德师风直接关系到校风。4 月 14 日下午 4 点 50 分，学校邀请拉萨北京实验中学思政老师郭晓辉给全体教师做了一场新时代师德师风专题讲座。会议由卓玛副校长主持。

郭老师从立德树人铸师魂，和美共生育新人，凝心聚力强思政三方面谈了新时代师德师风要求。

讲座进行了一个多小时，老师们安安静静、聚精会神地听着，颇有收获。最后王与雄校长总结，他勉励全体教师，师德师风是定盘星，要求老师真心付出，做一个合格的人民教师；师德师风是魂，要求老师要有爱心，做一个优秀的人民教师；师德师风（为人师表）是教师梦，要求教师不忘初心，做一个幸福的老师。

东辉中学师德师风培训会（作者本人提供）

第四章　锐意进取，谱写东辉华章

湖北教育援藏团队进藏后深刻领会习近平总书记“改变藏区面貌，根本要靠教育”的重要论述和中央第七次西藏工作座谈会精神，把“立德树人”作为根本任务，扎根雪域高原，矢志艰苦奋斗，制定了三年援藏规划，以“山南第一，西藏一流”作为学校的奋斗目标，致力于把东辉中学打造成思政教育标杆学校，立志在雪域高原谱写一曲思政特色教育的“杏坛”之歌。

东辉中学庆祝第三十五个教师节合影留念（李亚提供）

人的生命只有一次，不可能重来。“安全不保，何谈教育！”东辉中学一直把学生在校的安全、稳定以及生命健康放在第一位。全面贯彻党的教育方针，加强心理健康教育，网络安全教育，法制安全教育，生命教育等。认真落实“五项管理”和“双减”政策。

2019 年 9 月 5 日

安全隐患检查

2019 年是新中国成立 70 周年，为切实维护学校良好的治安秩序，保障广大师生人身财产安全，9 月 5 日晚上 8 点吴勇副校长和周桓副校长带领德团办全体成员和两名便民警务站的警官组成排查小组对全体在校学生进行了“管制刀具”安全大排查。

为使这次“大排查”真实有效，排查小组事先并没透露任何消息，采取突击检查，学生包括班主任都不知道这次排查的时间和地点。排查分两步走：第一步先突击检查教学楼里每间教室的情况，我们让男生先出教室，在走廊站成一排，然后进行检查；第二步排查住校生宿舍有没有安全隐患和管制刀具。整个活动持续了一个多小时，活动安全有序，严肃紧张。

本次活动没发现管制刀具等物品，但发现如下两个问题：第一，发现个别班级个别学生携带玩具性质的木棍，铁棍，健身小器材；第二，发现多个班级教室里存放篮球、足球。对以上存在安全隐患的物品，已经全部存放到体育器材室。

通过本次校园管制刀具收缴专项行动，进一步提高了我校师生及家长对携带管制刀具的防范风险意识，为扎实推进预防未成年人犯罪工作，创建“平安校园”奠定了扎实的基础。

2019 年 9 月 27 日

法治教育讲座

9 月 27 日上午，学校开展了法治教育进校园活动。本次活动有幸邀请到山南市湖南路便民警务站站长、法治副校长张晏武同志。讲座中，张警官一方面从学生为什么要学习法律以及要学哪些法律两个方面剖析了当代中学生出现的一些不良行为习惯；另一方面，深入浅出地为孩子们讲述了什么是违法与犯罪，用生动的案例、深刻的教训，警示学生要遵纪守法，不要做让个人后悔、家庭蒙羞、社会不安的糊涂事情。同时，教育大家要充分认识打架斗殴的严重危害，提高鉴别能力，学会感恩，谨慎交朋友，切勿虚荣攀比，增强防范意识，充分珍惜大好的学习时光，以真才实学回报家长和社会。

最后吴勇副校长进行了总结发言，他希望同学们从社会的要求出发，不断提高包括法治安全意识在内的公民思想道德修养，提高安全防范意识，积极投身到平安校园、和谐校园的创建之中。

东辉中学法制副校长进行法制讲座（作者本人提供）

2019 年 10 月 15 日

学会感恩，快乐前行

——举行心理健康讲座

10 月 15 日晚上 7 点 30 分学校德团办组织七年级学生在阶梯教室听心理健康讲座。讲座由我主讲。

我从 2017 年世界卫生组织新定义的健康（包括身体健康，心理健康，社会适应健康和道德健康）出发，开始了今天的主题讲座——学会感恩，内心才快乐。我先与学生同唱《感恩的心》这首歌，接着与学生们一起分享这首歌背后的真实故事，在学生深受感动的氛围中，我通过提问，以现场小调查的形式启发学生们在生活中要理解父母，感恩父母。

接下来我以韩红创作的歌曲《天亮了》背后感人至深的生命故事为切入口，告诉孩子们人世间最无私的爱是父母之爱。韩红创作歌曲《天亮了》是以孩子的口吻表达了孩子离开父母后的那种凄惨和伤痛。在场的孩子们哽咽地重新唱起这首歌时无不动容。

这次讲座安排了一节课内容。我精心准备，讲得比较投入，学生很受启发和教育。讲座结束后许多学生仍意犹未尽。

德育主任杨士军做心理健康讲座（潘泽倩提供）

2020 年 6 月 10 日

相逢在花季

6 月 10 晚上 7 点德团办组织七年级学生在阶梯教室听青春期心理健康讲座。讲座由我主持，邀请资深生物老师强久卓玛老师主讲。

强久卓玛老师从青春期的定义出发，谈到青春期身体的变化、心理的变化，谈到这一阶段要注意的事项，要克服逆反心理，重点谈到了早恋的危害，把握与异性交往的分寸等知识。

这次讲座安排两节课内容，课堂秩序很好，师生有互动。强久卓玛老师精心准备，讲得很投入，学生很受启发和教育。

本次讲座旨在帮助学生正确地认识青春期，快乐地走进青春期。以提高学生的心理素质，增强初中学生心理上的自我调节能力以及承受能力为目的。

生物老师强久卓玛做青春期心理健康讲座（潘泽倩提供）

2020 年 9 月 14 日

文明上网

九月的第二周是网络安全教育周。学校信息中心、维稳办、德团办联合开展了网络安全进校园系列活动。9 月 13 日德团办利用周日晚读课组织学生召开了“网络安全你我他”主题班会。班会课上班主任通过 PPT 让同学们认识到网络丰富了日常生活，推动了社会进步，改变了世界，对生活有积极影响。但是，网络是把双刃剑，网络也有不利的一面，如个人隐私容易被侵犯，网络谣言，电信诈骗，校园不良借贷，还有网络直播，游戏充值等都存在巨大风险。中学生容易沉迷网游，要文明上网，班会课要求全体学生做到：

要善于网上学习，不浏览不良信息。

要诚实友好交流，不侮辱欺诈他人。

要增强自护意识，不随意约会网友。

要维护网络安全，不破坏网络秩序。

要有益身心健康，不沉溺虚拟时空。

9 月 14 日德团办检查了各班出的黑板报，各班黑板报大多以“文明上网、绿色上网、安全上网”为题材，版面整齐，设计美观，插图醒目，有正面宣传的，也有漫画讽刺的。

家校互动教育——致家长一封信也是德团办在这次网络安全教育中开展的一项活动。通过“小手拉大手”，实现“教育一个学生，带动一个家庭，影响全社会”的目的和效果。学校向七、八年级450人发放了信和调查问卷，回收了430份，家长踊跃参加答题，效果很好。

文明上网班会课（作者本人提供）

2021年3月15日

宿舍管理整改

消除各类安全隐患，保障学生身心健康和生命财物安全，创造良好的学习、住宿环境一直是学校追求的工作目标。目前我校现有学生650人（其中住宿生371人，走读生279人）。为进一步加强宿舍和谐文明建设，需制定整改方案。

一、宿舍目前存在的问题

（一）思想认识不到位。学校师生及家长对宿舍工作重要性认识不足，总感觉宿舍是宿管员一个人的事，是额外多余的事。学生整体卫生意识较差，行为习惯较差，乱丢乱扔乱吐现象时有出现。

（二）管理督促不到位。班主任没把宿舍工作纳入班级工作中，在宿舍管理工作中督促少，检查少，晚读后去宿舍也是流于形式，导致学生宿舍卫生得不到改善。

（三）宿舍楼设施落后，死角多。值班电话、应急照明、消防器具等设施不齐全，窗户、玻璃、床铺都需要维修和更新，走廊间、楼梯间安全隐患较多。

（四）宿舍管理考核制度没建立起来。学生宿舍有管理条例，但形同虚设，宿舍制度对学生没有约束力，宿管员没学习就上岗，对学生监管没方法，不到位，学生在校作息时间和作息流程随意性很大。整体上缺乏制度管人、流程管事的意识。

宿舍内务整理（作者本人提供）

二、整改措施

针对目前存在的问题，校领导要开会研究，要召开全体教师会、值班教师会、班主任会、德团工作会、住读学生会、学生干部会等，落实具体管理责任，为学生提供安全保障。

（一）学校每天的值班领导以身作则，要走进宿舍，对住宿学生随时关注，逐个清查，加强宿舍管理，消除各种安全隐患。

（二）组织班主任，随时关注、解答学生心理困惑，引导学生身心健康发展，有力地维护宿舍的正常秩序。要求班主任每周晚读后最少去宿舍两次，了解关心本班学生，沟通思想，密切师生情感，预防、消除不良行径的萌发。

（三）要求值周人员协同宿舍管理人员，坚持每天对宿舍内的消火栓、灭火器、消防标志指示牌的完好情况及消防通道的畅通情况进行检查。对宿舍内禁止用的火机、棍棒、管制刀具等违禁品进行收缴，进行每周一次大检查。

（四）建立健全宿舍管理的各项规章制度，以制度规范学生，约束管理人员，为宿舍管理规划提供有力的制度保证。

（五）充分发挥学生自我管理功能，学生干部在宿舍管理中要发挥带头作用，协助管理人员做好学生管理工作，了解住宿生的生活、学习情况，上情下达，帮助学生养成良好的生活习惯。

（六）以创建“文明宿舍”为契机，以宿舍量化管理考核为平台，逐步约束学生行为习惯，规范宿舍各项管理，并附“文明寝室”量化考核表。

（七）严格按照宿舍作息流程安排，不得随意改动。

早上：冬春季 7：00 起床，7：30 吃早餐；

夏秋季 6：30 起床，7：00 吃早餐。

中午：冬春季 12：40 吃午餐，13：10 午休；

夏秋季 12：10 吃午餐，12：40 午休。

晚上：21：20—21：50 放松，洗漱，整理，自由活动；

21：50—22：10 宿舍打扫卫生，值日；

22：10 寝室内熄灯；

22：10—22：20 上厕所，上床；

22：20 走廊全熄灯，睡觉；

22：40 开走廊灯。

东辉中学“文明寝室”量化考核细则

为加强对校生的教育和管理，严肃校纪校规，确保学校的安全稳定和良好的校风。经学校研究，对学生宿舍管理进行量化考核。

说明：

1. 情节严重者除扣分外，视其违反程度分别给予警告、记过、回家反省、开除住宿资格等处分，有些还根据学校有关处分条例规定处分。各项扣分不超过本项分值。本考核未涉及的考核内容，根据情节轻重酌情考核。

2. 周文明宿舍设置：一层楼设置两个寝室。学生会或宿管员每天晚上统计一次分值写到公示牌上。周五汇总五天总分，总分高的为周文明宿舍，颁发流动红旗。将获得周优秀次数多的宿舍评为文明宿舍，颁发奖状和奖金（商议等级）。每月每个宿舍都要评出一名“文明住校生”，期末推选给学校，参与学校表彰。

3. 宿舍成立学生会，学生会成员要品学兼优，协助宿管员管理宿舍。每月分值最低的宿舍和个人由宿管员报德团办，德团办按章处分！

三、工作要求：

（一）全校师生积极重视，形成合力。学校要构建值日领导、值周老师、宿舍管理员、班主任老师、寝室长五位一体的管理体系，既各司其职又互相契合，形成管理合力。

（二）考核制度实施由德团办牵头落实，宿舍门口安装宿舍管理考核细则曝光牌。由德团负责培训宿管员和学生会成员，用两周时间形成考核规范。

（三）建立班主任进宿舍制度，把宿舍考核与班主任津贴挂钩。把学生在宿舍情况作为一项重要班级考核内容。

（四）德团办每晚必须保证有人到宿舍检查班主任进宿舍工作，建立排班值日制度。

（五）特殊时期特殊管理。譬如每年秋季新入学的学生，他们年龄小，生活自理能力差，刚离开父母，开学初的第一周，宿舍管理特别难。为此，首先，抓好一个“细”字。学校要定期召开住校学生集会，跟学生讲要求，讲纪律，讲一些伟人小时候吃苦成才的故事，讲温室里的花草被冻坏的道理。要求各位班主任多进宿舍，多跟学生交流沟通。宿舍管理员要像妈妈一样呵护着孩子们，手把手地教他们整理内务，及时提醒他们夜间上厕所，督促他们做好刷牙、洗头、洗澡、洗脚、剪指甲等个人卫生，晴天安排学生晾晒，下雨替学生收被、收鞋，熄灯前后进行认真巡查，晚上还要夜巡，及时处理学生反映的问题，学生生病了要及时跟家长联系，时刻把学生的冷暖放在心间。其次，做好一个“实”字。我们逐个寝室进行合理布局：水桶、灰撮、纸篓、扫帚该放在哪个位置；毛巾、牙具、脸盆、拖鞋、被子、枕头六个一条线该如何摆最恰当；宿管员老师每夜都要数次查寝，看人到齐了没有、有没有生病的、孩子们睡得是否安心。每晚都要这样费心。

学校安全工作无小事，为了使每个学生在学校里学得开心，住得舒心，家长放心，我们将始终以“为了一切孩子，为了孩子的一切”为己任，争取把学校的宿舍管理工作越抓越好!

2021 年 3 月 18 日

住校生整顿

让每个孩子在学校里学得开心，住得舒心，家长放心已成为学校一贯的目标追求。2021 年 3 月 18 日下午 7 点学校所有住校生在阶梯教室召开了全体住校生整顿动员大会。会议由我主持，王与雄校长和吴勇副校长参加会议并进行大会发言。

会议有两个议程：第一项议程是一个捐款仪式。来自中国地质大学（武汉）附属学校的援藏教师陈红兰代表中国地质大学（武汉）附属学校向学校爱心捐款 3000 元，这是地大附校第三届“红领巾爱心义卖”活动中地大附校的孩子们捐款的一部分。虽然捐款不多，但是一分一毫都代表着地大附校对东辉中学孩子们的一片情谊，是藏汉一家亲的真实写照！东辉中学吴勇副校长接受了捐款，表示了感谢，并承诺把这次的捐款用来奖励东辉中学住校生中家庭困难又品学兼优的学生。

住校生整顿动员大会（潘泽倩提供）

大会第二项议程是住校生整顿动员大会。首先由吴勇副校长进行动员讲话，他列举了我校住校生出现的违纪现象和不良行为，主要强调了三个纪律要求：第一，女同学一定要懂得自尊自爱；第二，男同学一定要学会和谐共处；第三，加强对时间的管理。接下来王与雄校长讲话，他谈到学校住宿条件正在不断改善，管理要落到实处，勉励全体学生争做“一流的东辉，一流的学生”。最后是我讲话，我谈到这次宿舍整改的原因和目前存在的问题以及下一步整改的措施和方法，重点说到宿舍考核细则和宿舍作息流程。我要求同学们不断增强生活自理能力，自觉遵守校纪校规，过好三年在校集体生活。

2021 年 5 月 12 日

开展避震逃生演练活动

2021 年 5 月 12 日是第十三个“防震减灾日”。5 月 12 日上午学校组织全校师生举行了一次避震逃生安全应急疏散演练活动。这次活动全校师生全部参加，从教室到操场用了不足 3 分钟全部撤退完毕。我下达演习“开始”命令，索朗旦增老师播放演练警报，各班学生第一次听到警报时躲在桌底，第二次听到警报时在当节任课老师的指挥下，按照疏散路线迅速撤离到操场。学生到达操场后各班马上清点人数。整个过程迅速、有序、安全。最后，在操场上王与雄校长进行总结讲话，表示开展地震应急模拟疏散演练，旨在提高全校师生自救自护能力，希望大家重视演练，提升紧急疏散和应对突发事件的能力。洛桑旦增副校长也强调了目前校园存在的问题，呼吁同学们严格要求自己，力争做一个文明守纪的东辉学子。

本次演练是一次较成功的演练，通过演练，提高了学生的防震自救意识，掌握了逃生方法，达到了预期的目的。

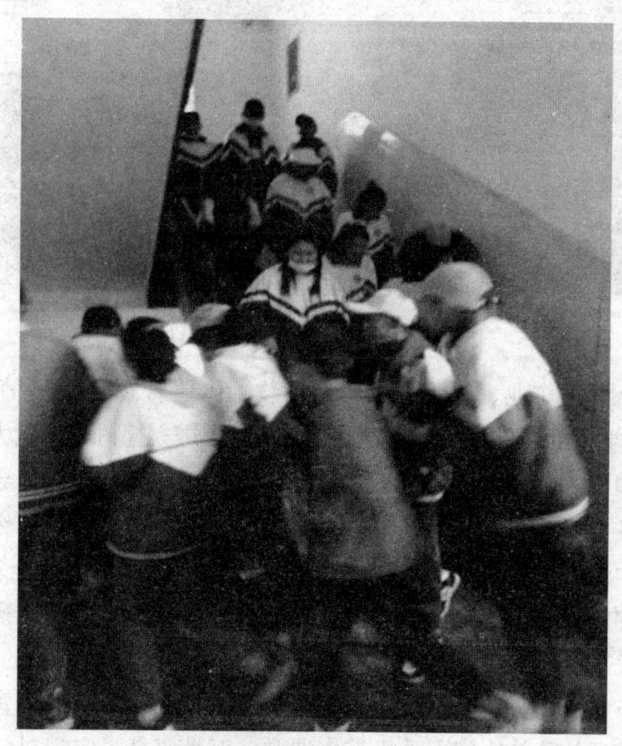

学校避震演习活动（李亚提供）

2021年5月16日

落实"五项管理"，我们在行动

——东辉中学召开班主任例会

班主任例会（作者本人提供）

加强中小学生作业、睡眠、手机、读物、体质管理（以下简称"五项管理"），关系学生健康成长、全面发展，是深入推进立德树人的重大举措。为确保"五项管理"相关政策规定落实落地，各省（区、市）教育督导部门要提高政治站位，将"五项管理"督导作为2021年责任督学重要内容，组织当地中小学校责任督学开展"五项管理"督导工作，确保所有中小学校全覆盖。为此5月16日东辉中学德团办组织全体班主任参加了"落实五项管理"班主任例会。

会议由我主持。我强调说："作业管理不是简单地控制作业的数量和时间，而是从把握作业育人功能入手，强调整体设计，系统改革，理清责任，提高质量。手机管理不是简单地禁止手机带入课堂，而是要真正实现对学生视力的保护，让学生在学校专心学习，防止沉迷网络和游戏，促进学生身心健康发展。睡眠管理不是简单地硬性规定睡眠时间和学校作息时间，而是要引起学校、教师、家长对学生充足睡眠重要性的高度重视，排除外在干扰因素，将其作为教育质量监测的重要指标，建立科学监测机制，有效评估睡眠时间和质量对学生身心成长的影响。读物管理不是简单地列出正面、负面清单，进行规范，而是要充分发挥课外读物对提升教育质量的支撑功能，明确读物管理与推荐主体职责，减少各层级干预选购，将选择权、采购权还给学校和家长。体质管理不是简单地加强体育教育，保障学生每天的体育活动时间，而是落实中央重要文件精神，将学校体育全方位、多角度地融入教育改革大局和经济社会发展全局，通过系统改革，全面推进以体育人。”我要求班主任今天开班会落实文件精神，让学生知晓，家长知晓。后期学校马上要出台相关细则，譬如手机管理申请制度等。

会议在安静有序的环境下进行。“五项管理”改革文件全部出台。“十四五”开局之年，国家教育主管部门通过加强学校管理的五个小切口，着力促进学生健康成长和全面发展。

2021年6月4日

珍爱生命，谨防溺水

各地气温迅速上升，天气日渐炎热，汛期即将来临，学生溺水事故进入多发高发期。为预防学生溺水事故发生，保障广大中小学生生命安全，学校校领导王与雄校长和巴桑书记非常重视，在6月4日高考来临之前组织学校各部门分批召开一系列会议，各部门开展一系列安全教育活动。

首先是洛桑旦增校长接到上级通知后，立即组织综治办和后勤着手部署学校“高考期间”安全维稳工作。从施工安全、门卫维稳、校值周老师、高考安全等方面做好部署工作。

接着在6月4日上午利用课间操时间德团办又组织召开“高考期间”安全教育班主任例会。王与雄校长和洛桑旦增副校长出席会议并进行重要讲话。

班主任会上教务汪鹏鹏主任安排部署了高考考场有关工作。我对假期安全工作说了三件事：第一，与学生签订安全协议（告家长书）要回执。第二，下午全校第七节课上班会“珍爱生命，谨防溺水”，德团办拍照检查。第三，后期要求班主任特别是九年级班主任，对各类安全隐患要防微杜渐，让学生顺利中考。接下来洛桑旦增副校长从紧盯关键时间节点，关键防控措施，危险水域，重点学生群体等细节上要求班主任给学生讲清楚，要求各班学生和家长加强安全防备。最后王与雄校长总结发言。他强调高考是“国考”，全体班主任要积极配合完成工作。假期防溺水要警钟长鸣，班主任要有主体意识，责任意识，把该做的事做到位。

6月4日下午第七节课全校上班会课，各班认真学习溺水相关文件精神，由各班班主任主讲，并现场签订协议书（一封信）回执单，一半当场交，另一半带回家让家长签，假期结束后上交。班会活动结束后，各班写好了班会记录表并上交。

高考安全大会（作者本人提供）

2021年6月10日

消防安全教育进校园

为进一步提升我校消防安全红线意识，市应急管理局牵头，联合市安委会办公室、市消防救援支队、市交警支队6月10日上午走进我校进行宣传教育。

此次安全生产宣传教育活动，共计发放防震减灾安全手册50份，防震减灾CD60张。上午9：30—10：30消防支队格桑单增警员利用PPT为我校师生开展了一场消防安全知识讲座，讲解内容包含：一、面对消防突发事件应保持冷静，做出科学的判断。二、对待各种不安全的隐患要保持敏感和具有责任心。三、生活中可能遇到的情况，列举油锅、汽油、电气火灾的案例，就注意事项、消防手段和技能、疏散逃生基本常识、日常生活中常见的安全隐患知识进行了说明，要求大家要不断增强校园消防安全红线意识，提高师生火灾逃生意识。

学校消防安全宣讲会（作者本人提供）

2021 年 6 月 16 日

呵护好孩子光明的未来

在第 26 个全国“爱眼日”到来之际，6 月 16 日学校邀请山南市爱尔眼科医院医生来学校给七、八年级 450 多名学生进行了一次“爱眼护眼”宣传教育和视力检测活动。此次活动山南教体局副局长潘锃东和山南市爱尔眼科医院夏震主任亲临现场指导工作。

山南市爱尔眼科医院是山南市政府重点引进的社会资本办医项目，是爱尔眼科医院集团在西藏地区投资的第一家眼科医院。爱尔眼科建立的青少年近视综合预防和控制体系是集“预防、检查、控制”于一体，对我国青少年的视力进行全方位的保护。

这次医院来东辉中学对学生进行的“视力筛查”活动分两批进行：一批学生在阶梯教室听眼科专家的青少年近视防控科普讲座；另外一批学生做视力检

测，两项活动穿插进行，整个活动安全有序。德团办全体成员参与维持纪律和秩序。

山南市爱尔眼科医院进校园开展公益活动（作者本人提供）

通过这次“视力筛查”活动，医生们发现我校很多孩子的视力情况不容乐观，一个班视力好的学生不多，多数学生都患有近视甚至严重近视。八年级学生普遍比七年级学生视力差。通过听眼科科普讲座，专家医生教育同学们要高度关注自己的眼睛健康，引导学生自觉爱眼护眼，掌握科学用眼护眼健康知识。学校、家庭、社会要坚持综合防控，宣传减轻中小学课业负担，控制近距离用眼时间，落实体育与健康课程，增强中小学生户外体育活动，并加强近视监测干预，统筹推进手机、睡眠、作业、读物、体质“五项管理”。

安排这次视力检测和“爱眼”科普讲座，是山南市爱尔眼科医院医生全程免费进行的。这充分体现了爱尔眼科医院支援西藏，关心西藏的发展，以及医院领导们高尚的人格和高度的社会责任担当。这些活动一定会在孩子们的心中播下一粒粒爱的种子，善的种子，美的种子。

2021 年 7 月 6 日

预防校园欺凌

山南市乃东区公安局扫黑办警官边巴罗布进校授课（作者本人提供）

为做好校园安全整治工作，保障学生的身体健康，促进学校各项工作顺利开展，防范校园欺凌事件的发生，切实有效降低和控制校园欺凌事件的危害。7 月 6 日我校邀请山南市乃东区公安局扫黑办警官边巴罗布进学校开展校园欺凌安全教育讲座。

公安干警边巴罗布用通俗易懂的案例告诉同学们，当遭遇欺凌时，应该采取什么样的措施，学生们听得很认真。

校园安全无小事，通过本次活动，全校学生深受教育，对保持校园安全稳定起到了重要的作用。

2021 年 10 月 11 日

“网络安全教育”签名活动

进一步加强和提高我校网络安全意识，切实营造网络安全为人民、网络安全靠人民的良好氛围。10月11日，我校又组织全校学生开展“网络安全教育”升旗仪式暨签名活动。升旗仪式后先是由一个学生代表在国旗下进行网络安全知识倡议，他号召广大师生践行网络文明，利用网络优势，抵制网络污染。他还提出要坚定立场，深入学习网络安全知识，依法上网，文明上网，共筑网络安全法治屏障。升旗仪式后，各班学生按照班级顺序在横幅上签名。

东辉中学网络安全签名活动（李亚提供）

2022年4月1日

签订斋月安全协议书

2022年4月2日到5月2日是回族斋月。斋月期间除了封斋，还有许多规定和斋戒。为了尊重各民族风俗和习惯，保证回族学生的生命健康，根据国家民族政策和部分回族家长的申请，经学校研究，允许部分回族走读生不上早自习、晚自习（三节），同时要求家长和学生遵守如下安全协议：

第一，凡申请回家的学生必须征得家长同意，家长同意后必须在下午第四节课后（18：20）离校，不得在校内逗留，更不得出现打架、闹事、扰乱教育教学秩序的现象。若参与打架闹事按停课一周处理。请家长记住自己孩子的离校时间（18：20）。

第二，家长是孩子的主要监护人，也是安全第一责任人。回家后，家长应负责监管好自己孩子的学习、生活等一切事务。离校（18：20）后发生的一切危险和安全问题，后果自负，一概与学校无关！

此协议由签字之日起生效。该协议一式两份。

东辉中学　德教处

“要像爱护自己的眼睛一样爱护民族团结，像珍视自己的生命一样珍视民族团结。各民族要相互了解、相互尊重、相互包容、相互欣赏、相互学习、相互帮助，像石榴籽那样紧紧抱在一起。”①

2020 年 5 月 29 日

参观廉政警示教育基地活动

为激发我校团员的自豪感和使命感，加强团员互帮互助，珍惜美好的学习环境。5 月 29 日，我校由团委组织带领全校 51 名团员前往山南市检察院廉政警示教育基地参观学习。德团办 5 名党员教师和我一同前往。

基地展示厅内详细展示了资料、视频和图片，通过工作人员声情并茂地讲解，全体团员了解到藏族传统的廉洁观、藏汉联姻、西藏和平解放、新旧西藏对比、廉洁典范、贪腐典型案例等内容，参加的学生受益匪浅。

参观接近尾声，青年团员们在团委书记潘老师的组织下，面对鲜红的团旗，

① 习近平 2017 年 3 月 10 日在参加十二届全国人大五次会议新疆代表团审议时的讲话。

高举右拳，重温了入团誓词，再次接受了思想洗礼。共青团员是中国共产党的助手和后备军，应紧跟党的步伐，带领大家一起进步，希望更多的青年团员能加入中国共产党的队伍中来。

团员们在这里又重温了入团誓词，相信他们一定会将此次参观学习的成果转换成努力学习的实际行动，增强中华民族共同体意识，讲党恩、爱核心、跟党走，做一名合格的中学生，立志报效祖国。

东辉中学学生团员在山南市检察院警示厅进行入团宣誓（作者本人提供）

2020 年 6 月 18 日

讲党恩、爱核心

学校开展了“四讲四爱”群众教育活动。6 月 18 日下午 7 点，我校第一节点“讲党恩、爱核心”主题宣讲在阶梯教室举行。此次宣讲对象是八年级全体学生，由我主讲。八年级 230 多名学生全部参加。

我首先指出饮水思源、知恩图报是中华民族的传统美德。回顾半个多世纪以来西藏走过的极不平凡的光辉历程，我们深切感受到，这一切成就得益于中国共产党的坚强领导。我讲道：“践行讲党恩、爱核心，增强核心意识是关键。

团结就是力量，核心就是灵魂。必须在思想上拥戴核心，深入学习领会习近平总书记系列重要讲话精神和治国理政新理念新思想新战略，特别是治边稳藏重要战略思想。必须在组织上忠诚核心，牢牢把握‘四个服从’的原则；必须在行动上捍卫核心。践行讲党恩、爱核心，强化感恩意识是前提。践行讲党恩、爱核心，坚持知行合一是保证。”会场秩序很好，同学们都聚精会神地听着。

东辉中学“四讲四爱”宣讲活动（潘泽倩提供）

我最后还总结道：“开展‘四讲四爱’主题教育实践活动，就是要教育引导各族群众进一步强化‘四个意识’、向核心看齐，强化政治意识、坚定前进方向，强化大局意识、谋划发展全局，强化核心意识、凝聚奋斗力量，强化看齐意识、确保步调一致。我们要深入贯彻落实习近平总书记‘治国必治边、治边先稳藏’的重要战略思想和‘加强民族团结、建设美丽西藏’的重要指示，坚持党的治藏方略，坚持依法治藏、富民兴藏、长期建藏、凝聚人心、夯实基础的重要原则，办好西藏教育事业、做好学校德育工作，就是践行习近平总书记的精神。”

2020 年 6 月 19 日

小我融入大我，青春献给祖国

6 月 19 日下午学校阶梯教室热闹起来。这里正举行七、八年级学生“四讲四爱”系列活动暨“小我融入大我，青春献给祖国”主题演讲比赛。

东辉中学演讲比赛（作者本人提供）

此次演讲比赛，各位选手准备充分，用炙热真诚的情感、慷慨激昂的演讲，紧紧围绕“小我融入大我，青春献给祖国”的主题，展现了新时代中学生的朝气蓬勃与青春活力，在向祖国深情告白的同时，歌颂了爱国爱校的情感。

比赛中，小选手们或讲述个人成长感悟，表达主动担当国家和民族责任的理想；或赞美祖国的发展与变化，表达为祖国发展贡献力量的决心和勇气。赛场气氛热烈，演讲深情动人，不时还响起阵阵热烈的掌声。

比赛共评出了优秀奖 4 名、三等奖 9 名、二等奖 3 名、一等奖 2 名。

此次演讲比赛，陶冶了学生的情操，丰富了学生的课余文化生活，锻炼了学生的口语表达能力和自我展示能力。

2020 年 6 月 23 日

讲团结，爱祖国

6 月 23 日我校开展了“四讲四爱”第一节点的总结暨第二节点的动员部署会议。会议在阶梯教师进行，由我主持。

首先德育副校长吴勇汇报了“四讲四爱”第一节点的相关工作完成情况，同时安排部署了第二节点“讲团结，爱祖国”的相关工作，详细理清了第二节点的宣讲内容，要求思政老师提前做好相关宣讲内容的准备。

接下来我结合日常生活对“四讲四爱”进行解读。我谈到“四讲四爱”落实在日常行动上就是：感恩，团结，讲奉献，做文明人；落实在心里就一个字“爱”：爱党，爱国，爱家，爱生活。我还根据七年级学生的知识理解水平，重点教育学生要懂得珍惜，珍惜生命中的一切；要懂得学习，好好学习文化知识；要懂得守规则，遵守校纪校规；要懂得快乐和自信，做一个让人们因你的存在而感到幸福快乐的人，做一个人人喜欢的人，做一个现代文明人，做一个人人需要的人。我强调：学生先做自己该做的事，再做自己喜欢做的事，越在黑暗的地方越做光明的事！最后我又针对三操、课堂、卫生、纪律、活动、安全等方面进行要求和规范。

这次“四讲四爱”宣讲了安排一节课内容，课堂秩序很好，学生很受启发和教育！

2020 年 6 月 30 日

2020 年文艺会演致辞

尊敬的次列边巴局长、各位嘉宾、老师们、同学们：

下午好！

今天我们全体师生欢聚一堂，隆重举行我校“四讲四爱”主题教育暨促进民族团结文艺会演活动。在此，我谨代表学校对前来观看会演的领导、嘉宾表示热烈的欢迎和衷心的感谢！对在本次活动期间辛勤工作的老师们表示衷心的感谢！对参加本次文艺会演的同学们表示诚挚的谢意！

东辉中学有55年的光辉历史，在山南市颇有影响。近年来，我校在市委领导的关心下，在局领导的亲切关怀下，在社会各界的支持下，教育教学等各方面取得了长足的发展，家长和学生以及社会的满意度也在不断提升。自2019年8月一批来自湖北的援藏教师加入学校以来，学校发生了可喜的变化。2019年11月我校男子篮球队荣获山南市青少年“U系列”男子篮球赛冠军；今年5月，我校又荣获“2019年山南市教育系统民族团结进步学校”称号。一个日益发展壮大的东辉中学正阔步走向明天。

讲党恩，爱核心；讲团结，爱祖国；讲贡献，爱家园；讲文明，爱生活。为了把“四讲四爱”这一主题教育思想注入学生心田，以习近平新时代中国特色社会主义思想铸魂育人，我校党政领导把学校思想政治工作作为学校的生命线。这次由学校德团办组织，全体学生积极参与，历时半个多月彩排的文艺会演就是学校德育活动的一次真实写照。这次精彩的会演，是一次团结的盛会，更是一次多民族交往交流交融的盛会！

同学们，演出的帷幕已经拉开，序曲已经奏响，请大家用我们美妙的歌声唱出对党和祖国的爱；用我们动人的舞姿，表现出对民族团结的赞美；用我们艺术的表白描绘出精彩的瞬间。请同学们暂时放下书本和分数，抛弃忧愁与烦恼，投身到艺术的怀抱中来，挥洒青春，展现自我。让多才多艺的你，毫无保留地呈现在老师同学面前；让老师、同学为你欢呼，为你骄傲，为你喝彩！

最后，我预祝本次演出圆满成功，谢谢大家！

2020年7月3日

家长座谈会上的发言

各位市委领导，各位代表：

大家好！我是东辉中学八（1）班的家长代表叫央中。首先，请允许我代表这个年级所有的家长，感谢市委、市教育局领导精心组织安排这次座谈会！我的孩子在东辉中学就读两年了，我作为学生家长是很感激东辉中学的。东辉中学在立德树人、习惯培养、思想政治教育方面是有成绩的。

东辉中学很重视学校德育活动，每学期都要举行大型校园艺术活动，在活动中培育孩子们爱党、爱国、爱家乡的情怀。如去年“不忘初心、牢记使命”主题教育中，开展国庆70周年校园文化活动，有红歌赛、中华经典诵读、篮球赛、心理健康讲座等活动；这半学期开展“四讲四爱”一系列活动，有主题教育（参观山南市警示教育厅）、校长书记宣讲、青春期心理健康讲座、广播站主持人大赛等；前两天刚刚举行“促进民族团结文艺会演”，活动场面感人，市委宣传部、电视台记者都来采访报道。

东辉中学八（1）班家长央中座谈会发言现场（李亚提供）

据了解东辉中学德教处与团委结合学校实际开展了大量工作，从优秀团员中选拔学生会干部，成立了学生会，制定了管理制度。学生会作为学生在学校发挥民主、自治的部门参与到了学校的日常管理中，部分同学也得到了锻炼和成长。东辉中学作为一个拥有55年历史的老牌学校，十分注重学校文化的建设和学校优良传统的继承，在新生及团员教育中校史馆起到了极大的作用。

我是学校家委会成员，据了解东辉中学近两年有援藏老师加盟，学校针对东辉中学学生现状，在充分了解学生需求的情况下，挖掘援藏教师的特长与优势，开发了丰富多彩的校本课程（社团活动），每周有一次学生兴趣课，努力促进学生德智体美劳全方位的发展。学校党建共建作为学校的一项重要内容，将学校党建、学生德育纳入其中，一对一精准辅导，发挥党组织在学校发展中的领导作用。譬如每位党员与学校宿舍签订一对一帮扶协议，定期关心关怀住校生的生活、思想和心理状况。

东辉中学教师非常关心爱护学生，他们在传授知识的同时，也注重以自身的道德行为和魅力，言传身教，引导学生加强思想政治教育，立德树人，用习近平新时代中国特色的社会主义思想铸魂育人。我作为家长触动最深的是，我的孩子在一次学校布置的“说说我的班主任”征文活动中，竟然写了这样的一段话：“……在别人看来我的班主任并不漂亮，但在我眼里她比琼结达瓦卓玛还漂亮百倍、千倍，感谢老师给予我的一切……”我的儿子是一个非常内向甚至有点胆小的男孩，小学时属于坐在教室的角落默默无闻的那一类，不会受到老师的批评，也受不到表扬，小学生活对于他来说就像是一潭死水，毫无朝气可言，班级的活动照中有时连个影子也没有，即便有也是在最边上或最后排。这些看似细小的事情却严重影响着孩子的健康成长。我作为家长非常着急却无可奈何。孩子上了东辉中学后，遇到了现任班主任格桑德吉老师，她不仅热爱孩子，了解不同孩子的特点，而且很有经验，总鼓励我儿子，鼓励他参加学校组织的各项活动，他慢慢变得快乐许多，自信许多，勇敢许多，就连学习也变得勤奋一些了。格桑德吉老师用她的人格魅力，用她的“博爱”，用她的经验和方法，改变了孩子的性格，同时在孩子的心中播下了“真善美”的种子。东辉中学像这样的老师还有很多，他们正在诠释着教师这一职业的伟大。

我的儿子还遇到一位叫周慧的援藏教师，无论什么时候，只要孩子有不会的数学题目，他都会通过电话、视频等方式为孩子耐心讲解，而且每次批改作业时他都会通过一段批注来鼓励孩子，无形中提高了我儿子对数学课的兴趣。数学作业本也成了周慧老师与孩子沟通的桥梁。“你有百分之一的希望，我将百分之百的付出”，我想这不仅仅是周慧老师个人的写照，更是东辉援藏老师师德的写照！

最后，再一次感谢在座的各位领导，你们和我们家长一样在关心孩子，关心教育，关心孩子的思想健康、心理健康，我们作为家长很是感激。

2020年7月29日

2020年第二学期散学典礼上的讲话

亲爱的老师、同学们：

大家上午好！

光阴似箭，一转眼2020年暑假已经来到。这学期是不平常的一学期，我们开展了“四讲四爱”的群众教育实践活动第一阶段活动，成功举办了“四讲四爱”文艺会演，不仅如此，德教处还组织了许多活动，大多集中在五、六月份。

5月4日组织新团员入团仪式；5月24日选拔播音主持人员，成立校园“三语”广播站；5月29日组织全校团员前往教育警示基地参观学习；6月1日组织七年级少先队升旗仪式；6月19日开展“小我融入大我，青春献给祖国”演讲比赛；6月10日、17日两次开展青春期心理讲座和健康讲座；6月份开展2020年全国中华经典诵写大赛（6月11日初赛，6月16日决赛）；6月18日开展九年级“考前心理辅导”活动；6月22日开展“预防溺水事件，提高自我保护能力”主题班会活动；6月23日在阶梯教室进行了“四讲四爱”第一节点总结转第二节点部署动员大会；7月10日九年级开展“中考誓师大会”活动；7月15日开展“说说我的班主任”征文比赛；7月28日又开了主题班会填写东辉中学学生综合素质报告书和防溺水班会。这些活动极大地丰富了同学们的校园文化生活，让同学们在快乐中学习，在快乐中成长。通过这些活动可以看出我们学校以人为本的办学思想，学校很重视学生的思政工作，也很重视学生的健康成长和长远发展。

东辉中学 2020 年第二学期散学典礼上发言（梅光利提供）

一学期以来，我们成立了学生会并参与了管理值周，学校纪律、卫生、三操秩序有了好转；我们教育并惩处了打架、考试作弊、校外骑电动车三起违纪事件，学校安全也安静了许多。但是我们仍然可以看到许多学生文明素质还需要进一步提高，我们的教育依然任重而道远。东辉校园与文明校园，现代化校园相比还有一定的差距，这需要老师严管，学生加油，大家共同来营造一个干净整洁、文明有序的校园环境。

老师们、同学们，恭祝大家暑假愉快，万事如意！谢谢大家！

2020 年 8 月 3 日

没有爱就没有教育

“爱是一种伟大的力量，没有爱就没有教育。”“真教育是心心相印的活动，唯独从心里发出来的，才能打动心灵的深处。”——教育家陶行知

不管哪一层次的教育，不管教的什么，教育都是老师向学生传授知识和能力的一个过程，要靠老师与学生的沟通和联系来实现。教育需要老师花心思琢磨学生的特点，考虑如何让学生接受自己教学的内容，思考如何让学生接受自己，进而接受自己传授的东西。没有对学生的关爱，老师就不会对学生负责、付出。所以，教育是建立在老师对学生的关爱的基础上的，没有爱就没有教育。

爱是一种情感，需要表达出来，老师的爱让学生看见，学生的爱让老师看见，让生命徜徉在爱的氛围中。因此这学期期末作为德育主任的我特意安排了两项活动：第一项就是征文比赛，题目是《说说我的班主任》，要求全校学生围绕自己日常学习和生活的点点滴滴，分享班主任与本班同学共同成长的真实故事。可叙述班主任对自己理想、信念以及价值观和人生观的引导和教育；可记叙班主任对经济困难、学习困难和感情困惑学生的关心和帮扶；可讲述班主任在班风建设、学风建设工作中的方式和方法；也可讴歌班主任春风化雨的循循善诱，润物无声的谆谆教诲；还可抒发对班主任的理解和尊敬之情。这次征文是一次学校征稿，好的作文会在学校广播中播出。全班学生都将文章写在作文本上，交给语文老师，语文老师将其当作是一次作文来批改，评出一、二、三等奖，一等奖作品（每班 2 篇）经语文老师指导后誊正，由班主任统一上交德团办。其余作品由班主任给予适当奖励。每班接到通知后要充分发动每一个学生积极参与。第二项活动就是班主任评语比赛。班主任评语（这是学校原来没有的内容）是班主任表达感情很好的一个窗口，好的评语是无形的力量，会达到春风化雨，润物无声的教育效果，学生会倍感亲切和振奋。

这些活动对调动班主任工作的积极性，增进师生感情有很大的帮助。

2020 年 8 月 29 日

2020 年秋季新生入学教育系列活动

生活老师小边次现场讲解整理内务（梅光利提供）

学校一直很重视新生入学教育。上学期就将由德团办起草并编写的 5 万字左右的《入学教育读本》作为新生入学教育材料。该读本有五章内容，分别是第一章校况篇：了解东辉，热爱东辉；第二章管理篇：规范行为，自觉守纪；第三章激励篇：明确目标，追求卓越；第四章安全教育篇：安全第一，快乐前行；第五章成才篇：不断完善，成人成才。这学期开学初学校德团办又拟定了“东辉中学 2020—2021 第一学年初一新生秋季入学教育活动方案”。活动安排时间从 8 月 25 日—8 月 28 日。活动安排内容：队列训练；学习广播操；学习《入学教育读本》；参观山南市烈士陵园；参观校史馆；开展文明礼仪安全教育讲座；开展“四讲四爱”第三节点宣讲讲座。

26 日、27 日初一新生除进行队列训练外，学校音体美组还组织学生学习广播体操。学校在保留原有的青春民族操前半部分的基础上，由湖北援藏教师马丹主任负责教戏曲广播操。戏曲广播操具有双重性作用，既锻炼了身体、增强了体质，又寓教于乐、普及了戏曲知识。引入戏曲广播旨在落实教育部关于

“大力推进高雅艺术，传统戏曲进校园”的要求，进一步弘扬中华优秀传统文化，传承戏曲文化，培养学生兴趣爱好，提高艺术修养。

26日、27日晚自习学校安排了初一学生听讲座，讲座内容是“文明礼仪教育”和“四讲四爱第三节点——讲贡献爱家园”，由学校领导讲课。副校长周桓结合西藏的历史变化教育引导学生要树立劳动最光荣、奋斗最幸福的思想观念，引导学生坚定理想信念，志存高远，脚踏实地，为建设团结富裕文明和谐美丽的社会主义现代化新西藏贡献自己的力量。

这两天利用早读和晚读的休息时间，学校宿管员对初一住校新生进行了整理寝室内务的培训。像如何叠被子、如何摆物品、如何打扫宿舍卫生等，宿管员都认真地进行了讲解。学生围成一圈看着老师示范，学习热情很高涨！

28日下午3点学校德团办组织全体初一新生步行前往山南市烈士陵园进行参观活动。班主任亲自带队，学生来回路途中秩序井然有序。在烈士陵园墓碑前，学校团委书记潘泽倩老师为全体初一学生举行了少先队员宣誓仪式，他们举起右手，紧握拳头，面对烈士纪念碑庄严承诺：努力做德智体美劳全面发展的社会主义建设者和接班人！

这次入学教育系列活动旨在培养初一新生纪律意识、安全意识、责任意识、爱国情感，帮助初一新生早一点适应环境，早一点融入东辉中学这个大家庭。相信在接下来的日子里他们会快速成长起来！

2020年9月17日

举行民族团结月宣讲活动

今年是自治区“民族团结月”30周年，也是《西藏自治区民族团结进步模范区创建条例》颁布后的第一个民族团结进步宣传活动月。9月17日上午10点由山南市民创办、山南市教育局主办、我校承办的民族团结进步宣传活动在我校举行。民宗局四级副调研员尼玛旦增、教育局思政科科长仓决卓玛、我校党总支书记巴桑以及七、八年级师生参加了此次活动。此次活动主要由山南市第二高级中学叶琼老师主讲，她主要从牢固树立中华民族共同体意识、大力弘扬爱国主义精神、旗帜鲜明开展反分裂斗争、永做讲团结爱祖国的好公民这四个方面给同学们深入讲解。叶老师强调“加强民族团结，建设美丽西藏”，承载着西藏各族干部群众的热切期盼，也是全国全党各族人民的共同心愿。我们要深信，有以习近平同志为核心的党中央坚强领导，有中国特色社会主义制度的有力保障，有全国人民大力支持，有西藏各族人民共同奋斗，一个团结富裕文明和谐美丽的社会主义现代化新西藏必将建设完成。

东辉中学民族团结进步教育宣讲活动（梅光利提供）

宣讲结束之后，同学们有序参观民族团结展板，了解历史，并领取宣传纪念册。我校民族班学生与领导合影留念，同学们纷纷表示备受鼓舞，受益匪浅，在今后的学习生活中一定牢固树立正确的国家观、民族观、宗教观、历史观、文化观，努力学习，让民族团结之花开遍校园。

2021 年 4 月 20 日

雪域高原送温暖，以爱育爱

——环球之旅企业家俱乐部捐赠活动

4 月 20 日傍晚，东辉中学阶梯教室灯火通明，热闹非凡。这里正在举行一场别开生面的捐赠仪式。环球之旅企业家俱乐部向东辉中学捐赠 15 万元，其中 11 万元是物资（袜子）捐赠。在阶梯教室里整齐地坐着来接受捐赠的东辉中学师生代表。

环球之旅企业家俱乐部捐赠仪式（李亚提供）

捐赠仪式由我主持，议程分三个部分。首先由王与雄校长介绍了整个捐赠的基本情况。他谈到这次环球之旅企业家俱乐部捐赠的一万五千双袜子（总价值11万元）是考虑到山南市气候昼夜温差大，早晚气温低，可以帮助孩子们做好足部保暖。王校长勉励全校师生要知恩、感恩，要以最好的状态勤奋学习，立志成才，回报社会各界对东辉师生的关心和厚爱。接着是七（1）班学生旦增曲珍上台发言，她表达了对环球之旅企业家俱乐部的感谢，并表示一定不辜负学校和社会各界的殷切期望，好好学习，天天向上。整个捐赠现场气氛热烈！

以爱育爱，传递真情。环球之旅企业家俱乐部这次对东辉中学的捐赠不仅体现了全国支援西藏，全国关心西藏的发展，还体现了企业家们高度的社会责任担当和中华民族共同体意识。更为重要的是这些活动一定会在孩子们的心中播下一粒粒爱的种子、善的种子、美的种子。

2021年5月20日

送教下乡共成长

2021年5月20日，为了充分发挥高质量教育援藏的示范、引领、辐射作用，加强市县校际横向交流，探索教育高质量发展新路径，在山南市教育局潘锃东副局长和张英明副局长的组织下，我校与琼结县中学深入开展了联合教研。

来自我校的湖北省援藏教师胡艳红老师、汪洪珍老师运用新课堂模式“送教下乡”，给琼结县中学带来了两节精彩纷呈的示范课。

山南市教育局领导出席送教下乡活动现场（梅光利提供）

湖北大学研究生赴藏支教团与湖北文理学院第十一批“格桑花”赴藏支教团进行了深入交流。“通过刚刚的交流，我们对‘格桑花’团队无私奉献和坚持不懈的精神表示深深的敬佩。你们在琼结县中学开展的第二课堂活动非常成熟，有很多经验值得我们借鉴。”湖北大学研究生赴藏支教团副队长王可说。

“湖北大学第一批赴藏支教团，准备充分，想法新颖，充分发挥了个人所长，管理制度完善，纪律严明。”湖北文理学院第十一批“格桑花”赴藏支教团队长李竹颖说。

“回顾这一个多月的支教工作，我深刻体会到：一是要加强党建引领，党员在支教团一直发挥着核心作用，党建引领激发队伍战斗力；二是我们青少年要肩负历史使命，坚定前进信心，立大志、明大德、成大才、担大任，努力成为堪当民族复兴重任的时代新人。”湖北大学研究生支教团临时党小组组长赵江波说。

联合教研座谈会上，参加活动的领导、教师进行了积极热烈的互动，交流了两校在教学教研中的经验体会。我校王与雄校长对本次联合教研活动进行了总结，他指出，本次活动两校共同研讨中学示范课的方式方法，促进了湖北大学研究生支教团与湖北文理学院“格桑花”支教团之间的交流学习。他提出，我们的援藏老师要做到“先当学生、再当老师”，在教学形式方面，推动校际联合备课、远程同步教学研讨，不断创新途径，共同促进山南市教育高质量发展。

我校的胡老师、汪老师对刚刚结束的示范课进行了汇报。胡老师强调说，一定要将生命力注入课堂，以教师为主导、学生为主体，使教师在讲台上受到高度的关注，使学生产生积极、活泼的课堂表现，真正实现“互动教学”的意义。汪老师在对道法示范课的总结上表示，思政教师应该把党史教育、爱国主义教育融入课堂，从青少年一代抓起，将爱国主义的种子扎根在心，筑牢汉藏民族交流的文化根基。

湖北文理学院“格桑花”支教团与湖北大学研究生支教团的两位队长分别发表了学习收获与感想。“格桑花”支教团队长李竹颖说：“湖北大学的研究生是一支纪律严明的队伍，在团队的规章制定与正规化管理方面给我们提供了良好的参考。”湖北大学研究生支教团队长高钰翔说：“‘格桑花’支教团有着光荣的传统，是我们的榜样，我们一定要扎实学习‘格桑花’敢为人先、长期扎根的奉献精神，在下一阶段的工作中创造更大的辉煌。”

潘锃东副局长首先对公开课表示高度赞扬，并且表示此次联合教研活动效果很好，希望能延续下去；其次从为什么、干什么、留什么三个方面对教育援藏工作进行了指导；最后对两支支教生团队提出了几点要求，要做能复制、能推广、能留下、接地气的事。

湖北文理学院支教团与湖北大学研究室支教团合影留念（马丹提供）

张英明副局长表示，此次公开课形式新颖、课件精美、实例丰富、互动性强、趣味性强，课堂非常精彩。胡艳红老师的课基于物理实验，将学生分成小组进行实验操作，激发了学生的兴趣，让学生动脑的同时，进行观察、推理、总结，充分体现了“探究式教学”的理念。汪洪珍老师的课共涉及 8 个鲜活的案例，有新旧西藏时间对比等，通过案例教学激活了课堂，渗透了爱国主义教育。张英明副局长对后期两校联合教研活动提出了展望，希望能通过高效的教研活动提高教学质量。最后对大家表达了美好的祝愿，希望我们的青春更加靓丽，更加光彩。藏汉一家亲，援藏之路，我们一起前行！

2021 年 8 月 20 日

家访

8 月 20 日，我们去家访了。下图是东辉中学八（1）班的一名藏族女生旦增卓嘎的奖状、书包和玩具。她的爸爸 57 岁，妈妈 54 岁。她家有五只羊、一匹马和一头牛，另有四亩地，主要种青稞。但她不想放牧和种地，她的梦想是能上内地的西藏班。

我们家访时，她的爸爸放羊去了，她的妈妈热情地接待了我们，端出了家里的鸡蛋、土豆和酥油茶，还为我们献上了洁白的哈达。这是招待贵客的标准。

希望她梦想成真！

（旦增卓嘎学生奖状）

2021 年 9 月 14 日

小小石榴籽，殷殷中华情

东辉中学音体美组合唱表演（作者本人提供）

“五十六个民族是石榴籽，中华民族是整体的石榴。我们是一个中华民族共同体，要同舟共济迈向第二个百年奋斗目标。”这是喜迎中国共产党建党 100 周年和西藏和平解放 70 周年之际习近平总书记考察西藏时再次强调的。

9 月 2 日下午第八节课，我校阶梯教室座无虚席。这里正在进行的是民族团结知识讲座，宣讲人是我校党总支第一支部吴勇副校长，学校全体党员、共青团员、学生会成员参加学习。吴勇支部书记讲到民族团结的基础知识和民族团结的意义时，重点强调了维护民族团结是社会安定、国家昌盛和民族进步繁荣的必要条件，并对青少年如何维护民族团结提出了四点要求。最后大家一起举起右拳呼号：“请党放心，强国有我。”讲座在热烈的气氛中结束。

党建带团建一直是我校的优良教育传统。9 月 2 日晚读第一节课，学校团委组织八年级学生约 240 人在阶梯教室学习中国共青团知识。该课由学校团干白玛德庆老师主讲。她带领同学们一起深入了解共青团的性质、入团程序，以及怎样撰写入团申请书和志愿书等基础知识。她讲到中国共青团是中国共产党领导的先进青年的群团组织，是广大青年在实践中学习共产主义的群团组织，是中国共产党的助手和后备军，一定要感党恩，听党话，跟党走。全体学生听课后很受教育和启发。

9月3日下午4点，在七（6）班召开了一次家长培训会。这是一次“小手拉大手”家校联动活动。七（6）班是东辉中学的民族班，班里有藏族、回族、珞巴族、东乡族、土家族等民族。家长培训会由山南市教育名师卓玛副校长主讲。她讲了初一新生适应期孩子思想、心理的一些变化以及家长要注意的问题；指导家长如何做以实现家校协同育人；强调了作为民族班的家长要树立维护民族团结的意识。她还表示对孩子要加强民族团结教育，在日常生活中，教育孩子要与少数民族同学平等和睦相处，互相帮助，以实际行动履行维护民族团结的义务。

9月5日晚读全校学生以“小小石榴籽，殷殷中华情”为主题召开主题班会。学校德教处精心准备了课件，各班在班主任的带领下组织学习，同学们谈体会，谈感想，都很受启发。

9月6日上午10点我校又举行了一个特别的升国旗仪式，国旗下讲话的题目是《民族团结一家亲》。民族团结一家亲，一方有难，八方支援。9月10日我校全体教师迎来了第37个教师节。为大力弘扬“四有好教师”的高尚情操和良好的师德师风，营造“藏汉一家亲，共图大发展”的民族团结氛围，学校隆重集会，举办教师节庆祝活动暨优秀教师表彰大会。

上午12点活动开始。山南市教育局副局长潘锃东热情洋溢地发表了讲话。他首先代表山南市教育局向全体教师致以节日的慰问，向第二批湖北大学研究生赴藏支教团表示热烈欢迎，向获得表彰的优秀教师、优秀班主任表示衷心的祝贺。他勉励全体教师要开拓创新，顽强拼搏，当好学生的“引路人”，为实现学校“山南第一，西藏一流”的办学目标而不懈奋斗。

王与雄校长在讲话中，回顾了过去一年的工作，对学校今后的教育工作提出了殷切的希望。要求全校老师以铸牢中华民族共同体意识为主线，团结协作，无私奉献，以德施教，做“四有好老师”。

教师宣誓。全体教师起立，举起右拳，面向国旗，跟随王与雄校长庄严宣誓，铿锵有力的声音在会场上空久久飘荡。

欢迎湖北大学研究生第二批赴藏支教团。洛桑旦增副校长等校领导为支教团12名队员一一献上洁白的哈达，表达真诚的祝福“扎西德勒”。支教团的同学们身着藏装，跳起了藏舞，他们用优美的舞姿、铿锵的誓言展示了新时代大学生的理想和风采——不负韶华，牢记使命，青春奉献祖国！

我校老师以教研组为单位，纷纷上台表演。节目精彩纷呈，有合唱、舞蹈、朗诵、弹唱等，老师们载歌载舞，吹拉弹唱，活动现场气氛非常热烈。

东辉中学第三十七个教师节活动（作者本人提供）

教师节活动极大地鼓舞了教师们献身教育的热情，充分地展现了我校各民族教师像石榴籽一样紧紧抱在一起，团结奋斗，共同繁荣发展的良好精神风貌。我们坚信，我校在山南市教育局的正确领导下，在社会各界的关心支持下，一定会越办越好。

9月11日东辉中学开展黑板报评选活动。各班以“小小石榴籽，殷殷中华情”和“校园安全”为主题，都认真选题材和找资料。学校组织美术老师认真评出一、二、三等奖。

2021年9月21日

高原上的别样中秋

又是一年中秋，在这个花好月圆、万家团圆的日子里，湖北大学研究生支教团与我校师生相聚在一起共贺中秋日，共赏中秋月，共鉴民族情。当佳节与援藏相逢，当湖大学子与东辉学子相聚，当思乡情与民族情撞了个满怀，这个中秋节注定难忘。对于刚来山南不久的湖北大学研究生支教团来说，这是他们在高原上度过的一个特殊的中秋节。对于我校学生来说，这是他们第一次以这种别样的形式欢度中秋。

2021 年 9 月湖北大学研究生赴藏支教团与学生共庆中秋节（马丹提供）

本次中秋节活动由湖北大学研究生赴藏支教团举办，得到了东辉中学的大力支持和指导。为继承和发扬中国传统文化，践行社会主义核心价值观，为了我校的孩子们能度过一个快乐的中秋节，本次活动以“共享中秋月，藏汉一家亲”为主题，主要分为两大阵地：

一、党员走访克松村

9 月 21 日下午，临时党小组组长向倩带领其余四名党员，为当地村民送上了自己亲手制作的月饼，并与当地村民一起制作月饼，共同欢唱藏语歌《我们相聚在一起》。在欢声笑语中，五名党员与当地村民相处得其乐融融，为当地村民带去了别样的节日气氛。本次活动通过传统文化进社区的形式向当地村民传达了深情的节日问候。在克松村与当地村民共庆节日的同时，在东辉中学，支教团的其他成员们也在为晚上的中秋活动积极准备着。

二、东辉中学校内活动

9 月 21 日晚，正值学生们纷纷返校的时间，支教团全体成员与我校全体师生开始共庆中秋节。活动开始前，支教团成员郑思凡通过东辉小喇叭播报了中国传统文化相关内容。同时，全体支教团成员分别为我校全体教师和学生送去了月饼。活动伊始，为增强节日氛围，体现中华民族精神，支教团队长陈武带领的“东辉舞龙队”进行了舞龙表演。为了丰富中秋节活动，让学生们“从做中学”，支教团成员们分设四个场地，每个场地承办不同的互动活动。随着活动推进，学生们开始寻找自己感兴趣的场地，开心地奔跑在整个操场。在活动中，学生们猜字谜，自己动手制作月饼，玩小游戏，参与知识竞猜，知晓中秋趣事，赢得小礼品，教师与学生们都沉浸在中秋佳节的乐趣中。

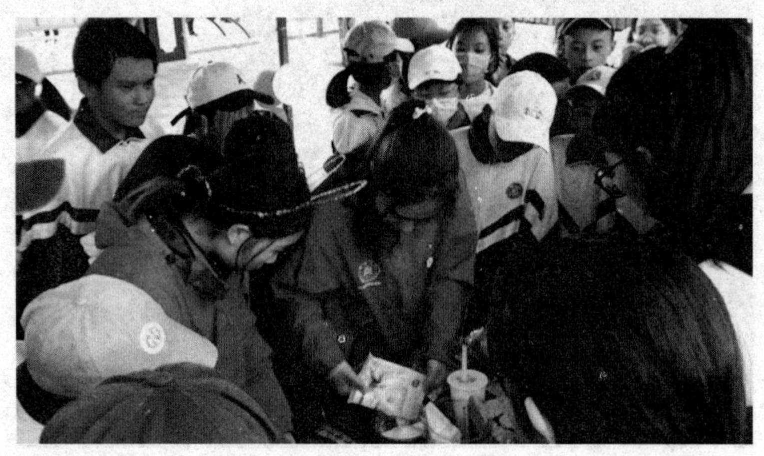

湖北大学研究生赴藏支教团与学生一起制作汤圆（马丹提供）

此次中秋节活动不仅传播了中国传统文化，而且增进了民族情感；不仅帮助学生了解了更多关于中秋节的知识，也引导学生感受到了中国传统文化的魅力，更增强了文化自信与民族认同感。迎着中秋高原月，支教团成员与我校的学生们欢聚一堂，师生更加熟悉了，汉藏更加亲近了。当明月高高挂起时，正是思念亲人之时，但无论身处何地，只要我们各民族团结在一起，就能感受到亲人般的温暖。

2021 年 9 月 30 日

同心庆国庆，共叙民族情

9 月 30 日下午，山南市科技文化中心四楼热闹非凡，我校七、八年级师生正在这里举行以“同心庆国庆，共叙民族情”为主题的国庆文艺会演活动。本次活动出席的嘉宾有市教育局副局长潘锃东同志，共青团山南市委员会四级调研员边给同志，海星物业公司总经理尼玛卓嘎，学校党总支书记巴桑，校长王与雄。

东辉中学巴桑书记致辞（李亚提供）

首先，校党总支书记巴桑向为此次活动辛勤付出的工作人员表示诚挚的慰问，对一心支持学校发展的教职工、援藏教师和社会各界人士表示衷心的感谢，对欢度国庆的全校师生致以节日的祝愿。他强调，希望全校师生能通过本次活动感悟西藏和平解放 70 年来，中国共产党带领全国各族人民创造辉煌、开辟未来的先进事迹，传承红色精神、赓续红色血脉，以实际行动庆祝中华人民共和国成立 72 周年。

文艺会演以舞蹈、合唱、朗诵、演奏等多种形式为祖国 72 华诞献礼，会演还通过藏汉教师共舞和展现藏族民间艺术的《热巴舞》等节目加强民族文化交融、情感相依，促进中华民族大团结。

会演结束后，校长王与雄总结："青少年时期是一个人价值观、人生观、祖国观和民族观形成的关键时期，同学们一定要在自己的内心深处铸牢中华民族共同体意识，从小做起，从现在做起，要把爱国主义和爱我中华的种子深深地植入心中，为全面建设社会主义现代化和实现中华民族伟大复兴的中国梦贡献自己的绵薄之力。"

这次文艺会演，营造了庆祝新中国成立 72 周年的浓郁氛围，充分增强了学生的民族共同体意识，在学生内心厚植了爱国主义的种子。

2021 年 10 月 8 日

长江少儿出版社“红扣子公益书柜”走进东辉中学

捐图书仪式（李亚提供）

10 月 8 日下午，长江少儿出版社总编辑姚磊代表出版社向东辉中学捐赠书籍，山南市委宣传部副部长贺云松、东辉中学校长王与雄、副校长周桓、副校长洛桑旦增及出版社领导班子成员出席捐赠仪式。

此次捐赠图书有文学、科普、英语分级读物三类共计 1019 册。东辉中学王与雄校长代表学校接受了图书并向出版社表示真挚的感谢。他指出此次捐赠的图书有效丰富了学校图书角，更新了校园馆藏书籍，惠及了学校广大师生。他强调，学校会充分利用捐赠书籍，在全校师生群体开展感恩教育、爱国教育、民族团结教育和课外阅读教育，积极推动书香校园创建。周桓副校长表示，出版社向东辉中学捐赠图书不仅是物质上的馈赠，更是精神上的支持，极大地丰富了学生的学习生活，提高了学校的教学质量。

山南市委宣传部副部长贺云松作总结讲话，他认为长江少儿出版社具有高度社会责任感和中华民族共同体意识，此次捐书活动是一项意义重大的助学行动，他希望通过此次捐赠打开山南市与长江少儿出版社的联通渠道，并期待双方开展更广泛、更深层次的交流合作。

2021 年 11 月 19 日

家校互通助成才

七（1）班家长会（作者本人提供）

家校协同育人一直是我校教育工作的重要方式。一方面，加强了学校与家庭、教师与家长之间的密切联系，增进了每一位家长对学校工作的了解；另一方面，有助于家长更全面地了解孩子在校的学习情况，真正达到家校携手共同培养孩子的目标。

2021 年 11 月 19 日下午我校召开七、八年级学生家长会。此次家长会各班在教室内举行，教务处进行了周密的安排和部署，各班主任和科任教师精心准备，努力营造良好的氛围。

在家长会上，首先是教学副校长周桓通过广播代表学校感谢家长一直以来对学校的大力支持，他汇报了学校的一些工作和取得的一些成绩，向家长提出了一些教育孩子的建议，并表示希望家长加强与学校的沟通，加强与子女的沟通，为共同教育好孩子而努力。学校教务处也给各班优秀学生准备了奖状。

随后，各班主任和科任老师以班为单位和家长交流沟通，介绍了学生在校学习与生活情况，并就如何正确引导孩子培养良好的学习、行为习惯以及如何注意安全等与家长进行了互动交流。在家长会上各班主任和科任老师还给优秀学生进行颁奖。

最后，家长会在老师与家长们的和谐交流中圆满结束。本次家长会拉近了学校与家长间的距离，融洽了教师与家长间的关系，对学校工作和孩子们的发展起到了良好的促进作用。

2021 年 11 月 15 日

齐心协力，“绳”采飞扬

11 月 1 日下午，我校全体学生在校园操场上进行了为期两周的拔河比赛。为增强活动的趣味性，每天只安排两组比赛。比赛以班级为单位，每班男女生各 10 人，按年级分组抽签决定比赛顺序，比赛采用淘汰赛，两两竞争，胜者直接晋级下一轮，直至决出各年级前三名。

2021 年 11 月学生拔河比赛（作者本人提供）

比赛正式开始前，各班同学的脸上都洋溢着喜悦的笑容，精神抖擞地列队走进赛场。裁判员尼玛多吉老师宣布了比赛规则后，队员们一个个摩拳擦掌，排好阵势。当比赛开始的哨声响起，参赛队员们全都紧握绳子，铆足了劲把绳子往后拉。阴冷的寒风不曾摧垮队员们的意志，只当是为他们呐喊助威；强大的对手不会削弱队员们的信心，只当是为他们加油打气；艰难的比赛不能消磨队员们的勇气，只当是为他们高奏凯歌。

热情的啦啦队在场外不停地高喊着，震耳欲聋的声音此起彼伏。每一个参赛队员都全力以赴，每一颗心都为了长绳上那小小的红线而紧张！每场比赛都牵动着老师们的心，在现场气氛的感染下，班主任们也情不自禁地加入了啦啦队之中，尽自己的一份力量，师生呐喊声已然融为一体，师生的心贴得更紧了。每一场比赛，凡是参赛的同学，没有一个不是拼尽全力的，被拉倒了再爬起来，手磨破了咬牙坚持，为了班级的荣誉，每位同学都竭尽全力。周围同学虽没有参加比赛，却也奋力地为自己的班级加油助威，把比赛的气氛一次又一次地推向高潮。

比赛最终结果：九（6）班、九（5）班、九（4）班分别是九年级第一、第二、第三名；八（5）班、八（4）班、八（1）班分别是八年级第一、第二、第三名；七（3）班、七（1）班、七（4）班分别是七年级第一、第二、第三名。

本次校园拔河比赛，进一步提高了各班的团队合作能力和班级凝聚力，促进了各班之间的交流，为学生提供了一个锻炼的机会和展示班级风采的平台。本次比赛不仅锻炼了同学们的体魄，培养了意志品质，还培养了同学们拼搏进取的精神和乐观向上的生活态度，更展现了广大学生顽强拼搏、斗志昂扬的精神风貌，同时加深了各班级彼此之间的友谊，为创建和谐校园增添了一抹亮色！

2021 年 11 月 26 日

湖大雅砻云支教团来了

奋斗是青春最亮丽的底色，湖北大学为助力东辉学子再次“出招”。11 月 26 日下午，湖北大学雅砻云支教团志愿者与山南市东辉中学举行结对仪式。湖北大学校党委常委、副校长肖德和相关负责人参会，我校党总支书记巴桑、副校长周桓出席并发表讲话。

本次会议分为湖北大学与东辉中学两个分会场，以线上视频连线的方式进行。湖北大学研工部副部长李明宣读《关于公布湖北大学 2021 年研究生雅砻云志愿者团队成员名单的决定》，湖北大学研究生赴藏支教团临时党小组组长向倩介绍雅砻云支教团与山南市东辉中学学子结对安排，并由赴藏支教团全体成员代表雅砻云支教团向结对帮扶学生赠送结对纪念卡。

湖大雅砻云支教团志愿者与东辉中学学生举行结对仪式（李亚提供）

雅砻云支教团志愿者郑越认为：“今年中国共产党迎来建党百年华诞，西藏和平解放70周年，湖北大学迎来建校90周年，在这个尤其特殊的年份，作为研究生的我们参与本次云支教是我们用自己的青春力量，向祖国、向湖大做出的庄严承诺——新一代的青年，勇于承担责任；新一代的青年，值得期待。”志愿者王潇说道：“希望本着自己的初心为东辉学子带来知识上的提升和心灵上的陪伴。”

我校副校长周桓对湖北大学为我校作出的教育贡献表示感谢，并进一步指出，湖大学子具有高度的政治觉悟和政治担当，湖北大学为我校的教育发展提供了有利帮助。

我校党总支书记巴桑表示，湖大志愿者不仅仅是湖大学子，更是“全国支援西藏”队伍的一员，是有情怀、有专长、有能力的学子。他强调，湖大学子有大志、担大任，他们的到来为东辉中学又注入了不少新鲜血液。

湖北大学校党委常委、副校长肖德指出，在国家建设社会主义新西藏征途上，16名研究生通过学校选拔，成为第一批雅砻云支教团成员，雅砻云支教团的加入进一步拓宽了湖大研究生教育援藏阵地，强化了教育援藏成效，推动了支教工作形成网上网下同心圆。16 名雅砻云支教团研究生成员利用线上的方式与研究生赴藏支教团一道参与到对我校的支教工作中去，为推动学校研究生赴藏教育工作接续奋斗和常态化开展提供了可能。

本次会议的开展加强了湖大与东辉的联系，是湖北大学教育援藏从线下课堂向线上课堂的延伸。接下来，16 名湖北大学雅砻云支教团志愿者将从自身专业特长出发，结合东辉学子的实际情况，开展一对二的精准帮扶。

2022 年 1 月 19 日

鄂藏一家亲，汉藏心连心

——东辉学子前往武汉深度研学

元月是一切美好都开始的月份，也是充满希望的月份。为深入贯彻落实中央第七次西藏工作座谈会和中央民族工作会议重要讲话精神，全面贯彻援藏工作关于民族交往交流交融的工作要求，将铸牢中华民族共同体意识融入教书育人全过程，提升学生对中华民族的认同度，努力开创西藏教育新局面，我校特开展“鄂藏一家亲，汉藏心连心”研学活动。

东辉中学学子前往武汉深度研学（李亚提供）

1 月 9 日下午，我校 30 余名师生抵达武汉，开启为期一周的研学活动。为保障本次研学活动的顺利开展，我校精心制定研学方案，对活动进行全面部署安排，校长王与雄，副校长周桓、洛桑旦增等领导与老师带领研学团队，确保研学活动具有实效。

1月10日至12日，东辉中学研学团队先后前往华中科技大学与附属中学、湖北大学与附属中学和武汉西藏中学进行实地研学交流，参观学校校园，了解学校发展历程，感受学校文化氛围，与中学学生同上一堂课，开展汉藏学生手拉手活动。华中科技大学、湖北大学等湖北省多所高校长期为我校发展提供大力支持，基于我校实际，进行专项援助，与我校建立结对关系，开展丰富多样的教学研究交流活动，大力提升了我校师资力量，推进了资源共享，与我校交流交往交融、互帮互学共进，在推动我校高质量发展上取得显著成效。

在华中科技大学研学当日，华中科技大学与附中领导一行向东辉研学团队介绍附中的办学历史、管理理念、发展特色，分享在贯彻落实“双减”政策下实施“元思课堂”和“家校一体化”的策略及收效，双方就中考备考进行互动交流，师生参与体验附中的校本课程和实践活动。

11日，我校研学团队前往湖北大学开展研学活动。当日上午，湖北大学赴藏支教团成员带领研学团队领略校园风景，参观校史馆，带领学生开展趣味活动、共叙师生情。下午，湖北大学举行2021年度研究生援藏支教工作总结交流会，湖北大学党委常委、副校长肖德等领导一行出席会议。肖德强调，湖北大学积极响应“全国支援西藏”的号召，落实“大院校+小组团”的工作模式，成立了研究生赴藏支教团及雅砻云支教团，拉开了学校教育援藏工作的序幕。他进一步对湖北大学教育援藏工作提出了三点要求：一是要坚持把立德树人思政品牌做大做强，推动学校教育援藏工作融入湖北省援藏大局；二是坚持把校地协同育人模式常做常新，学校将加大支持力度，促进我校赴藏支教团与山南市东辉中学深度融合；三是要坚持把文化交融、民族团结走深走实，继续推动我校教育援藏工作向前发展。

学生们在参观完大学校园后纷纷表示，十分羡慕在大学里读书的哥哥姐姐们，自己要提升自主学习能力，认真学习，争取以后也能成为他们之中的一员！

13日至15日，东辉中学研学团队分别前往辛亥革命纪念博物馆、湖北省博物馆等地，了解革命先辈的光辉事迹，学习相关历史史实，参观历史文物，充分感受荆楚文化，提升学生民族共同体意识，培养学生的责任感和使命感。部分学生在参观后说：“中华文化博大精深，我要认真学习，为中华崛起而奋勇向前。”他们还前往武汉大学科技园参观学习，了解了科技园的特色产业，开阔了学生的眼界，激发了学生对现代科技的兴趣。

2022年3月12日

迟到的“三八”活动

东辉中学2022年庆“三八”活动（李亚提供）

三月的阳春，人面桃花相映红。扑面的春风里，岁月巾帼竞风流！2022年3月12日下午，我校工会为引导我校广大女教职工立足岗位、勇于创新、激发工作热情、提升职业幸福感、营造有利于妇女事业发展的良好校园氛围、让广大女教职工度过一个快乐而有意义的节日，特开展“做智慧女性，育健康孩子”主题宣讲暨庆祝第112个“三八”国际劳动妇女节活动。

活动伊始，我校党总支书记巴桑同志为本次活动致辞。“都说妇女能顶半边天，我深刻地体会到在座的女教职工对东辉中学教育教学工作做出的巨大贡献。妇女对世界来说，是母亲，不仅是因为母亲生儿育女，而且更为重要的是，因为她教育人，把生活的快乐给了人……”随后我校工青妇委员卓玛副校长进行了“做智慧女性，育健康孩子”内容的概要宣讲。

在分教研组才艺展示环节，各个教研组都派出精兵强将，大展身手。她们自尊、自强、自信，她们温柔、贤惠、奉献，她们看似平凡，却勇敢地顶起了大半边天，她们把整个世界装点得更加美丽和生动，成为生活中亮丽的风景线。首先是我校实力派组合——音体美组出场，她们迈着整齐的步伐向我们走来。她们为我们带来的是朗玛舞《格桑久久》。其次是数学组最具人气的帅哥——杨士军先生出场，他为我们带来一首《听闻远方有你》，歌声婉转悠扬。

然后是精通英法俄日德五国语言的英语组的才艺表演——《说书人》，一把折扇，诉说一段豪情。紧接着出场的是我校最为沉着、最具头脑、睿智无比的理化生组，他们的节目是舞蹈《开心祝福》，祝愿在座的所有女同胞们永远开心，青春永驻。

节目间隙，穿插了趣味游戏——纸杯传气球和抽奖环节，校领导随意抽取10个名字签，并送上小礼品。

接下来的节目是语文组的歌伴舞《今夜无眠》，演唱者是我校身材长相最出众的汉次多先生。美丽永远是女同胞们探讨、向往、追求的东西，随后援藏教师和在藏老师组成的“噼里啪啦”组合带来的诗朗诵，表露了她们在追求美丽路上的心声。节目精彩纷呈，十分火爆。数学组为我们表演《格桑啦》，愿我们大家都“格桑啦”。政史地组的女同胞们上来跳了一段《恰恰舞》，把节日气氛推向最高潮。亲爱的藏文组的姑娘们用她们的舞蹈来展现藏族的风采，引领藏族走向更高的舞台！

最后，我校校长王与雄同志讲话。他指出，长期以来，我校女同胞“巾帼不让须眉”，积极进取、奋发有为。平凡的工作因你们的执着真切而精彩无限；普通的家庭因你们的勤劳贤淑而温暖幸福；寻常的日子因你们的阳光优雅而熠熠发光。祝大家节日快乐！你们辛苦了！

2022年4月17日

让爱和教育在家访的路上延伸

父母是孩子的第一任老师。家庭教育是教育中不可或缺的。2022年1月1日《中华人民共和国家庭教育促进法》正式实施。为了推动家庭教育的发展，切实加强我校民族团结进步教育，铸牢中华民族共同体意识，我和徐艳华、梅光利老师在九年级民族班开展了历时两个多月的教师“课外访万家”活动。

九年级民族班全班共56名学生，是一个多民族的班级。这些孩子来自全国不同省份，升入九年级后，各个家庭父母对孩子的期望和要求不一样。帮助他们实现梦想，这是当老师的职责和使命，也是社会发展和民族团结的需要。于是，从3月开始，民族班语数外老师利用周日和假期对学生进行了有目的的家访活动。走访的家庭有：何银川、曾强、李云钦、格桑卓玛、王玉洁、黄婷婷、黄鹏、张鑫森等。

我与徐艳华老师去苗族学生黄婷婷家家访（作者本人提供）

在家访中，老师们了解到民族班家庭的多数家长由于整日忙于生计，极少有时间和精力照看、督促孩子学习和培养孩子习惯。老师们向家长宣讲了 2022 年 1 月 1 日正式颁布实施的《中华人民共和国家庭教育促进法》，解读了“依法育儿”的内容，强调了“亲子陪伴”的意义。与此同时，老师们深刻意识到，自己肩上的职责更重了。作为老师没办法选择家长，只能选择不一样的教育方式来对待这些更需要关心的孩子。

在家访活动中，老师们也深刻地体会到，家访对教师和学生家长来说都是受益匪浅的。家长能了解学生在校各方面的表现和学校对学生的要求，老师能了解学生在家庭中各方面的状况及学生在家庭中的表现。老师们只有透过家访，走进学生的生活，才能了解到一些隐性的问题，找出学生不良行为构成的根本原因，这样才能从根源着手，对症下药，进一步加强对学生的教育，达到家校结合、共同教育学生的目的。同时，通过家访也增进了教师与学生家长的感情，促进了不同民族的交往交流交融，巩固了中华民族共同体思想的基础！

我与徐艳华老师在学生何银川家（半藏半汉家庭）家访（作者本人提供）

2022 年 4 月 22 日

2022 年九年级家长培训会

4 月 22 日下午学校举行九年级家长培训会，由山南市教育名师卓玛副校长主讲。会场座无虚席，卓玛副校长用诙谐幽默的藏语给家长讲解了毕业期间要注意的问题。她讲道：家长一定要为孩子树立良好的榜样；一定要做到多关心，少溺爱；一定要及时消除孩子的浮躁情绪；一定要加强孩子周末时间的管理；一定要多给孩子一点信心；一定要重视青春期教育，该导航时及时导航；家长一定要与学校家校共育，提升学生素质。

讲座进行了两个多小时，家长们都安安静静，聚精会神地听着。会场不时地爆发出热烈的掌声。

卓玛副校长给东辉中学八年级家长做家庭教育培训（作者本人提供）

2022 年 4 月 29 日

青春心向党，逐梦新时代

东辉中学 2022 年文艺汇演（李亚提供）

今年是中国共青团建团 100 周年。奋楫扬帆正当时，不负韶华行且知。青年兴则国家兴、青年强则国家强。为了团结带领广大青年，弘扬五四精神，继承革命传统，继往开来，发奋有为，宣传共青团的光辉历史和丰功伟绩，传承红色基因，勇担青春使命，大力弘扬“创造、奋斗、团结、梦想”的伟大民族精神，4 月 29 日下午 3 点，由我校团少委组织的“喜迎二十大，永远跟党走，奋进新征程之百年奋斗传薪火，青春绽放正当时”文艺会演于泽当社区琼嘎顶大礼堂隆重举行。团市委高毅凡同志、市教育局副局长潘锃东同志、市教育思政科科长仓决同志、市完全中学校长罗布次仁同志、乃东区校长次旺多吉同志、山南市岗布离退休党总支、东辉中学党总支书记巴桑同志、校长王与雄同志、副校长洛桑旦增同志等相关领导，东辉中学七、八年级班主任和学生，以及湖北大学研究生赴藏支教团等 800 余人观看演出。

山南市岗布离退休党总支为东辉中学九年级家庭贫困、成绩优异的学生捐助 6000 元，并向受赠同学表示真诚的祝贺还鼓励学生紧跟时代脚步，树立远大人生理想，艰苦奋斗，认真学习，回报社会。我校党总支书记巴桑同志和校长王与雄同志向岗布离退休党总支敬献哈达和锦旗，以表崇高的敬意和衷心的感谢。

东辉中学退休党员曲杰旺久向东辉中学捐赠仪式（李亚提供）

此次文艺会演分为奏唱国歌、巴桑书记献词、入团仪式等七个部分，由校艺术团，七、八年级各班，教师组，研究生支教团等选送的精彩节目串联了整场演出。演出在热巴鼓的激昂鼓点与舞龙队的矫健英姿中拉开序幕，火热展开。热烈的舞蹈激扬青春、激昂的歌声鼓舞人心、深情的朗诵引发共鸣。来自教师组的传统舞蹈朗玛舞《点缀》姿态优雅，展现了博大精深的文化内涵和独树一帜的文化特色，赢得了全场观众的热烈掌声。七（2）班的舞蹈《雅砻扎西雪巴》突出了西藏非物质文化遗产的独特魅力，感染了现场所有的观众，雄浑壮美的演出将现场气氛推向高潮，欢呼声、鼓掌声此起彼伏。演出在充满不舍与留恋的合唱歌曲《难忘今宵》中落下帷幕。

这次演出集中展现了民族的风采，讴歌了文明的历史，诠释了火热的青春，歌唱了伟大的祖国，带来了一幕幕精彩纷呈的精神享受，展现了当代我校师生在中国共产党的领导下不辱使命、不负青春、脚踏实地、艰苦奋斗的精神状态和奋斗姿态。

广大东辉青年必将在党中央、区党委和市委的坚强领导下昂首阔步、踔厉奋发，继承五四光荣传统，高举爱国主义旗帜，发扬创新精神，奏好乡村振兴曲，唱好时代奋进歌，为奋力建设美丽西藏贡献青春力量，以优异的成绩迎接党的二十大胜利召开。

东辉中学庆祝中国共产主义青年团成立100周年文艺汇演（李亚提供）

“要坚持社会主义办学方向，把立德树人作为教育的根本任务，发挥教育在培育和践行社会主义核心价值观中的重要作用，深化学校思想政治理论课改革创新，加强和改进学校体育美育，广泛开展劳动教育，发展素质教育，推进教育公平，促进学生德智体美劳全面发展，培养学生爱国情怀、社会责任感、创新精神、实践能力。”①

① 习近平2020年9月22日在教育文化卫生体育领域专家代表座谈会上的讲话。

2021 年中国共产党成立 100 周年山南市教育系统文艺汇演东辉中学演职人员合影（李亚提供）

2019 年 9 月 22 日

劳动最光荣

以劳树德。为加强劳动教育，落实实践育人，我校德团办动员组织全校学生利用休息日（周六、周日）在家做力所能及的自我服务劳动、家务劳动以及志愿服务或公益劳动。

各班班主任接到通知后，在班里做了动员，得到家长们的积极支持。各班学生在休息日开始忙碌起来，从学生发过来的视频可以看到，有的学生在家帮助父母洗碗，有的学生在家拖地、浇花，有的学生清扫、整理房间，有的学生自愿走出家门清扫街道、擦洗楼道栏杆，还有学生帮助爸妈下地干农活、放牧牦牛等。

劳动不仅锻炼了学生的各方面能力，而且从中让学生们懂得了劳动的艰辛和不易，还赢得了家长们的一致好评！

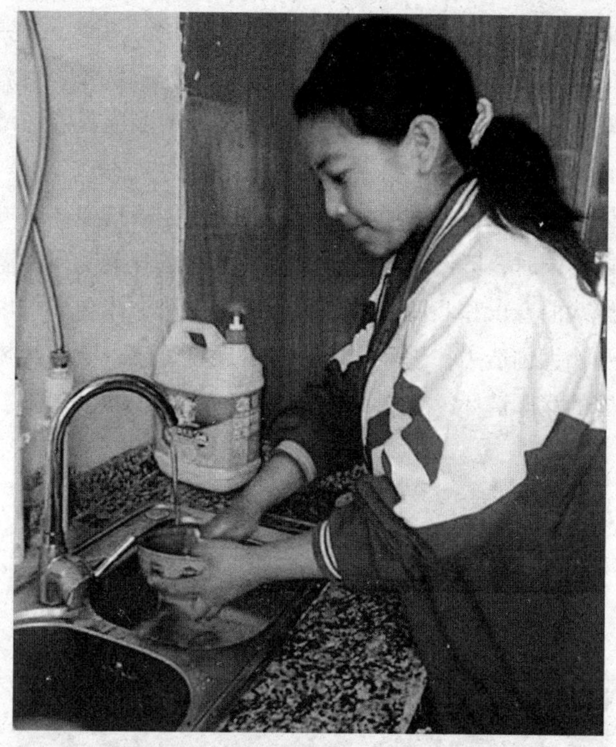

东辉中学学生家务劳动场景（作者本人提供）

2020 年 12 月 17 日

引入戏曲广播体操

戏曲是国粹艺术，是优秀传统文化的代表。中宣部等四部门出台《关于戏曲进校园的实施意见》，让学校开展戏曲教育活动，加强戏曲社团建设。新学期，学校在保留原有的青春民族操的基础上，由马丹主任负责引入戏曲广播操并组建戏曲社团。

古为今用，把古老戏曲艺术融入广播体操，是对传承民族文化的一种有益尝试。戏曲广播体操具有双重性作用，既锻炼了身体、增强了体质，又寓教于乐、普及了戏曲知识。将戏曲表演动作改为广播操来普及传承，二者相映成趣、相得益彰，对传承和繁荣传统戏曲大有裨益。

戏曲艺术作为中华民族优秀传统文化的重要组成部分，因其优美动听的唱腔旋律、丰富多彩的舞台造型、惟妙惟肖的人物形象、引人入胜的故事情节，深受广大人民群众的喜欢和青睐。戏曲广播体操有利于培养学生对戏曲艺术的浓厚兴趣，这对于普及和传承戏曲艺术，营造良好的戏曲发展环境，推动戏曲艺术繁荣发展具有重要意义。

戏曲广播体操是传播精神文明的有效载体，在传播精神文明方面有积极作用。在锻炼身体的同时，不仅让学生在潜移默化中亲身感受到古老戏曲艺术的无穷魅力，了解戏曲音乐和戏曲艺术的真谛，还能从中体会到中华民族传统文化的博大精深和伟大创造力，进而产生一种民族自豪感，激发其热爱优秀传统文化、热爱祖国的深厚情怀。

马丹老师教七年级新生学习戏曲广播体操（作者本人提供）

2021 年 3 月 8 日

我为妈妈献爱心

三月，是一个繁花似锦的季节，是一个播种美丽希望的季节，是一个孕育丰硕果实的季节。沐浴着春风，我们又迎来一年一度的“三八国际妇女节”。在

“三八”妇女节来临之际，我校开展了“我为妈妈献爱心”感恩教育活动。

学校德教处提前一周就做了精心的安排，让全校学生利用周六、周日（3月6日、7日）为妈妈做一件温馨的事。如可以了解一下妈妈的生日、爱好；可以送妈妈一个小礼物；送妈妈一段祝福的话语；给妈妈洗脚、洗头、梳头；给妈妈沏茶、捶背；帮助妈妈做一些家务活，参加家务劳动等。还让学生和妈妈一起拍照留下美好的瞬间，以此来表达对妈妈的爱意和感恩之情。3月7日晚读，各班以“我为妈妈献爱心”为题开主题班会，学生都踊跃上台分享自己的故事，分享自己的感想和体会。整个班会场面热闹又感人！

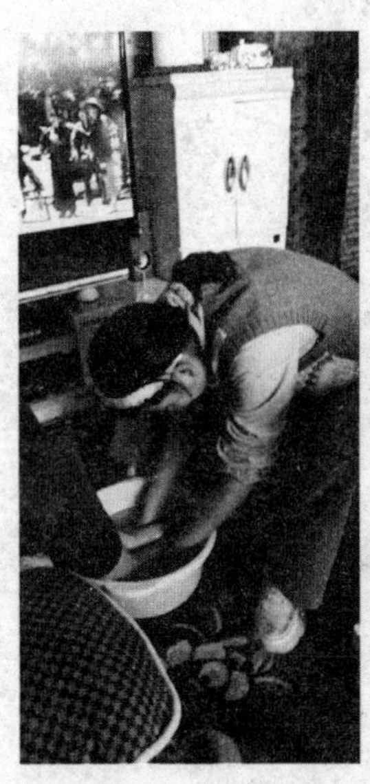
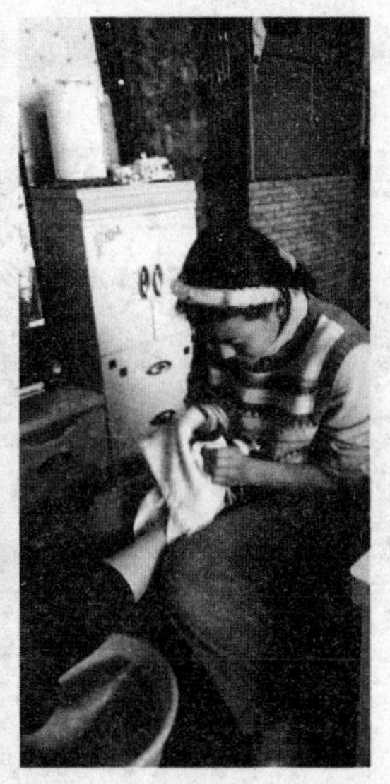

学生为妈妈洗脚现场照片（作者本人提供）

通过这次活动，学生们进一步了解了母亲，明白了母亲对自己的关爱和对家庭的付出，懂得了要在日常生活中尊重长辈、孝敬父母，做一个关心他人、有社会责任感的好孩子。

2021年3月12日

青春当怀凌云志，芳华决胜无悔心

三年砺剑百日策马闯雄关，一朝试锋三日考场逞英雄。为充分调动九年级毕业班师生冲刺中考的积极性，激发毕业班学生的学习激情，营造浓厚的备战中考的学习氛围，2021 年 3 月 12 日东辉中学召开了 2021 年中考倒计时百日誓师大会。大会由教学副校长周桓主持，山南市教育局潘锃东副局长、东辉中学校领导及九年级全体师生出席了本次会议。

在庄严的国歌声中，大会拉开了帷幕，激昂的进行曲向同学们发出了圆青春梦想的动员令，吹响了实现人生梦想的进军号。

首先是周桓副校长进行动员讲话，王与雄校长进行中考备考指导讲话。接着九年级教师代表、学生代表和学生家长代表先后进行了激情洋溢的发言，表达了决战中考、赢得中考胜利的信心和雄心。

2021 年百日誓师大会（李亚提供）

随后由王与雄校长向各班班主任授班旗，班主任接过班旗，挥动班旗，全班学生面向班旗喊出响亮的口号，气势如虹！

然后誓师大会进入分班宣誓环节，领誓人带领全班同学进行宣誓。他们的语言慷慨激昂、士气如虹、斗志昂扬，抒发着不畏艰难、脚踏实地、朝着梦想不懈努力的情怀。大会在一片掌声、呐喊声中进行，气势磅礴的呐喊声让九年级的同学们热血沸腾，犹如身处激烈的拼搏赛场中一般。

接下来誓师大会播放了《怒放的生命》这首奋进的歌曲，九年级教师走在前面，全体家长牵着自己的孩子走在后面，一起走向“成功之门”。师生精神抖擞，队伍浩浩荡荡，气势恢宏。

2021 年誓师大会——师生走进“成功门”（梅光利提供）

最后，各班同学在班主任的带领下，在家长殷切目光的注视下，在班旗上庄严地签上自己的名字、誓言或目标。

拼一年春夏秋冬，搏一生无怨无悔，用拼搏为青春喝彩是在场师生的共识。此次誓师大会鼓舞了士气，奏响了我校迎战中考的序曲。

2021 年 3 月 27 日

体验大自然的奥秘

阳春三月，万物复苏，鸟语花香，处处充满了春天的气息。为丰富孩子们的课余生活，拓展孩子们的课外知识，培养孩子们的科学兴趣，提高孩子们的科学素养，为给他们创造科学实践和体验的机会，让他们真正触摸科学，在学校领导及气象局工作人员的协调下，3 月 27 日上午，我校七（6）班的同学们来到了西藏山南市气象局和气象科普教育基地参观。

今年是 2021 年，世界气象日主题是：海洋，我们的气候与天气。气象局工作人员先带领学生们看展板，讲解世界气象日的来历。接着到四楼看视频，视频讲解了全球变暖，海洋是最大的储热罐，海洋也在变暖，破坏生态，影响人类生存等，学生们目不转睛地看着大屏，眼神里充满着好奇。

东辉中学七（6）班学生在山南市气象局听气象科普知识（梅光利提供）

接下来的讲座是播放中科院博士讲解的海洋改变气候方面的知识。气象局工作技术人员也重点介绍了我们每天的天气预报数据是怎样得出的。学生们听后大开眼界。

这次参观的第二站是山南市气象科普教育基地。学生分两批交叉进行，一批学生先去看气象局基地博物馆展厅，展厅里展示的是古时气象测量仪器，从中可以看到气象科技的飞速发展。另一批学生去基地实地观测，工作人员除了介绍卫星监测天气外，还介绍了地基监测、海基监测，这些监测点会不断地接收到有关天气的各种数据，然后通过大型计算机系统运算分析，最终就能得到有关天气的预报结果了。

东辉中学七（6）班学生参观山南市气象站（梅光利提供）

通过这次研学参观活动，学生们学习了气象科学知识，增强了防灾减灾意识，提高了灾害防范能力。同时，也希望大家多学习一些气象科普知识，保护环境，节约水资源，倡导绿色生活。

2021 年 5 月 22 日

我们学会了移栽甜玉米苗

5 月 21 日上午，我校七年级两个班 70 余名学生在德团办和班主任的组织下，乘车南行约 1.5 公里，前往位于乃东区昌珠镇克麦村的山南市农业科学研究基地，开展了一次丰富多彩、收获满满的劳动实践课活动。

美丽的雪域高原天空湛蓝，白云朵朵；五月的山南大地万木葱绿，柳絮飘飞；广阔的田野上，青稞长势正旺，呈现出一派勃勃生机的景象。公交车厢里藏族孩子们身着整洁的蓝色校服，脖子上佩戴着鲜艳的红领巾，脸上洋溢着灿烂的笑容，用欢声笑语表达他们内心对这次劳动实践课的热切期待。

湖北省劳模杨艳斌老师教学生种植玉米苗（梅光利提供）

2020 年 3 月中共中央国务院印发了《关于全面加强新时代大中小学劳动教育的意见》简称《意见》,《意见》强调：“要把劳动教育纳入人才培养全过程，贯通大中小学各学段和家庭学校社会各方面。”为贯彻总书记的这一重要思想，湖北省第九批援藏工作队总领队李修武书记多次指示湖北教育援藏团队要高度重视劳动教育课，补上短板，一切从实际出发，创新思路和方法，千方百计地帮助孩子们学会劳动，热爱劳动，树立“劳动最光荣”的思想。学校领导们为落实修武书记的重要指示，殚精竭虑，正苦思冥想之际，一次偶然的机会，我听说了克麦村的湖北援建的农业试验技术基地，心想这不正是一个学生们可以参观学习、劳动锻炼的好地方吗？这个想法一经汇报上去，很快就得到各级领导的赞同和批准。

9 点 30 分车队顺利到达基地，学生们鱼贯而出。湖北省第九批援藏工作队临时党委组织委员、山南市市委组织部副部长刘猛，率领湖北省第九批援藏工作队临时党委委员、山南市农业农村局副局长吴超，湖北省劳模、湖北援藏工作队高级农艺师杨艳斌，临时党委委员兼三支部书记、山南市教育局副局长潘锃东，我校王与雄校长等领导和专家们早已等候在基地大门前，热情欢迎同学们的到来。

在简短质朴的欢迎仪式上聆听了领导们热情洋溢的讲话之后，工作人员带领孩子们首先参观了市农科所育种基地。放眼望去，整齐的油菜地一片碧绿，像一片绿色的海洋；半人高的青稞已经抽穗，麦芒挺拔，粒粒饱满，一阵微风吹过，壮硕的麦秆晃动着发出声响，像是在为同学们提前预报今夏丰收的喜悦。

五月的高原，艳阳高照，气温回升很快，热气蒸腾，紫外线分外强烈。同学们头顶遮阳帽，嘴巴上戴着口罩，和大人们一样不怕辛苦，不惧烈日，认真观察，边走边听，在仔细聆听农艺师们的精彩讲解的同时，还用笔在本子上记录重点内容，遇到不懂的问题及时向农艺师和随行的老师们请教。

10 点 30 分，杨艳斌农艺师带领同学们来到了现代化的蔬菜育苗中心。这个育苗中心占地面积大概有一个半标准足球场那样大，十几米高，空间巨大，全钢框架结构，四面外墙和屋顶都镶嵌着透明的玻璃；室内均匀地分布着上百根灰色钢柱，它们支撑着坚固的钢梁和屋顶，立柱间隔一定距离都安排有滑轨，滑轨上安装着自动喷灌设备；地面上也是按区域星罗棋布的，分布着高 150 厘米左右、宽 60 厘米左右、长 50 米左右的钢柜，每个钢柜均匀分隔为几层，最上面一层有拱形的钢支架，支架上覆盖着绿色的高科技材料制成的薄膜布，每一层的大铁盘子里有长势良好正在培育的蔬菜种苗。看着眼前设置完备、技术先进的育苗中心，听着老师的细心讲解，同学们知道了如何在这里用先进的技术手段高效地满足蔬菜苗生长所需要的土、温、光、水、营养物质等条件，不禁啧啧称奇，赞叹不已。

俗话说得好：“光说不练假把式。”半小时后，同学们来到了农科所试验基地，个个摩拳擦掌，在杨艳斌农艺师的指导下，进行甜玉米苗移栽实践。只见杨老师拿来一个奇怪的白色的像火箭筒似的东西：长将近1米，直径15厘米左右，下部呈圆锥形，尖尖的；上部是圆柱形，离顶部20厘米左右垂直安装两根手柄，顶端装有红色塑料碗。同学们都感到很好奇，这又是一个什么高科技的新设备呢？杨老师告诉同学们，这是打孔机，用它可以迅速、高效、省力地打出保持适当距离的许多孔洞，然后将幼苗一一栽进去，再培土浇水。杨老师边介绍边一丝不苟地做着示范。同学们一看就会，群情激昂，三到五人组成一个小组，相互分工合作，有的拿幼苗移栽盘，有的打孔，有的移栽幼苗，有的培土浇水，轮换进行，力争把每一个工序都精确掌握好。组与组之间，有的暗暗较劲，有的公开竞赛打擂台，都想着要比对方干得多、干得好。力争上游固然好，但难免忙中出错。一些滑稽场面的出现，为热火朝天的劳动竞赛平添了无穷的趣味：有心急火燎地把孔打歪了，赶紧用脚踏平，重来；还有奇葩选手，鬼使神差，竟然把苗栽倒了，惹人大笑；最有意思的是七（1）班的机灵鬼洛桑旦增同学只顾着追赶对手，手里端着幼苗移栽盘子快步跑，在田埂上一不小心脚下一滑，摔了出去，全身沾满了黑色的泥土，自己笑着爬起来，不经意间汗手一抹脸，变成了可爱的“大花脸猫”，逗得周围的同学老师领导们笑得前仰后合，直不起腰。最后，当每个同学在自己栽好的甜玉米苗旁插上写有自己姓名的黄色标签时，标志着这场劳动实践课取得了圆满的成功。很多同学都情不自禁地齐声高呼：“我们学会了移栽甜玉米苗！”

这激动喜悦的呼喊冲破云霄，在雪域高原上空久久回荡……

东辉中学学生劳动实践活动——种植玉米苗（梅光利提供）

2021 年 5 月 26 日

劳动最光荣　行行出状元

“把劳动教育纳入人才培养全过程，贯通大中小学各学段和家庭、学校、社会各方面。”5 月 26 日上午，我校德团办组织八年级 30 余名师生前往山南市第一职业技术学校开展参观和劳动教育实践活动。活动由我校吴勇副校长带队。

在山南市第一职业技术学校刑会强校长的引领下，同学们先来到高星级饭店运营与管理实训基地，这里干净整洁，在这里等待迎接同学们的是山南市第一职业技术学校的学生。这些学生训练有素，很熟练地给同学们示范如何摆放酒席餐具，如何铺床和叠被。同学们看后跃跃欲试，在摆有几张床的房间里，亲自动手像模像样地铺床单和叠被子，结果许多学生发现套棉絮时怎么套都不平整，直到实习学生给予耐心指导才顺利完成工作。八（5）班学生旦增说：“这些看似很简单的‘活’，不学习、不按标准训练还真做不好啊！”

观摩山南市第一职校烹饪课堂（作者本人提供）

接下来同学们来到中餐烹饪与营养膳食实训基地。在厨房操作间里，两排整齐的灶台边站着十几个穿着厨师装的学生，他们一手握着铁锅把，一手拿着铁勺，在厨师老师发出的“一、二、三……”的口令下翻动大铁勺，只听见锅里发出“嚓嚓嚓……”的声音。原来他们正在训练如何翻勺炒菜，如何切菜。同学们边参观边饶有兴趣地在旁边有灶台的锅里练习翻动铁勺炒菜。在另一个操作间里职校实习的学生正在认真地做着面点，台面上摆着各种形状的面点，同学们很惊喜地凑过去，也拿起面团，边看边学起来。“做出跟他们一样形状的、好看的面点还不容易呢！”一个学生说道。带我们参观的老师说：“是呀，熟能生巧呀，需要时间训练的。”接着又说，“同学们，门口有我们学生做好的面点，大家等会儿下去一起品尝吧！”同学们听后高兴得想跳起来。

最后同学们来到蔬菜农牧实训基地和汽车修理基地。先参观了兽医专业日常学习内容，观看了部分家畜标本、牛和马的模拟图以及牛消化器官的结构图；接着来到职校农业实习基地，在蔬菜大棚里看到了各种日常吃的蔬菜，认真听老师讲解蔬菜栽培技术；最后来到汽车专业修理车间，听取专业老师讲解汽车离合器原理。同学们整齐有序地边走边看边听，不时还停下来做点笔记，感觉收获很大！

组织这次参观和劳动实践活动，学生们从中学到了一些日常生活劳动和服务性劳动的知识与技能，在活动中感受到劳动的艰辛与快乐。

2021 年 8 月 21 日

青春与星空对话

——写给航天员王亚平阿姨的一封信

敬爱的王亚平阿姨：

您好！

我是一名九年级的学生。自从在电视上看到您的太空授课视频后我十分敬佩您，因为在太空失重的环境下一个人能站稳就已经很不容易了，更何况您还要给我们大家示范做实验，这简直就是难上加难，但是您做到了。在太空课中，您通过质量测量、单摆运动、陀螺运动、水膜和水球 5 个实验，展示了微重力环境下物体运动的特性、液体表面张力特性等物理现象，并回答了关于航天器用水、太空垃圾防护、失重对抗和太空景色的问题。

这一次的科普教育授课不仅仅是为我们普及了航天知识，更拉近了我们普通民众和航天与太空之间的距离，让我们对太空充满了向往。我们要敢于有梦，勇于追梦。

我们所观看的太空授课只是短短的40分钟的5个小实验，然而在这堂太空授课圆满成功的背后是无数个技术人员付出很多努力、很多系统密切配合的结果，它需要强大的科技实力作支撑，反映出我国航天技术的巨大发展，也显示了我国强大的科技实力和经济实力。所以在这里我要感谢所有像您一样为中国航天事业做出贡献的人！

此致

敬礼！

九（6）班　侯雨涵

2021年9月26日

我们种的玉米丰收啦！

东辉中学9月收获自己种植的甜食玉米（梅光利提供）

又到一年收获的季节，孩子们可以亲近大自然，开阔眼界，了解相关农业科学知识，提高劳动实践能力，培养良好的劳动品质。

9月26日上午，山南市东辉中学及湖北大学秋季研究生支教团组织七年级两个班约90名学生赴西藏宏农藏鸡产业园（乃东区颇章乡布仁沟）和山南市农业科学研究所基地（山南市乃东区昌珠镇克麦村）开展参观学习和秋收劳动教育实践活动。

活动伊始，由西藏宏农养鸡场专业人员张宏林带领学生参观了智能养鸡设施，并现场为学生们讲解养殖科普知识。紧接着，山南市农技推广中心专家杨艳斌带学生们参观了山南市蔬菜育苗中心并现场讲解科普知识，湖北大学研究生支教团成员与学生们一起听讲，一起学习，师生互动沟通，在秋收的时节，一起收获知识。

最后，在山南市农技推广中心专家的指导下，形成以杨艳斌、吴军琴、格桑德吉为指导，以湖北大学研究生支教团老师为辅助的三个小组，分别带学生们参与鲜食玉米、白菜、萝卜等蔬菜的采收活动。尽管大家累得满头大汗，但看着自己亲手采摘的劳动果实，学生们的脸上绽放出灿烂的笑容，真正体会到了劳有所获的快乐，懂得了一粥一饭来之不易，明白了劳动最光荣、劳动最崇高、劳动最伟大、劳动最美丽。

实践出真知，教学不拘泥于课堂，生活就是最好的老师。通过此次活动，学生在实践中获得知识，也从中体会到靠自己的勤劳与智慧创造出美好的果实的快乐。习近平总书记 2020 年 11 月 24 日在全国劳动模范和先进工作者表彰大会上说："要开展以劳动创造幸福为主题的宣传教育，把劳动教育纳入人才培养全过程，贯通大中小学各学段和家庭、学校、社会各方面，教育引导青少年树立以辛勤劳动为荣、以好逸恶劳为耻的劳动观，培养一代又一代热爱劳动、勤于劳动、善于劳动的高素质劳动者。"

劳动教育使得学生在劳动中成长，尊重劳动，养成劳动习惯，这是全面发展必不可少的关键一环。让孩子在劳动中体验生活，在劳动中感受劳动的艰辛，并从中收获快乐，培养其吃苦耐劳、艰苦奋斗的品质。山南市东辉中学与湖北大学支教团成员积极开辟劳动实践基地，大胆探索和创新新时代劳动教育模式，构建"五育"并举育人模式，推进学校劳动教育高质量发展。

东辉中学德教扎西旺堆与学生一起收获甜玉米（梅光利提供）

2022 年 3 月 21 日

2022 年中考誓师大会

“含泪播种的人，一定能含笑收获。”3 月 21 日下午在我校阶梯教室里举办了 2022 年中考百日冲刺大会。学校领导和全体九年级师生参加大会。

大会上，湖北大学 12 名研究生赴藏支教团成员向 225 名准中考生们一一发放手写的祝福贺卡，表达他们对东辉学子最真诚的祝愿。225 张卡片，225 句祝福，12 个志愿者亲手书写。支教团队长张志里说：“这是支教团成员们到达东辉中学后为当地学生举办的第一次活动，起早贪黑讨论方案、手写贺卡祝福语、布置会场、办板报……大到整体策划，小到具体细节，每一个环节大家都细细琢磨，争取为学生们办一场记忆深刻的誓师大会，也带来一份不一样的见面礼。”

东辉中学九（6）班学生参加誓师大会活动现场（梅光利提供）

大会上，东辉中学校长王与雄表示，此次百日誓师大会是第三批赴藏支教团成员来藏开展的第一次活动，希望孩子们不负期望，努力拼搏。

收到卡片的藏族学子丹增曲扎特别开心，2022 年初，他在老师们的带领下曾到武汉湖北大学参观学习，如今又盼回了这群“小老师”，丹增曲扎说：“我一定不会辜负支教团各位老师对我的期盼，拼搏百天，我定努力。”

百日誓师大会是宣誓，也是开始。接下来的一百天，湖北大学研究生们将结合自身专业特长，在东辉中学第一课堂、第二课堂、延时辅导等方面展开支教。誓师大会现场，学生们为“小老师”献上哈达，师生们一起庄严宣誓：“一百天，战场演练，我不退缩！一百天，考场挥毫，我能胜利！……”

活动的圆满成功离不开每一位支教团成员的努力，这次活动必定会给剩下百天时间的九年级学生带来深刻启发。

2022 年 5 月 18 日

龙腾山南，狮舞雅砻

湖北大学研究生训练舞龙舞狮训练现场（马丹提供）

舞龙舞狮历来是我国民间传统艺术，每逢中华民族传统节日或活动庆典时常常以此助兴。今年 5 月，湖北大学研究生赴藏支教团首次将南狮引入东辉中学，带领东辉学子领悟龙狮文化。

一、东辉舞狮训练日常

5 月 18 日，在东辉中学，舞狮的学生们在空旷的操场上进行训练，“准备！”教练的号令响起，学生们开始做出扎马步的姿势，“一、二、三……再坚持十秒！”这样的训练几乎每日都会进行。

二、舞狮队介绍

舞狮队共由东辉中学 8 名学生组成，分别来自藏族、回族、汉族等多个民族，均为七年级学生。沈琳钧作为这支舞狮队的总教练，也是东辉中学舞龙队的创始人，在湖北大学体育学院龙狮团与山南市东辉中学的支持下，去年 3 月，他作为首批支教团的一员，来到东辉中学后创办了东辉中学第一支舞龙队并负责舞龙队训练。舞狮队成员马福贵表示："我曾看过电影《雄狮少年》，在那之后我颇为触动，没想到学校竟然也成立了舞狮队。训练虽然苦，但我一定会坚持下去，珍惜这个机会，我也想成为威猛的雄狮少年！"

湖北大学研究生训练舞龙舞狮训练现场（马丹提供）

东辉中学舞龙队在山南市克松村表演（马丹提供）

三、龙狮队成绩

东辉中学舞龙队已参加过雅砻剧院庆祝建党 100 周年文艺会演、龙腾山南三下乡巡演及学校文艺会演，受到师生广泛好评。在东辉中学，舞龙舞狮已成为学校第二课堂的重要内容，学校将其与课程思政教学深度融合，开发出龙狮运动的思政元素，以此来弘扬中华民族传统文化，增强学生的民族文化认同感，铸牢中华民族共同体意识。

沈琳钧表示："去年三月来这里带领东辉学生舞龙，充分发挥了我的专业特长；而舞狮我接触得较少，来这里后我一直在努力学习舞狮。这对于我而言也是一种挑战，我希望能把舞狮中不屈不挠的精神传递给学生，帮助学生从中汲取养分、健康成长。"湖北大学体育学院龙狮团与东辉中学将通过常规训练、比赛会演等方式传承龙狮文化，打造西藏自治区舞龙舞狮基地，让龙狮文化绽放在雅砻大地。

第五章　红色传承，汉藏同心育人

“回望过往历程，眺望前方征途，我们必须始终赓续红色血脉，用党的奋斗历程和伟大成就鼓舞斗志、指引方向，用党的光荣传统和优良作风坚定信念、凝聚力量，用党的历史经验和实践创造启迪智慧、砥砺品格，继往开来，开拓前进。”①

东辉中学创办于1965年，校名由曾任中国人民解放军第18军军长、西藏军区司令员、军区党委第一书记张国华书记题词，校名蕴含“毛泽东思想的光辉永放光芒”。因此东辉中学是有着“红色基因”的学校。东辉中学拥有悠久的发展历史和过硬的教学质量，长期以来已经在山南市形成了良好的社会口碑，得到了山南市人民群众的认可，成为山南市基础教育的一张名片。2019年8月湖北省第二批教育“组团式”援藏团队加入东辉中学后，针对东辉中学现状，以习近平新时代中国特色社会主义思想为指导，为落实立德树人的教育目标，提出了“东辉红色文化”育人思路，并拓展了红色文化的内涵，提出了“东辉红色文化”资源篇、精神篇、拓展篇，凝练出“筑牢红色基因，释放红色能量，打造红色品牌”的办学理念，学校以此为平台展开了独具特色的育人活动。

2019年8月30日

“红色文化”育人

一、“红色文化”教育理念的提出

（一）学生成长的需要

胸无大志，贪图安逸与享乐，是当今部分学生的基本心态。他们的自我激

① 习近平2021年6月25日在十九届中央政治局第三十一次集体学习时的讲话。

励意识差，价值观呈现功利性、世俗性、庸俗化的倾向，玩乐成为日常生活的主要目标，理想层次低。红色文化能让学生树立正确的世界观、人生观和价值观。习近平总书记指出：“青年最富有朝气、最富有梦想……中华民族伟大复兴终将在广大青年的接力奋斗中变为现实。”因此，青年学生要从现在做起、从自己做起，使社会主义核心价值观成为自己的基本遵循，并身体力行大力将其推广到全社会去。全方位根植红色文化基因，夯实青年的理想信念，厚植爱国主义情怀，用红色文化营造良性的学习和创造氛围，用实际行动缅怀革命先烈、反哺社会，激发青年奋发有为，为中华民族伟大复兴而不懈奋斗。

东辉中学 2019 年校园红歌赛表演现场（作者本人提供）

（二）学校教育的需要

作为有着“红色基因”学校的教师，我们有责任改变这种现状，需要用“红色文化”引领我们的下一代树立远大的理想。一方面，可以引领青年学生从教室、校园，走入孕育着厚重红色文化基因的遗物、遗址、遗迹、遗产，重温革命先烈学习、工作和斗争时的种种艰辛和不易，以深化融入感、增强凝聚力和向心力；另一方面，可以引领青年学生从实践中深入挖掘红色文化基因中所呈现出的革命先烈的高尚的情怀、伟大的人格、奉献的精神，激励青年奋发有为、积极投身祖国建设，以习近平新时代中国特色社会主义思想为引领，争做担当民族复兴大任的时代新人。

（三）民族团结的需要

习近平总书记说过“民族团结是各族人民的生命线”。西藏各族人民在近现代历史进程中，在中国共产党的领导下摆脱了列强觊觎、迎来了和平解放、走向了和平稳定繁荣发展，这是西藏各族人民在党的领导下团结奋进、建设美丽西藏的明证。抗战时期，西藏人民在中国共产党的引领下，结成了西藏抗日民族统一战线，西藏各族人民自发为抗日前线捐钱捐物；十八军进藏后，部队与西藏各族人民一道，在解放西藏和建设西藏的伟大历程中披荆斩棘、迎难而上，形成了“特别能吃苦、特别能战斗、特别能忍耐、特别能团结、特别能奉献”的“老西藏精神”，这种精神成为激发各族人民为西藏社会稳定繁荣和长治久安不懈努力的动力。世代传承的红色基因浸润、凝聚着西藏各族人民，让党与西藏各族人民像石榴籽那样紧紧抱在一起。因此，我们要深挖红色资源，加强红色教育和红色引领，维护民族团结，铸牢中华民族共同体意识。

（四）时代发展的需要

当今的西藏正处于中央支持西藏、全国支援西藏，建设团结富裕文明和谐美丽的社会主义现代化新西藏的高速发展阶段，高速的发展在给人们的生活带来便捷的同时也带来许多不利的因素。一些家长和孩子“等”“靠”“要”思想严重，不能做到“艰苦奋斗，自力更生”，不能做到“不忘初心”。而当今世界正经历百年未有之大变局，我们面临着难得的历史机遇，也面临着一系列重大风险考验，在前进道路上我们面临的风险考验只会越来越复杂，甚至会遇到难以想象的惊涛骇浪。西藏在如此错综复杂的国际形势下，更需要向西藏人民讲清楚党史、新中国史、改革开放史、社会主义发展史、西藏地方和祖国关系史，特别是要讲清楚西藏各族人民如何在中国共产党的引领下，打败分裂势力，团结一心、共建美好西藏。而植入红色基因能够起到独一无二的价值引领作用，深化西藏各族人民“五个认同”，将“听党话、感党恩、跟党走”作为寻找出路的唯一正确的选择项。今年是中国共产党建党 100 周年，西藏和平解放 70 周年，站在“两个一百年”的交汇点，学校加强“红色文化”教育，带领学生认真学习党史、新中国史、改革开放史、社会主义发展史、西藏地方和祖国关系史意义重大，学史明理、学史力行、学史崇德、学史增信。中国革命历史是最好的营养剂，多重温这些伟大历史，心中就会增加很多正能量。

二、“红色文化”教育理念的内涵

（一）“红色文化”资源篇——红色基地和革命文物是红色教育的生动教材，是红色文化的鲜活载体，是重要的教育资源。

2021 年习近平总书记在福建考察时指出：“要用好红色资源，讲好红色故事，搞好红色教育，让红色基因代代相传。”西藏自治区，尤其是山南市，在革命、建设、改革各个时期都积累了丰富的革命遗存。通过有效整合这些红色资源，打造了具有中国边疆特色的教育基地，如西藏民主改革第一村——克松村；被毛泽东高度肯定的张国华将军对印边境自卫反击战前线指挥所遗址纪念馆；习近平总书记在给隆子县牧民的回信中称赞其为“神圣国土守护者，幸福家园建设者”的玉麦乡；1989 年 8 月就被国务院批准为“全国重点烈士纪念建筑物保护单位”的山南烈士陵园；自力更生、艰苦创业书写“愚公移山”传奇的列麦乡；隆子县人几十年坚持不懈孕育出的赤手与风沙作斗争的“沙棘林精神”基地；等等。这些红色基地彰显的先进思想、高尚精神、优良作风，都是优质的教育资源。挖掘整合这些红色资源，将其作为开展爱国主义和革命传统教育的生动教材。

（二）“红色文化”精神篇——学红色精神以立志（灵魂的塑造）

红色革命历史是最好的营养剂，是宝贵的精神财富。西藏以“爱国守边、忠诚奉献、不怕苦累、建设家园”的总精神为红线统领，传承红色基因，利用红色精神构筑中国精神、中国价值、中国力量，为人民提供精神指引。红色精神具体包括：以爱国主义、艰苦奋斗和团结奉献为核心的“老西藏精神”；以顽强拼搏、甘当路石为核心的“两路精神”；以守边固边、忠诚奉献为核心的“玉麦精神”；以自力更生、不怕苦累为核心的“列麦精神”；以苦干实干、造福后代为核心的“沙棘精神”；等等。它会不断激励新时代学生努力争做新时代神圣国土的守护者、幸福家园的建设者，成为德智体美劳全面发展的社会主义现代化新西藏的建设者和接班人。

（三）“红色文化”拓展篇——传播正能量以跨行（德行的修正）

历经大半个世纪的东辉中学，于 1965 年建校，取名“长建小学”就是为了响应党中央“中央支持西藏，长期建设西藏”的号召。57 年来东辉中学在中央、西藏自治区、山南市等各级领导的关心和支持下，抱着“为国育才，为党育人”的初心，在一届届校领导和一批批老师的无私奉献和默默耕耘下，团结奋进、锐意进取，全力办让人民满意的教育，回报社会。这正是东辉中学长期孕育的精神力量，这种社会正能量是社会主义先进文化，属于“红色文化”拓展篇。这是东辉中学承前启后、继往开来的精神力量，是远大理想变成现实的行动指南。从学校的发展目标来讲，我们要让这种文化成为学校发展的魂，全力打造一所有“魂”的学校，让这里成为打造志存高远的社会栋梁的基地，全力培养学生的核心素养，最终实现立德树人的教育目标。

三、“红色文化”教育的实施途径

（一）投资改造兴建“红色文化”教育中心——德育室

西藏自治区拨款 70 万元用于东辉中学建设“红色文化”德育室，把原来的校史馆进行改造。学校按照红色文化理念分为资源篇、精神篇、拓展篇三个板块去建设，把德育室打造成红色文化教育中心，作为新生入学教育和学校德育教育的重要基地。

（二）结合“红色文化”的育人功能开设德育课程

确立“红色文化”育人理念后，学校组织团队深层次挖掘“红色文化”的育人功能，围绕“红色文化”理念开设一系列德育课程，并作为学校的必修课程。开展以“红色文化”为主题，内容健康、主题鲜明的文艺会演活动。节目内容包含：红歌赛、课本剧等。举办“红色之旅”校园文化艺术节。每年10月借助“国庆节”的良好契机开展以“弘扬红色精神”为主题的校园文化艺术节活动，内容包括：“歌唱祖国，传承经典”歌曲大赛；“弘扬革命精神”师生书画展；“珍惜生活，祝福祖国”演讲比赛；“继承传统，展我风采”课本剧展播；经典诵读；等等。这些校园文化艺术节活动都可以作为德育课程。还可以结合“红色文化”广阔的历史背景开设红领巾校园广播站、微信公众号等媒体平台，每天播送“历史上的今天之红色回忆”的内容，形成课程内容，编成校本教材。

（三）结合“红色文化”理念开展主题班队会以及相关系列活动

1. 开展特色升旗活动。每周一的升旗活动适当融入“红色文化”元素，出旗仪仗队身穿红军服，升旗后五分钟发表激情的红色演讲，让学生体验红军的纪律严明，感受“红色文化”的教育意义。

2. 开展“红色少年”评选表彰活动。每学期评先评优，在各班评出“红色少年”并嘉奖。

3. 向学生渗透心理健康教育、安全教育、卫生教育、国防教育、环境保护教育，达到全方位育人的效果。例如：开展“小小长征路”活动，在活动开始之前，在学校朗读活动方案，进行安全教育和心理健康教育；在行军过程中不乱扔垃圾，对学生进行环保教育。

（四）各学科进行整合，渗透“红色文化”教育

实现部分学科教学与“红色文化”教育的整合，使“红色文化”的教育渗透到学校的每一个学科。譬如语文每堂课课前1~3分钟让一名同学讲红色文化故事或朗诵诗词。道法、历史、音乐、体育、美术等学科都能渗透红色文化。

（五）营造红色文化环境育人氛围

创设以“红色文化”为主题的环境文化，让学校的每一处角落都体现出育人的功能。学校布局按照“红色文化”资源篇、精神篇（立志）、拓展篇（正行立德）布局。学校可以采用红色题材标语、雕塑、画像进校园的方式，在校

园墙面或班级里张贴老一辈无产阶级革命家的名言名句、革命场景画，以此来营造浓厚的革命传统教育氛围。

四、活动时间安排

（一）第一阶段（2019 年 8 月—2020 年 7 月）：

充分了解学校历史和现状，开座谈会，提出“红色文化”理念，制定“红色文化”育人实施方案，并做好宣传，在全校形成浓厚的“红色文化”学习氛围。

（二）第二阶段（2020 年 8 月—2021 年 12 月）：

“红色文化”主题教育系列活动实施阶段。按照方案开展一系列活动，活动方式需要生动鲜活，既能激发学生的学习兴趣，又能潜移默化地让学生受到思想教育。

（三）第三阶段（2022 年 1 月—2022 年 12 月）：

分班级组织“红色故事”演讲比赛，并进行考评，优胜学生将代表学校参加高级别的“红色故事”演讲比赛。组织好“红歌赛”，为大型“红歌”文艺会演做好充分的准备。

（四）第四阶段（2023 年 1 月—2023 年 12 月）：

“红色文化”主题教育展示阶段。学校将在活动中表现比较突出的人、活动、作品等集中起来以多种形式进行展示评比，进一步对学生展开教育。

2019 年 9 月 4 日

参观校史馆

9 月 4 日晚上 7 点 30 分我校德团办组织七年级学生有序参观本校的历史馆和德育室。本次活动是入学教育系列活动，由德团办组织，利用新生晚自习第一节课时间排队参观。在副校长吴勇和几位班主任的带领下，参观活动安静有序。在校史馆中大家不禁露出欣喜的目光，对学校的光辉历史赞叹不已。校史馆有两个展厅，陈列了学校建校以来取得的各级各类奖牌，有国务院颁发的、有自治区颁发的、有山南市颁发的、有教育系统颁发的、也有其他部门颁发的。看着一个个奖牌，仿佛推开了东辉中学长达半个多世纪历史的大门，看到了无数东辉中学前辈们为党育人、为国育才所付出的汗水和取得的成绩，大家深深地感动着、震撼着。这次活动增强了学生们“今天我以东辉为荣，明天东辉以我为荣”的励志情怀，激发了大家热爱东辉中学、赓续东辉血脉、传承红色文化的热情。

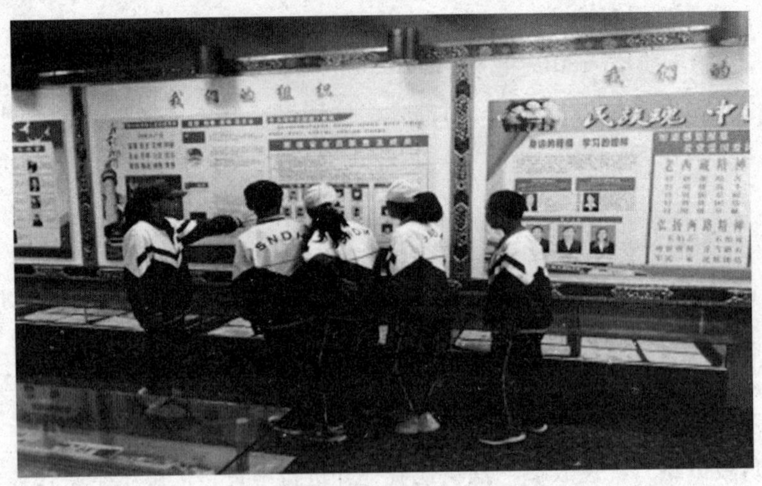

2019 年 8 月新生入学教育——参观校史馆（潘泽倩提供）

2019 年 11 月 11 日

重温话剧《不准出生的人》

赓续红色血脉，发扬红色精神，把红色文化教育落实在日常校园活动中。11 月 11 日上午 10 点 40 分我校全体师生在操场举行了隆重的升旗仪式。这次升旗后的国旗下讲话的内容是上周七、八年级学生去雅砻剧院观看话剧《不准出生的人》的观后感，旨在让全体师生重温话剧《不准出生的人》，感受剧情，理解剧情，从而倍加珍惜现在的幸福生活。

升旗仪式在雄壮的国歌声中进行，全体师生严阵以待，在出旗升旗、经典诵读之后，八（5）班学生旦增群宗开始了今天的国旗下讲话。她讲话的题目是《不负党恩，努力做好建设美丽西藏的接班人——看话剧〈不准出生的人〉有感》。她先用平缓、动情的语言再现了话剧的剧情，带着全体师生回顾了剧情里那黑暗、残酷、落后、野蛮的旧西藏农奴们的悲惨生活；再将过去与现在进行对比，表明现在我们的生活有了翻天覆地的变化，这一切都得益于中国共产党的正确领导，我们应铭记党恩，爱党，爱国，当好社会主义接班人。

国旗下讲话（作者本人提供）

旦增群宗同学还结合她在东辉学校日常生活学习中看到的现象和存在的问题，号召全体同学珍惜学校的学习生活环境，珍惜青春年少，好好学习科学文化知识，做一个对国家和社会有用的人。

整个升旗仪式持续 20 多分钟，同学们安安静静，秩序井然。全体师生的心灵又一次接受了“红色文化”的洗礼。

2019 年 9 月 17 日

参加弘扬“老西藏”精神报告会

9 月 17 日下午，市委宣传部在山南市科技楼 401，举行了一场“不忘初心、牢记使命”，弘扬“老西藏精神”师生专场报告会。原十八军宣传部部长夏川之子芦继兵，西藏军区原副政委金绍山之子金逊分别为我市师生讲述革命先辈的英雄感人事迹。我校 50 名学生和 9 位教师现场聆听了革命先辈英雄事迹。市委副书记刘志强主持报告会并进行讲话，学校巴桑书记前排就座！

报告会上，芦继兵和金逊用通俗易懂的语言，结合具体事例深刻阐述了革命前辈“特别能吃苦、特别能战斗、特别能忍耐、特别能团结、特别能奉献”的崇高品质和精神境界，深刻讲述了不忘初心、牢记使命、忠诚奉献、戍边卫国的家国情怀和价值追求，重温了十八军解放西藏、经营西藏、建设西藏、发展西藏、繁荣西藏的感人事迹。

原十八军后代讲“老西藏精神”（作者本人提供）

市委副书记刘志强要求，教育部门党员干部和广大师生要站在增强“四个意识”、坚定“四个自信”、坚决做到“两个维护”的高度，深入学习领会习近平新时代中国特色社会主义思想，特别是习近平总书记关于治边稳藏和教育工作的重要论述，学思践悟，融会贯通，学以致用。要铭记历史，向老一辈革命家学习，传承和发扬革命前辈对党无限忠诚、对国家和人民无限热爱的家国情怀，传承和发扬革命前辈“一不怕苦、二不怕死”的革命精神、斗争精神，传承和发扬革命前辈立党为公、执政为民的革命情怀，传承和发扬革命前辈艰苦奋斗、顽强拼搏的优良作风，更加自觉地开展好主题教育，更加自觉地践行和坚守初心。要认真落实立德树人这一根本任务，以饱满的热情投身到教育工作之中，将更多的精力、爱心和智慧奉献给光荣的教育事业，不断提高教育教学水平，培养更多优秀人才，为办好人民满意的教育做出新的贡献。

在报告的最后，十八军后代谭戎生赠予东辉中学“风华正茂”四个大字，学校巴桑书记接受馈赠并致谢。“风华正茂”勉励东辉中学要传承红色基因，发扬“老西藏精神”和红色精神，风华正茂，大有作为，为国家和人民事业做出更大的贡献！

2019 年 9 月 28 日

观看新编藏戏《次仁拉姆》

28 日晚，庆祝中华人民共和国成立 70 周年献礼剧目——新编现实题材藏戏《次仁拉姆》在山南市雅砻剧院首演。根据上级领导的安排，我校组织 215 名学生和 11 位老师去现场观看。剧情真实感人，会场座无虚席。

东辉中学学生观看藏戏《次仁拉姆》现场（作者本人提供）

《次仁拉姆》以农奴代表次仁拉姆的一生为故事脉络，讲述了在中国共产党的领导下，次仁拉姆与百万农奴一起，从黑暗走向光明、从落后走向进步、从专制走向民主、从贫穷走向富裕、从封闭走向开放的奋斗历程，故事跨越旧西藏农奴制时期、西藏和平解放与民主改革、民主改革之后的新生等多个历史阶段。《次仁拉姆》以小人物、大情怀的手笔，呈现出一段段催人泪下、团结奋斗的动人故事，生动地诠释了没有中国共产党就没有社会主义新西藏的真理。《次仁拉姆》全戏持续约两个小时，分为序幕、尾声和《愁云苦雨》《暗无天日》《高原曙光》《自力更生》《康庄大道》等篇章。

许多学生是第一次看新编剧《次仁拉姆》，当他们看到童年的次仁拉姆擦地、斟茶、打扫院子、和藏獒抢食、被鞭打、被随意送人的遭遇时，不少学生流下了眼泪。

这次观看藏戏《次仁拉姆》实质上是一次热爱祖国、热爱中国共产党的教育活动，使学生从中明白了西藏今天的幸福生活来之不易！

2019 年 10 月 1 日

“快闪”告白新中国七十华诞

在喜迎新中国七十华诞之日，我校师生以各种形式向祖国母亲献礼。在校园中，感动与温暖交融，激情与梦想飞扬，歌声与誓言交织，国画展与升旗仪式共同表达了我们对中华人民共和国生日的祝福。“我爱你，中国……”“……我最亲爱的祖国，我永远紧依着你的心窝，你用你那母亲的脉搏，和我诉说……”歌声萦绕着整个校园；“我志愿加入中国共产党……”入党誓词响彻会场；诗朗诵《今天是你的生日，我的中国》激昂奋进。隆重的升旗仪式随着雄壮的国歌声有序地进行，呈现出一片欢乐的景象！

东辉中学庆祝中华人民共和国成立 70 周年“快闪”活动（李亚提供）

2020 年 10 月 9 日

迎中秋，庆国庆

今年是中华人民共和国成立 71 周年，西藏自治区成立 55 周年，适逢中央第七次西藏工作座谈会在北京胜利召开。东辉中学利用今年国庆节和中秋节的契机，加强民族团结教育，大力弘扬爱国主义精神，开展了“迎中秋，庆国庆”系列主题教育。

共度中秋月——师生一起吃月饼（作者本人提供）

首先，9月26日晚读班会课，全校各班在班主任的统一组织下一起吃月饼，欢度中秋节与国庆节。这次活动学校德团办提前拟定活动方案，各班学生提前几天准备相关资料，具体包括：分组搜集有关中秋节与国庆节的名称由来；搜集中秋灯谜和中秋节的传说故事、歌曲、舞蹈；调查访问身边的长辈，了解家乡过中秋节的风俗习惯；学生设计别致、精美的月饼图案；等等。在课堂活动现场，学生们边吃月饼边看视频边娱乐，有些班还编排了节目表演，热闹非凡。

同学们通过吃月饼、庆丰收、庆团圆、送祝福、唱国歌等活动，真切地感受到我们国家的强盛，在中国共产党的坚强领导下，我国各民族平等团结，人民幸福团圆，可以战胜一切艰难险阻。我们要感党恩，听党话，跟党走！

国庆前夕，学校美术组还开展了“迎中秋，庆国庆”学生美术作品展活动。美术组的拉巴卓玛、陈红兰两位老师广泛发动七、八年级学生在国庆71周年来临之际拿起手中的画笔表达对祖国的热爱之情和对中秋佳节的美好向往。各班学生立即行动起来，他们“变废为宝”，用废纸、废纸盒、废纸箱、捡来的石头等，认真构思、绘画，几天时间就交上来许多作品。拉巴卓玛老师和陈红兰老师认真筛选后，不辞辛劳、加班加点地对每个获奖学生的作品进行指点。

这次展出在学校操场进行，场面很大，展出作品上百件，湖北援藏工作队领导和全校师生都前来参观。这次活动安排在十一期间，旨在让学生借用图文力量，表达爱我中华之情，从而厚植爱国主义情怀。

学生观看美术画展（梅光利提供）

9月21日下午我校七年级还举行了“迎中秋，庆国庆”第三届“奋进杯”足球比赛。此次比赛由体育组组织实施。比赛历时两周，通过九场小组赛和淘汰赛，最终决出七（4）班和七（5）班进行决赛。七（5）班在点球大战中以1∶0比分获得了此次足球赛冠军。七（5）班巴桑云旦同学获得了最佳守门员奖，七（4）班贡布顿珠同学获得了最佳射手奖。学校领导巴桑书记、周桓副校长给运动员颁了奖。

第三届“奋进杯”七年级足球决赛现场（李亚提供）

为了迎中秋，庆祖国七十一华诞，我校开展了系列活动，让每个学生都积极参与，不仅丰富了我校学生的课余生活，增进了同学之间的感情交流，而且加强了爱国主义教育、红色文化教育以及中华传统文化教育。

2020 年 11 月 2 日

加强民族团结 建设美丽新西藏

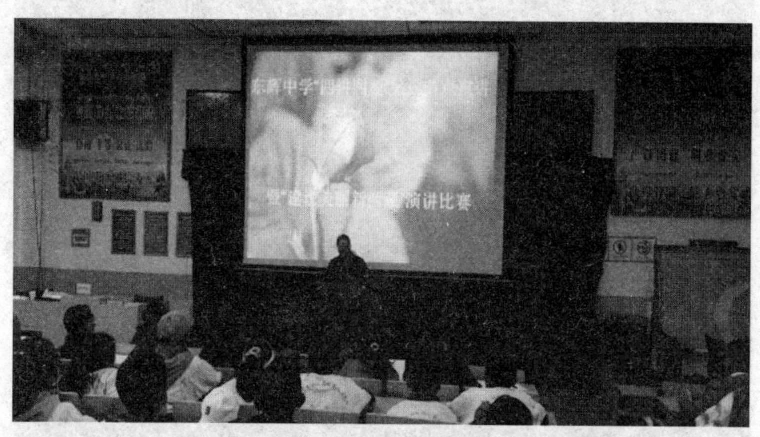

2020 年学生演讲比赛现场（作者本人提供）

为加强学校“红色文化”教育，弘扬爱国主义精神，着力培养爱国之情、砥砺强国之志、实践报国之行，11 月 2 日下午，在学校阶梯教室举行了七、八年级学生“四讲四爱”系列活动暨“加强民族团结，建设美丽新西藏”主题演讲比赛。

此次演讲比赛，各选手准备充分，用炙热真诚的情感、慷慨激昂的演讲，紧紧围绕“建设美丽新西藏”的主题，展现了新时代中学生的朝气蓬勃与青春活力，在向祖国深情告白的同时，表达了爱国爱校的情感。

比赛中，学生们或讲述个人成长感悟，表达主动担当国家和民族责任的理想；或赞美祖国的发展与变化，表达为祖国发展贡献力量的决心和勇气。赛场气氛热烈，演讲深情动人，现场不时地响起热烈的掌声。

2020 年 11 月 26 日

情系东辉发展

11 月 26 日一定是不平凡的一天，在我校三楼会议室里举行了一场别开生面的捐赠仪式。我校退休教师曲杰旺久先生向东辉中学捐赠了一张一九四九年十月一日的报纸。

办公室主任达曲替爸爸曲杰旺久捐赠 1949 年报纸给学校（李亚提供）

说起这份报纸，那是去年在山南市委组织的庆祝中华人民共和国成立 70 周年大会上市委领导赠送给曲杰旺久先生的礼物。老先生感觉这份礼物太过贵重，承载着新中国成立 70 周年以来的历史变迁，承载着在中国共产党的领导下我国飞速发展和现代化建设的伟大成就。这不是一张一般意义的报纸，而是一份弘扬爱国主义精神的材料，是一份宣传“红色文化”的读本，对东辉后辈学子具有很重要的教育意义，所以老先生觉得把这张报纸送给东辉中学校史馆德育室留存比较好。

捐赠仪式上我校党总支巴桑书记代表学校领导班子给曲杰旺久先生颁发了荣誉证书（由曲杰旺久先生的儿子达曲主任代收），并感谢他不忘教育初心，情系东辉发展，不愧为东辉中学的楷模。现场气氛浓重热烈，学校中层以上领导备受鼓舞！

2020 年 12 月 9 日

树爱国之心，立报国之志

历史是一个国家、一个民族的家谱，它记载着民族的光荣和梦想，也渗透着民族的辛酸和血泪。忘记历史就意味着背叛。在纪念“一二·九”运动八十五周年之际，我校组织开展了“树爱国之心，立爱国之志”——纪念“一二·九”运动八十五周年系列活动。

纪念“一二·九运动”升旗仪式（梅光利提供）

12 月 6 日晚读我校全体学生在班主任的组织下开展了“树爱国之心，立爱国之志”班会活动。德团办准备了纪念“一二·九”运动背景视频资料和学习材料。课堂上学生们观看视频，了解到 85 年前（1935 年）的 12 月 9 日，北平（今北京）大中专学生在中国共产党地下党组织领导下，率先行动起来，他们冲出校园，走上街头，高呼“停止内战，一致对外”“打倒日本帝国主义”的口号，游行示威，并勇敢地同反动派军警展开搏斗，随后运动波及全国各大城市，得到了全国民众的有力支持，形成了抗日救亡运动的新高潮，推动了抗日民族统一战线的建立。“一二·九”运动是中国共产党领导的青年学生的爱国救亡运动。

班会现场学生们目不转睛地看着视频，结合学习资料来理解那个年代的青年学生为振兴中华而奋斗的爱国热忱和奋不顾身的救国行动。

12 月 7 日早上，我校全体师生又隆重举行了纪念“一二·九”爱国运动的升旗仪式。九年级学生在国旗下讲话，回顾了“一二·九”运动的历史背景，并提出了弘扬“一二·九”爱国主义精神，争做社会主义接班人的倡议，全体师生备受鼓舞。

2020 年 12 月 11 日

参观市博物馆活动

德团办达瓦老师陪学生一起参观山南市博物馆（梅光利提供）

为弘扬“红色精神”，让青年学生更深入地了解到山南的历史和发展，加强西藏地方与祖国关系史教育，引导青少年树立正确的国家观、历史观、民族观、文化观、宗教观，12 月 11 日下午，我校组织八年级全体师生约 230 人到山南市博物馆进行参观活动。活动由吴勇副校长带队，各班班主任跟班，德团办全体成员参加。

山南博物馆由山南历史陈列展、民俗民风展、传统艺术展、文档文书展四个常设展和一个临时展组成，集 4D 影院、文创产品超市、办公区域、多功能厅等于一体。在进门大厅内同学们首先就看到了陈列着的一件彩陶文物，距今已有 1700 多年历史，其表面纹路有中原文化的印记。还有通柜内的高足瓷碗是元代的流行造型，金饰物与青海都兰吐蕃墓出土的金饰件较为相似。修建于公元8世纪的桑耶寺的瓦当也具有中原风格。同学们还看到了馆藏考古出土的金银器、陶器、石器，古籍文献档案，传统造像艺术（造像类、唐卡类），民俗用品，墓葬随葬品等4000余件文物。同学们边观看边在笔记本上做着记录，许多同学对挂在墙上的一件“毛毯”很好奇，博物馆讲解员说：“这是明朝永乐年间朝廷赐给山南加查县琼果杰寺的一件国宝级织锦唐卡，很珍贵，是汉藏交流的历史见证！”

全体学生有序地、认真地边走边看每个展厅，在重要展厅文物面前驻足，并仔细聆听博物馆讲解员讲解。参观活动进行了两个多小时，学生们都很有收获。八（1）班松吉卓玛同学说：“我印象最深的是珍贵的‘贝叶经’，堪称西藏一绝的微雕‘十三殊胜’，可出演多部藏戏的百余件服饰，惟妙惟肖的民居复原，还有文成公主、金城公主进藏联姻……”

通过此次参观博物馆，了解到西藏（山南）自古以来各民族就交往交流交融的历史事实，看到了山南市在中国共产党的领导下飞速发展和现代化建设的伟大成就。

2021年3月5日

学党史，爱核心，见行动

2021年是建党100周年和西藏和平解放70周年。学校刚开学就开展了以“从小学党史，永远跟党走”为主题的校园“红色文化”教育系列活动。

首先3月2日晚读德团办组织七年级学生在阶梯教室听“学党史，颂党恩，听党话，跟党走”讲座。讲座由学校德育副校长吴勇主讲。他结合PPT引导学生们回顾了中国共产党成立的艰难历程；回顾了中国共产党领导中国革命取得胜利，建立新中国的过程；回顾了在中国共产党的领导下社会主义建设取得的伟大成就。通过老师的讲解，同学们理解了没有中国共产党就没有新中国的道理，从小知党恩，听党话，跟党走，树立远大的理想和抱负，立志报国成才。

接着3月3日晚读德团组织八年级学生看电影《建党伟业》。电影除了演员明星阵容的强大给学生带来的视觉冲击之外，更重要的是内容情节对学生心灵的冲击。电影再现了20世纪初那段风雨飘摇的历史，老一辈革命家为了拯救人民于水火之中，为了拯救危难中的中国，历经千难万险，经过不懈斗争，终于创建了中国共产党。影片对生在新社会，沐浴在党恩下的年轻学生而言是一次很好的爱国主义教育。

学生参观党史学习展板（梅光利提供）

3月4日德教处和团委开展了“五史”学习教育——学习党史、新中国史、改革开放史、社会主义发展史、西藏地方和祖国关系史。德团办制作了五块样式精美、内容丰富的宣传展板放在校门口两旁，组织全校学生分批前来参观，在每块展板前，德团办还安排学生讲解员讲解内容。通过这一活动引导我校广大师生认真学习我们党领导中国人民在革命、建设、改革中取得的辉煌成就、积累的宝贵经验；引导广大青少年学生认真学习党领导人民推进中华民族伟大复兴的光辉历程，特别是党的十八大以来党和国家事业取得的历史性成就、发生的历史性变革；引导青少年学生在今昔对比中充分体现出如今的好日子不是从天上掉下来的，中国特色社会主义是干出来的，改革开放是奋斗出来的；引导广大青少年始终坚定马克思主义信仰，坚守共产主义远大理想和中国特色社会主义共同理想，增强“四个自信”“五个认同”。

3月5日是“学雷锋”活动日。全校师生在党支部巴桑书记的带领下，清理学校卫生死角。学校团员和志愿者一行50多人在吴勇副校长和德团办扎旺副主任的带领下去学校周边打扫卫生，捡路边的纸屑，清理路边的垃圾。大家不怕脏不怕累，干得热火朝天。

喜迎建党百年，学雷锋见行动（梅光利提供）

2021 年 4 月 9 日

瞻仰烈士陵园

瞻仰山南市烈士陵园——默哀（梅光利提供）

4 月 9 日，山南市烈士陵园，天蓝如洗。为引导广大学生深入学习党史，加强红色文化教育，落实我校红色文化特色，学校德团办组织八年级师生共 240 人前往山南市烈士陵园开展“瞻仰烈士陵园，缅怀革命先烈，弘扬红色精神”

主题教育。

在烈士陵园里，全体师生来到革命烈士纪念碑前，向长眠于此的革命烈士默哀致敬。我和学生代表分别发言，表达了对革命先烈的无比崇敬之情和寄托哀思之情，决心要无愧于这个时代，不负韶华，勤奋学习，立志做一个德智体美劳全面发展的社会主义建设者和接班人。随后，全体学生面向鲜红的国旗，举起右臂集体呼号："我坚决拥护中国共产党的领导，维护祖国统一和民族团结，勤奋学习，为中华之崛起，为祖国之强盛，时刻准备着。"声音铿锵有力！

我带领全体师生瞻仰了在陵园后院的烈士墓。在那里长眠着和平解放西藏、西藏民主改革、中印边境自卫反击作战以及在西藏的社会主义革命和建设事业中英勇牺牲的781位革命先烈。青山埋忠骨，史册载功勋，革命英烈们浴血奋战、出生入死的英勇壮举让全体师生深受教育和震撼。

最后，全体师生走进陵园纪念馆陈列馆参观，进一步了解了西藏和平解放历史和无数革命先烈事迹。我们驻足观看，不时地做着笔记。

这次瞻仰烈士陵园，缅怀革命先烈活动，同学们可以从中汲取力量，获得启迪。先烈们那种吃苦在前、享受在后、甘于奉献、不怕牺牲的红色精神会成为同学们在未来的学习和生活中永远的动力。同时，同学们也会懂得如今的好日子不是从天上掉下来的，西藏的今天是无数仁人志士用生命换来的，中国特色社会主义是干出来的。因此，同学们会更加坚定马克思主义信仰，树立共产主义远大理想和中国特色社会主义共同理想，树立正确的人生观、世界观、价值观。

2021年4月22日

阅读红色经典

在青少年学生中开展党史教育，推动党史学习教育进教材、进课堂、进头脑。我校结合文科学科的教学内容和专业优势，充分发挥语文和思政教师的作用，于4月22日、23日，以世界读书日为契机在阶梯教室分别针对七、八年级学生开展红色文化教育活动。

同学们分别聆听了由语文组徐艳华老师主讲的以"读红色经典，塑追梦人生"为主题的《红星照耀中国》阅读交流分享课，还聆听了思政组汪洪珍老师的《深入学习贯彻新时代党的治藏方略，推进西藏长治久安和高质量发展》主题思政课。

援藏教师徐艳华讲红色经典示范课（梅光利提供）

后期，学校党总支将根据会议精神，持续在各班学生中开展红色经典阅读、观看红色经典影片、“讲好红色故事”主题演讲比赛和以“党在我心中”为主题的征文等相关活动。

通过学习教育，引导我校青少年切实用习近平新时代中国特色社会主义思想武装头脑，把报国之志转化为实际行动，坚定投身强国伟业的远大志向和小我融入大我的人生选择，在全面建设社会主义现代化国家伟大实践中建功立业。

2021 年 4 月 28 日

学党史　强信念　跟党走

在青少年学生中加强党史学习教育，东辉中学开展了一系列学习教育。

首先四月份以来七、八年级语文教师在各班开展红色经典阅读活动，推荐红色经典阅读书目，由学生自主选择进行阅读。学生可以摘抄自己喜欢的名句和精彩段落，写读书笔记，写读后感等。同时老师可以利用语文课堂阵地，组织全班学生在课前三分钟依次上台讲红色小故事。

2021年庆祝中国共产党成立100周年师生表演节目《在灿烂的阳光下》
（梅光利提供）

学校团总支也没“闲着”。4月25日晚读课学校团总支积极响应团市委号召开展的以“追忆党的历史，传承红色基因”为主题的红色电影进校园活动，又组织八年级学生观看电影《勇士》。影片以红军长征途中强渡大渡河、飞夺泸定桥的英雄史实为原型，展现了勇士们在敌人的围追堵截中大智大勇、挑战生死关口的非凡经历，剧情感人至深。学生们被剧中的人物深深打动，被他们的英雄事迹所感动，红军在生死关头表现出的大智大勇，置生死于度外的精神是最可敬的精神，是最难能可贵的精神。影片激励学生把敬意落实到行动上，只有落实到行动上，才能对得起革命先辈的付出，才能让红色精神得到传承和弘扬。同时影片让他们懂得了红色政权来之不易，新中国来之不易，中国特色社会主义来之不易。

接着东辉中学马丹老师，达瓦卓嘎老师又组织七年级两个班的学生参加山南市团市委和教育局主办的“传唱红色歌曲，传承红色基因”庆祝建党100周年红歌比赛。东辉中学表演的节目是《在灿烂的阳光下》，节目以歌舞的形式表达了西藏在中国共产党的领导下从落后走向进步，从黑暗走向光明。东辉中学经过几天的积极备战，精心排练，顺利地通过比赛预赛选拔，进入比赛决赛阶段。27日晚上7点在山南市雅砻剧院的决赛现场热闹非凡，学校演职人员通过精彩的表演荣获了“优秀组织奖”。

2021 年 5 月 14 日

百年荣光　续写辉煌

党史学习教育要走深走实。5 月 14 日下午在学校操场全校学生参加了建党百年校园红歌比赛暨五四新团员入团仪式活动。

整个活动由我校党总支和德团办牵头主办，信息、党建、综治办、总务处等其他部门通力配合。校领导巴桑书记、王与雄校长全程参与活动并担任学生合唱比赛评委，七、八年级全体学生和全校的教师都积极参与，活动也邀请了七、八年级的学生家长前来参观，会场人数达 1000 多人。

活动是在巴桑书记发表热情洋溢的致辞后开始的。首先进行的是新团员入团仪式，来自八、九年级的 51 名新团员走向舞台，在团委书记潘泽倩老师的带领下宣誓入团。接着是各班党员教师上台为新团员佩戴团徽，场面庄重热烈。

党史学习教育活动——红歌赛八（1）班表演节目（梅光利提供）

接下来是全校教师大合唱《四渡赤水》，全校教师红色着装，在马丹老师的指挥下，个个精神抖擞，斗志昂扬。从歌声中观众感受到了气势，感受到了力量，感受到了东辉中学是一个民族团结进步的大家庭。

七、八年级各班学生的合唱比赛是这次活动的重头戏。各班按照抽签顺序纷纷登台亮相。合唱歌曲有《保卫黄河》《再唱山歌给党听》《心中的歌儿献给金珠玛米》《北京的金山上》《毛主席的光辉》《阿瓦人民唱新歌》《洗衣歌》《红领巾之歌》《大中国》等。各班学生载歌载舞，精彩纷呈，操场变成了歌的世界，舞的海洋。一首首红歌催人奋进，给人鼓舞，给人力量。全体观众沉浸在这些美妙的歌声里，深切地感受到中国共产党百年的艰辛和创业的不易。活动的最后是颁奖环节，七（1）班和八（1）班均获得一等奖。

这次合唱比赛活动，历时两个多星期，各班积极筹备表演，全方位地呈现出东辉中学德育的累累硕果和东辉学子快乐丰富的校园生活。学校给同学们提供了施展才华、张扬个性的广阔舞台，使校园到处洋溢着朝气和活力。这次文艺会演既增强了学生的创新意识和实践能力，又培养了学生的审美情趣和艺术素养，更重要的是在这种活动中加强了对学生的党史学习教育。我们相信，站在新的起点上，东辉中学一定不辜负山南市委、市政府、市教育局（体育局）和家长的期望与厚爱，团结奋进、锐意进取，通过不懈的努力和追求继续办让人民满意的教育，回报社会。我们坚信，山南市东辉中学这艘承载着光荣与梦想的船一定会扬帆远航，驶向更加美好的明天！

2021 年 5 月 19 日

学习百年历史　汲取智慧力量

党史学习教育宣讲会（作者本人提供）

2021 年 5 月 19 日上午 10 点我校德团办组织八年级 80 多名青年学生赴山南市实验学校参加党史学习宣讲会。宣讲会是由党史学习教育西藏自治区青年宣讲团、山南市宣讲会成员刘爱华老师主讲。东辉中学，山南一高、二高、一职校、二职校，完全中学共计 600 多名师生代表参加。会场安静有序。

刘老师主要讲了四个方面的内容：一、开展百年党史学习教育的重大意义；二、党的百年光辉历程和伟大贡献；三、开展百年党史学习教育的重点；四、做担当中华民族复兴大任的时代新人。刘老师从“路”开始说起，回顾了西藏历史上从没路到修路，从修土路到修公路，再到修高级路，修高速路，修铁路的历史变迁，让青年学生直观西藏在中国共产党的领导下获得“短短几十年，跨越上千年”的历史成就。党史学习宣讲会坚定了同学们感党恩，听党话，跟党走的信心！

宣讲进行了一个半小时，同学们认真听讲，还不时地做着笔记。学习百年历史，汲取智慧力量，传承红色精神。

2021 年 5 月 28 日

红色教育研学活动

九年级学生去山南市结巴乡结巴村进行红色教育研学活动（梅光利提供）

1959 年西藏自治区山南市实行民主改革以后，结巴村获得解放的农奴和朗生们自主地组织成立了第一个“朗生互助组”，次仁拉姆任组长。

2021 年 5 月 28 日下午，为了能使九年级师生在紧张的复习备考之余接受红色经典教育，传承红色基因，进一步丰富九年级全体师生的学习生活，缓解九年级学生的学习压力，拓宽学生的视野，增强学生的意志力，提高毕业班级的凝聚力，体验和亲近大自然，调节良好的备考状态，东辉中学党总支组织九年级全体师生参观结巴乡“朗生互助组”红色教育基地并开展户外研学拓展活动。

活动中，同学们一同参观了山南市结巴乡结巴村的“朗生互助组”纪念馆，回望了百万农奴推倒了政教合一的封建农奴制度，在中国共产党的领导下，向着新时代小康社会大步前进的光辉历程。通过此次红色教育参观拓展活动，同学们在实践中学习，在体验中改变，加深了同学之间的友谊，并深刻认识到团结协作的重要性，提高了个人应变能力，增强了个人自信心和意志力，为备战中考打下坚实的思想基础。

2022 年 3 月 28 日

铭记历史，昭示未来，传承红色精神

东辉中学副校长卓玛与老师们一起跳舞庆祝 3·28 西藏百万农奴解放纪念日（梅光利提供）

今年3月28日东辉中学热闹非凡。为喜迎党的二十大、欢庆3·28西藏百万农奴解放纪念日，激发学生爱国主义和民族团结的热情，弘扬和传承红色精神，东辉中学结合学校红色文化理念开展了系列教育活动。

上午9点学校工会和团委以欢庆“西藏百万农奴翻身得解放”为主题组织全校教职工在职工活动室跳舞。在愉悦的音乐声中，大家欢快地跳起了“锅庄舞”。

10点40分课间操时全校师生为纪念“3·28”庆祝活动又举行了一个特别的升旗仪式。升旗仪式结束后全校师生在团委书记达瓦卓嘎的带领下跟着播放的音乐齐唱歌曲《翻身农奴把歌唱》，场面宏大感人。

下午第四节课是七年级社团活动课，七年级学生在团委书记达瓦卓嘎老师的伴奏下学唱歌曲《翻身农奴把歌唱》。

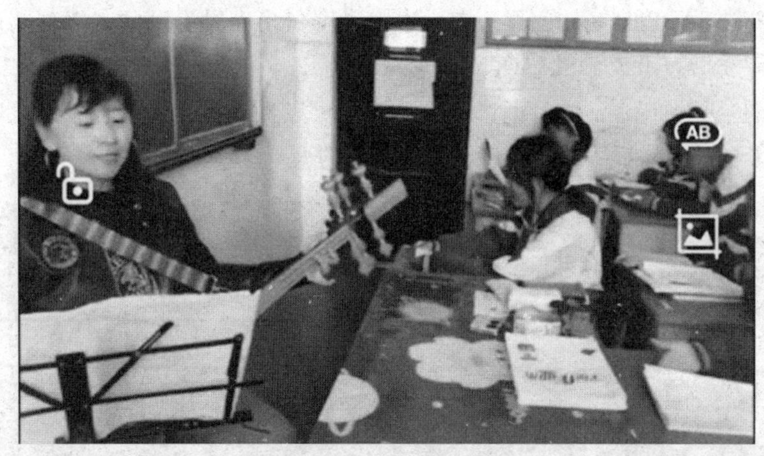

学校团委书记达瓦卓嘎老师与学生一起唱《翻身农奴把歌唱》

（梅光利提供）

铭记历史，富而思源，昭示未来。在“3·28”纪念日这一天学校开展系列活动，旨在让全校师生知道，西藏从这一天开始实行民主改革，70多年来西藏在中国共产党的领导下，从黑暗走向光明，从落后走向进步，从贫穷走向富裕，从专制走向民主，从封闭走向开放。社会主义新西藏的经济建设、政治建设、文化建设、社会建设不断取得新的伟大进步，各个领域发生了翻天覆地的变化。学校通过活动教育学生要加倍珍惜今天西藏的美好生活，一定要感党恩，听党话，跟党走，弘扬和传承红色精神，好好学习，做好新时代的接班人！

2022 年 6 月 4 日

青春向党诵经典，赓续传承扬美德

弘扬红色精神，传承中华民族优秀传统文化，增强民族自豪感和文化自信心，不忘初心、牢记使命。6 月 4 日下午，东辉中学开展“青春向党诵经典，赓续传承扬美德”经典诵读大赛，比赛面向全校七、八年级学生。山南市党组成员教育局副局长潘锃东，东辉中学书记巴桑，校长王与雄，副校长洛桑旦增、周桓、卓玛，东辉中学团委书记达瓦卓嘎，团少委白马德庆出席。

巴桑书记首先向出席本次大赛的各位领导和各位来宾表示热烈的欢迎，向所有参赛选手致以亲切的问候，向为本次大赛付出辛勤劳动的各级部门以及各位专家评委们表示衷心的感谢。他进一步指出，一篇篇经典让我们回味无穷，也让我们感受到青春活力，诵读经典，不仅可以提高品性和修养，也可以为实现中国梦的伟大实践去书写自己别样而精彩的人生。

经典诵读大赛现场（梅光利提供）

12 支队伍以配乐朗诵、歌舞伴朗诵等多种形式参赛，选手们围绕经典诵读主题诠释中华经典篇章的魅力。节目有展现出灿烂明天的《红星闪闪》、歌颂中华儿女的《龙的传人》、赞扬感恩的《感恩的心》、借明月承载世间这诉不尽的豪情与离恨的《水调歌头》……一个个精彩的演绎深刻诠释了中华经典篇目蕴含的民族精神。

经典诵读大赛节目开始舞龙舞狮表演（梅光利提供）

此次活动营造出浓浓的经典诵读氛围，引导师生肩负起时代赋予的重任。学生们用高亢的声音、昂扬的激情彰显靓丽的青春，吟唱伟大的祖国。

本次活动对于传承和弘扬中华民族优秀传统文化、增强民族自豪感和文化自信心具有重要意义。

第六章　示范引领，教科研促发展

“教师是教育工作的中坚力量。有高质量的教师，才会有高质量的教育。做好老师，就要执着于教书育人，有热爱教育的定力、淡泊名利的坚守，就要有理想信念、有道德情操、有扎实学识、有仁爱之心。”①

“打造一支带不走的高素质教师团队，不断提高学校教育教学教研水平。”这是教育援藏的初心。援藏教师单纯搞好自己的教学是远远不够的，主要工作是要着重解决教师队伍建设问题，为当地培养一批带不走的教师队伍。因此，援藏教师在抓好自己的教学工作的同时，要尽自己最大的努力去带动全校学科教研工作。我除了担任学校德教处主任外，还担任数学备课组长，每周定期组织数学教研活动，积极上校级或市级公开示范课；督促教师业务学习，互相听课，互相观摩，师徒结对，共同提高；积极指导年轻老师写论文，申报课题等。

2019 年 10 月 15 日

上公开示范课

为发挥援藏教师示范引领作用，我校教研处组织湖北援藏教师在全校上公开示范课。2019 年 10 月 15 日上午第二节课是安排我上的第一节数学公开课，自此援藏公开课正式拉开了序幕。

这节课讲授的内容是七年级数学第二章“整式”第一节内容“单项式”，课堂采用的是小组合作学习模式，我根据智慧课堂理念来设计教学，课堂按照

① 习近平 2021 年 3 月 6 日在看望参加全国政协十三届四次会议的医药卫生教育界委员时的讲话。

“三步五环”教学法进行：“三步”是自学、讨论、展示；“五环”是学、研、议、讲、测。课堂体现了学生是学习的主人、主体，老师是引导者、合作者。

这节课学生积极参与，踊跃发言。本节课通过学生自学探索，小组合作交流，大胆上台展示，教师适当点拨，课堂有效检测等环节达成了教学目标。大多数问题是通过兵教兵、兵练兵、兵帮兵的小组合作交流的方式解决，教学效果较好。

因为学生的数学基本功、数学基本技能和学习习惯都有待加强，小组合作学习模式所需要的各方面能力都有待培养和训练，所以这节课在时间安排上显得有些紧，后面检测内容没有时间完成，只能留作课后练习。后期需要深入研究学生的学习基础情况，需要在学生的学习方法上，自学能力的培养上狠下功夫，有些小学知识也需要补习。

援藏杨士军老师上公开示范课（梅光利提供）

2022 年 4 月 22 日

磨课

山南市教育局教研室这学期组织了一次数学教研活动，我主动请缨上公开课。第一，课堂教学这块儿我是有底的，二十多年来一直没离开过讲台，而且一路在搞教研，没有混日子。虽然援藏三年一直忙于德育管理工作，但课余也没闲着，也在反思课堂教学。第二，作为学校中层管理干部，藏族同胞眼睛都在看着，常言道：“打铁还需自身硬”，以身示范才能让人心服口服。第三，对一个老师而言，讲公开课其实是最好的学习机会，“磨课”的过程是最好的锻炼。

接下来就是我选题安排公开课了，选什么主题呢？我觉得要有挑战性，既能讲出我的实力和功底，又能讲出数学的“味道”来。九年级下学期新课都上完了，只剩下复习课，而且离中考也没有几天了，想把公开复习课上好选题是不简单的。我凭多年的中考教学经验迅速地选好了主题：“K 型图”相似三角形在二次函数中的应用，讲基本图形在综合题里的应用。

接下来就是如何教学了，或者说是如何磨课了。因为所讲内容一般是中考压轴题第二问或第三问，综合了相似、三角函数、二次函数、分类讨论等内容，都是初中最难的部分，一般老师遇到这个地方的题怕耽误学生太多时间，“不划算”就“绕道而行”了。所以一节课如何把控好，如何引导学生掌握其内容对授课老师来说是一个巨大的挑战。

4 月 13 日上午第四节课我在格桑卓嘎老师的班试讲，先试讲看看效果。因考虑到学生的可接受性，我降低了难度，但是整节课下来，我自我感觉一般。课下据听课老师反映，我讲述内容偏多，学生参与积极性不高，启而不发。我赶紧调整教学内容，把课堂小练习合并调整到最后，把 PPT 内容精简。

本来安排 4 月 20 日正式开展教研活动的，但是因为 4 月 20 日学校九年级要体育中考，教研活动便推迟到 4 月 21 日。4 月 21 日第一节课是桑日老师讲“二元一次方程”概念课。第二节课我开始上课。整节课我都有点心急，总在教室里走动。我准备的教学内容基本上讲完了，但自我感觉不是特别好。评课时周校对这节课评价比较中肯：美中不足。他先说了 4 个优点：一、遵循两个教育理念。“玩数学”——导入情境；感悟数学——让学生在学习的过程中感受数学。二、深挖素材，变式练习。三、生成性教学。例题的设置按照由浅到深、由易到难，符合学生的认知发展规律。四、课堂走实。最好的示范课就是要达成本节课的教学目标。不足的地方有：一、学生“动脑、动口、动手”不够；二、课堂容量比较大。

周四上午我回看了我的录播课，发现其实我还有几个优点：课堂比较注重思维过程；表扬学生及时；板书设计规范；衣着得体。

这是一次有意义的课堂教学活动。我收获满满！

2022 年 4 月 20 日

初中数学第一期联合教研活动

为贯彻落实全市教研工作“推进教育高质量发展，加快教学质量全面提升”的主题精神，推动减负提质，打造高效课堂，继续深化初中数学学科联校教研，在山南市教育局教研室的统一部署下，2022 年 4 月 20 日上午，以“减负提质并举，亮出精彩课堂”为主题的我市初中数学联合教研活动在东辉中学顺利展开。活动由我市初中数学兼职教研员的高八民老师召集，由东辉中学格桑卓嘎老师主持，来自完全中学、东辉中学、乃东区中学和桑日县中学的 24 名数学教师全程深度参与。

杨士军老师示范课现场（梅光利提供）

本次联合教研活动分为两个议程。

第一个议程，由来自桑日县中学的扎西卓嘎老师（课题：8.1.1 二元一次方程组）和东辉中学的杨士军老师（课题：“K 型图”相似三角形在二次函数中的应用）分别进行了示范课教学展示。

东辉中学示范课现场三张（梅光利提供）

教研活动四张（梅光利提供）

第二个议程，以示范课为基础展开说课和评课交流。活动中两位老师均展现出自己的教学风格和教学特色，也充分地展现了新课程标准下所应提倡的教学理念和所要培养的能力素养。

在两位老师认真地就自己的教学预设、生成以及评价等方面进行说课之后，参与活动的全体数学教师分小组进行深度交流和讨论，并进行了代表性发言，对两位老师的优点给予了极大的肯定，同时也提出了中肯的建议。

2020 年 4 月 25 日

《如何帮助学生寻找几何证明题思路》（获奖论文）

几何证明题是八年级学生要过的重要关口。学生在解答几何证明题时，经常找不到思路，所以如何帮助学生寻找到几何证明题的解题思路在教学中显得非常重要。

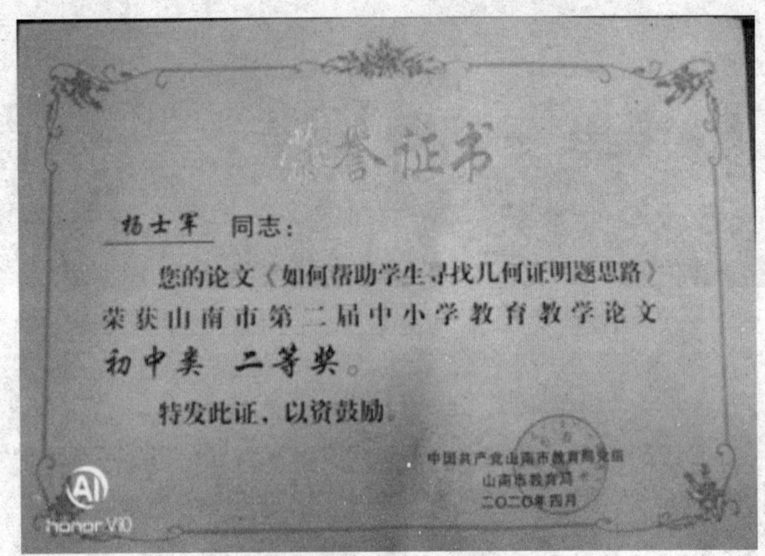

荣誉证书

杨士军 同志：

您的论文《如何帮助学生寻找几何证明题思路》荣获山南市第二届中小学教育教学论文初中类 二等奖。

特发此证，以资鼓励。

中国共产党山南市教育局党组
山南市教育局
二〇二〇年四月

（论文二等奖荣誉证书）

一、学生具体完成一道几何证明题时，应注意以下几点：

（一）审题（读题、读图、理解题意），初步完成图形语言、文字语言、符号语言的相互转化。

教学生逐个条件地读，并把每个条件都在所给的图形中标记出来。如给出对边相等，就用边相等的符号来表示。相等的角标∠1，∠2 等，还要记在脑海中，做到不看题，就可以把题目复述出来。要想给的条件有什么用，在脑海中打个问号。

（二）分析题设和结论，理清证明思路。

从七年级开始就要逐步给学生渗透分析问题理清思路的方法。比如，1. 执因索果的综合法。由已知的哪几个条件，结合定理可以推出什么结论，由已经推出的结论结合其他条件又能推出什么结论，一步步向要证的结论靠拢。2. 执果索因的分析法。证明结论可以先证明什么结论，要证明这个结论又需要证明什么，也就是要逆向推理，从题目要你证明的结论出发往回推。如遇到证明角相等是可以找对顶角，互补（或互余）角，平行的角，代换的角等。脑海中要想到考虑用以下几种方法解题：（1）对顶角相等；（2）平行线里同位角相等、内错角相等；（3）余角、补角定理；（4）角平分线定义；（5）等腰三角形；（6）全等三角形的对应角等。结合题意选出其中的一种方法，然后再考虑用这种方法证明还缺少哪些条件，把题目转换成证明其他的结论，通常缺少的条件会在第三步引申出的条件和题目中出现，这时再把这些条件综合在一起，很有条理地写出证明过程。3. 综合法和分析法的交叉运用。“两头凑”等分析题设结论之间的内在联系，形成证明思路。

难度大一点的题目要发展条件，转化结论。复杂的题目往往把一些条件隐藏起来，要帮助学生把条件发展起来，挖掘引申出来。如由垂直得相等，由线段和差得相等，由全等得相等，由相似得相等，等等。遇到证明的题目结论比较复杂或者不常见时，要帮助学生将其转化成我们熟悉的结论去证。

二、平时抓好“三常教学”，对帮助学生打开证明几何题的思路很有好处。

几何是研究图形的学科，常见图形、常见结论、常规辅助线是几何教学的核心内容。教学中要帮助学生建立“常见图形、常见结论、常规辅助线”与解题教学的双向关联，培养学生的思维能力。

常见结论有利于迅速打开思路，如射影定理、圆幂定理、三角形内外角平分线与三内角数量关系等这些结论和图形对找到解题思路有很大帮助。

常见图形可以形成基本图形，基本图形改编变成证明题，若学生能看出基本图形就能迅速打开解题思路!

添加辅助线是几何证明题最头痛的问题。对于从结论很难分析出思路的题目，可以结合图形和熟悉的结论添加辅助线。记住一些常规辅助线的添加，能帮助学生迅速解题。比如题目给了我们三角形某边中点，我们就要想到是否要连出中位线，或者是否要用到中点倍长法；给了我们梯形，我们就要想到是否要做高，或平移腰，或平移对角线，或补形，等等。在教学过程中要把基本的定义定理以基本图形的形式反映出来，建立最基本的基本图形库，引导学生用几何语言表述相关的定义定理，使其想到几何知识就联想到与之相关的几何图形，看到几何图形就想到相应的几何知识。比如，见到角平分线就能联想到角平分线直角全等图或翻折全等图，见到“角分垂”想到“等腰归”（与角平分线垂直就有等腰三角形），看到这种图形就能以这些图形为索引，联想到相关联的知识。

平时教学时帮助学生把习题中经常出现的图形作为基本图形（常见图），提炼出一些基本元素，当遇到问题时分离这些基本图形，当基本图形残缺时构造基本图形，以达到解决问题的目的。

（一）一种是简单的基本图形。例如，三角形全等的基本图形（如图 1），像手拉手全等基本图，“站着躺着”的全等图，直角三角形斜边上中线等于斜边的一半的基本图形；三角形相似的基本图形（如图 2）；还有弦切角定理、切线长定理基本图形等。这些都是比较简单的常见的全等、相似的基本图形，易于掌握和应用。

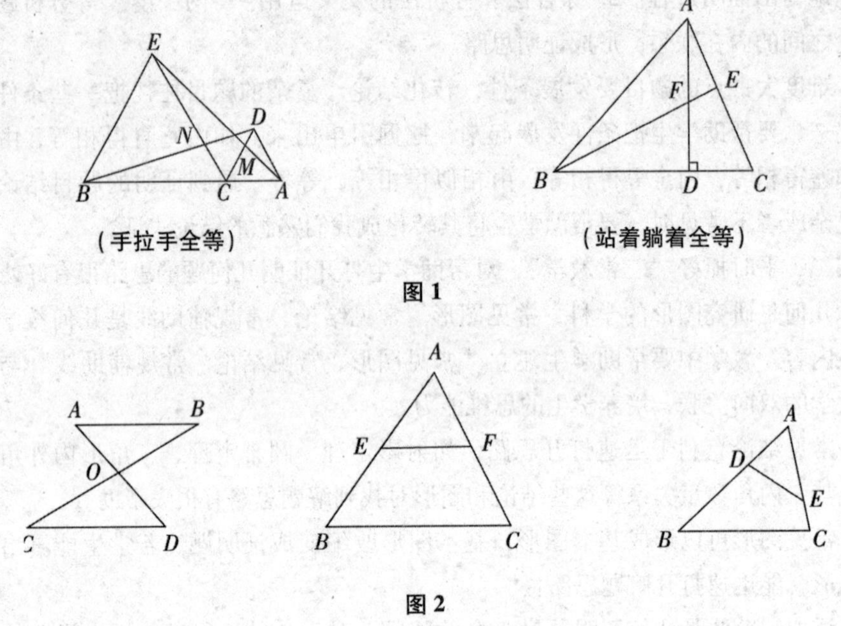

图 1

图 2

（二）比较复杂，经常在习题、考题中出现的图形，也可以提炼为基本图形。

例如：河边取水基本图（如图 3），问题是：从 A 处到小河 m 取水拿到 B 处，怎么选取水点才能使所走的总路程最近？此处利用轴对称的知识把问题转化为两点之间线段最短的问题，从中提炼出一个基本图形，在四边形中，圆的有关问题中，平面直角坐标系中都有很多此类应用。

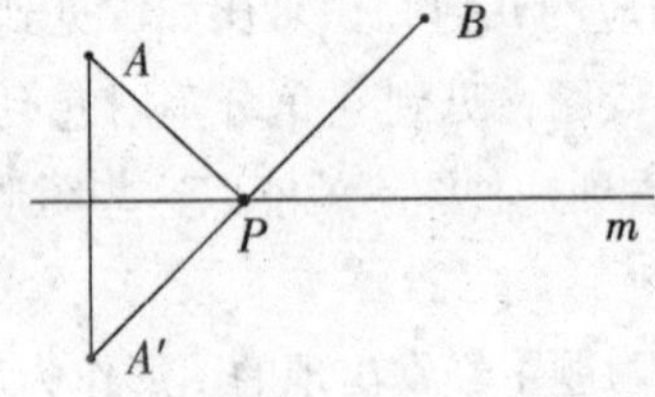

图 3

（三）把反映重要数学规律的图形作为基本图形。

尽管几何部分有很多知识点，但是某块内容的有关练习都有很多共性之处，可以把其中最具共性、最本质的基本元素提炼出来作为基本图形，为解决问题带来便捷。

例如，圆中有关线段的计算问题（如图 4），由半径、弦的一半、弦心距组成的“垂径三角形”是一个很重要的基本图形，很多圆的计算问题都可以转化为这个基本图形，在直角三角形 OAP 中求解。在半径、弦、弦心距、拱高这 4 个量中只要知道 2 个量就可以求其余 2 个量。

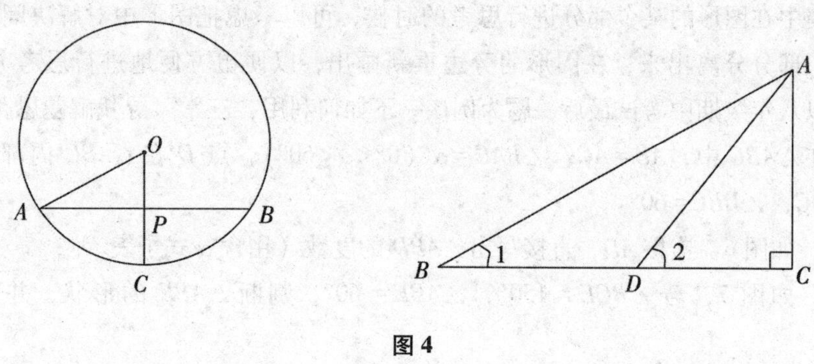

图 4

三、以“三常”为出发点分析几何问题。利用“三常”分析几何问题的基本模式为①：

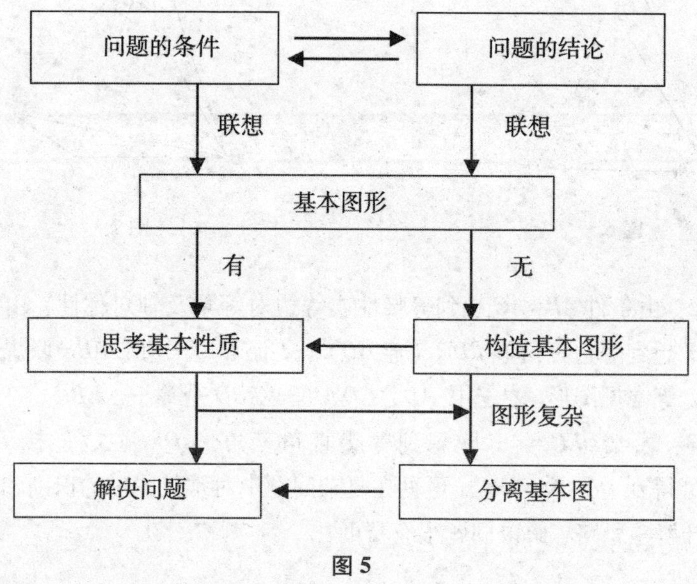

图 5

看到一个几何问题，应采用分析法和综合法相结合的分析模式，老师应注重在平时的教学中渗透思想，培养学生采用“三常”分析问题的能力。

① 缪晓菊．基本图形在初中数学教学中的应用研究［J］．中学数学，2018（16）：95-97.

在分析问题时首先根据单个的条件和结论联想基本知识和基本图形，若解决问题有困难，再综合两个或多个条件，必要时需把结论进行转化，从图形中寻找基本图形；若不能找到，则看有没有某个基本图形的一部分，然后根据条件或者结论思考怎样添加辅助线构造出基本图形。当图形比较复杂、不能把注意力集中在图形的某个部分进行思考的时候，可以考虑把图形中对解决问题有用的一部分分离出来，在图形的旁边重新画出，以便更方便地进行思考分析。下面以八年级期中考试最后一题为例谈一下如何利用“三常”寻找解题思路：

在$\triangle ABC$中，$AB=AC$，$\angle BAC=\alpha$（$0°<\alpha<60°$），点D在$\triangle ABC$内部，且$BD=BC$，$\angle DBC=60°$。

1. 如图6，连接AD，直接写出$\angle ABD$的度数（用含α式子表示）；

2. 如图7，若$\angle BCE=150°$，$\angle ABE=60°$，判断$\triangle ABE$的形状，并加以证明；

3. 在2. 的条件下，连接DE，若$\angle DEC=45°$，求α的值。

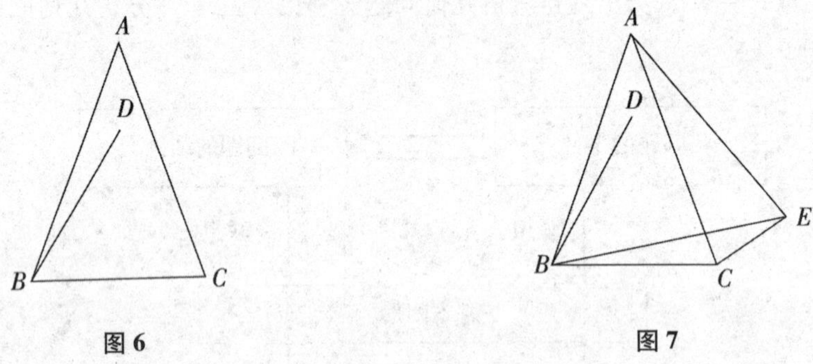

图6　　图7

分析2：由条件$AB=AC$想到等腰性质等边对等角及轴对称性，由$BD=BC$，$\angle DBC=60°$想到等边三角形BDC（连CD），要证等边三角形ABE联想到“大手拉小手”全等常见图形。故连接AD，CD，证$\triangle ABD$全等于$\triangle EBC$。

分析3：由$\angle DEC=45°$联想到等腰直角三角形DEC，故连接DE，算出$\angle DCE=90°$得到$DC=CE=BC$。可见在复杂问题中对常见图形的识别和联想对帮助学生打开解题思路、解决问题很有帮助！

2021 年 4 月 17 日

《实现生长课堂的几点尝试》（发表论文）

摘　要：“教育即生长”。基于这样的理念，我国数学教育界提出了“生长数学”的概念。它要求教师在教学中要培育思维的种子，让学生感受到任何数学知识和思想方法产生都有生长点。本文从反思一节课存在的问题为切入口，提出了生长课堂的概念，并在教学中对如何实现生长课堂进行了五点尝试，即“弹性设计教学、开放课堂教学、捕捉‘错误’资源、倾听学生心声、转变学生数学学习方式”。

关键词：生长数学；生长课堂；生长点

《数学学习与研究》

CN22—1217/O1　ISSN1007—872X

邮发代号：12—377

用稿通知单

杨士军老师：

您好！

您的论文《实现生长课堂的几点尝试》经本刊专家审核，同意发表在《数学学习与研究》杂志上，文章拟发表在 2022 年 1 月出刊。

2021 年 3 月 9 日

一、问题背景

这是一节习题课，课堂一开始教师先让学生练习了两个系数是分数且分母是整数的一元一次方程如何解，接着安排了一个系数是分数且分母是小数的一元一次方程让学生解，并喊了一个基础好的同学演板展示。结果教师发现学生在去分母时都是两边乘以“公分母”，系数全变成小数运算了！于是教师就让全体学生停下来观察，开始引导说：“系数分母是小数能不能转化成系数分母是整数的呢？如果能，同学们想想如何转化呢？”一石激起千层浪，有不少学生开始窃窃私语了，有学生跃跃欲试重新拿笔演算起来。教师就让一个学生上台讲解并展示方法，他利用分数不变性质，把分子分母扩大，从而把系数分母是小数变成系数分母是整数，完成了解答。教师表扬了这个学生。接着教师就安排了一个类似的题目（系数分母仍然是小数）让全班学生做，结果发现按照“新方法”（分母是小数化成分母是整数）解方程的学生不多。

二、问题的反思

一堂课有教师引导和提示，又有学生的讲解和展示，怎么类似的题目还有许多学生不能掌握？课堂到底哪里出现了问题？

反观课堂教学笔者发现如下三个问题：

其一，学生的学习存在被动性。本节是习题课，课堂内容安排没有问题。问题出在哪？出在教师在引导和提示“新方法”时，多数学生是迷茫的，迷惑必然导致被动和盲从，学生依葫芦画瓢就不奇怪了。

其二，课堂不够民主。在课堂上，表面看是教师在启发学生，其实是教师在告诉方法，学生在“复制”做法。教师以自我为中心，引导是“目标式”而不是“讨论式”，忽视了“教为主导，学为主体，生为主人”的教育原则，胸中有“书”，目中并没“人”。

其三，学生思维没有生长点。课堂中教师引导的“新方法”是“强加”“硬塞”给学生的，没有生长的点。教师感觉学生似乎“会了”，其实是在拔苗助长，学生没有思维过程，就不能真正学会知识。

三、提出理念——生长课堂

教育家叶圣陶说过：“教育是农业，不是工业。”[1]教育要像栽培植物那样，让植物自然生长，而不是像工业生产，用模具去铸造成批的产品或机械零件。因此，面对植物的种子，我们要相信种子内在的力量，给它准备好土壤、肥料、阳光和水分，顺其内在的生长规律，使其快乐自主地发芽、开花、结果。

教育家杜威说过：“教育即生长。”[2]教育本身就是一种成长。学校教育应把学生作为一个完整的人来教育，关注学生的全面发展，包括学科知识、技能、内在情感体验，从而形成关键的能力和必备的品格。数学教学要培植思维生长的种子，要关注个体发展的起点（最近发展区）。

基于上面的理念我国数学教育界提出了“生长数学”[3]的概念。生长数学是对教育本质的回归，让数学教学回到原点，以保证促进人的生命成长、发展。《义务教育数学课程标准（2011 版）》中指出：数学知识的教学，要注重知识的“生长点”与“延伸点”，把每堂课教学的知识置于整体知识的体系中，注重知识的结构和体系，引导学生感受数学的整体性。“生长数学”便是在《课标》理念背景下自然生长出来的一种教学思想和实践行为。

四、教学实践

如何才能实现生长课堂呢？笔者在教学中做了如下几点尝试：

4.1 弹性设计教学，让数学认知结构有生长点

像人教版数学教材八年级（上）“三角形全等的条件”一单元安排了八个探究，分别从两个三角形的三个角、三条边六对元素中任意取一对、两对、三对元素，探索两个三角形是否全等。笔者在设计教学时，没有严格按照教材编排的顺序，而是根据性质与判定是一对互逆命题，进行了弹性的框架设计：

师：两个三角形全等，它们有什么性质？

生：全等三角形的三条对应边相等，三个对应角相等。

师：你能否说说判定两个三角形全等的方法呢？

生：性质的逆命题就是判定，三条边对应相等，三个角对应相等的两个三角形全等。

生：判定两个三角形全等，用不着三条边相等、三个角相等六个条件。

师：那你认为判定两个三角形全等至少需要几个条件呢？

生：一个角、两个角、三个角相等肯定不行。

师：为什么？

生：我用一副三角板就能说明问题。

在这位同学对着三角板的比画中，所有同学听得津津有味；在他的比画中，同学们也领悟到两个三角形的一个角、两个角、三个角对应相等，两个三角形不一定全等。

师：刚才这位同学所举的例子，能否说明两个三角形分别满足一个、两个、三个条件时，它们一定不全等？

生：不一定。

接着，我们分别从一个条件（一个角、一条边），两个条件（两个角、两条边、一个角一条边），三个条件（三个角、三条边、两个角一条边、两条边一个角）的发展脉络，弹性地设计教学。课堂上，笔者根据学生猜想的探究条件，重新调整探究顺序，进行单元教学。这样学生比较容易把握探索的过程，也与先给出可判定全等的情况，再给出不一定能判定全等情况的处理不同，尽量排除人为安排的因素，使教学内容呈现更为自然，便于学生感受和理解八个探究之间的内在联系，有助于学生主动根据知识间的关系加以重新组织，形成良好的数学认知结构。

4.2 开放课堂教学，让数学概念的产生有生长点

课堂教学过程的基本单位不是“教”，也不是“学”，而是“教学”，是一

种人人参与的网络式的互动。这就要求教师要从原来封闭控制式的教学向开放的教学转换。

在人教版数学“近似数和有效数字”一课的教学中，笔者通过创设开放的问题情境丰富课堂教学资源。

师：同学们身边有很多熟悉的数据，我们把它写一些下来，好吗？（请几个同学上台写，其他同学在下面写。）

生1：我们班有45个人；

生2：教室里有9盏日光灯、3台电扇；

生3：我的身高约1.6米；

生4：国旗杆高约12米；

…………

师：看到这些数据，你有什么想法？

生3：数据无处不在，小到我们个人，大到整个国家、整个宇宙。

生4：这些数据的性质不同。

师：你能否谈谈它们有何不同？

生5：它们有的与实际完全吻合，有的与实际比较接近。

师：同学们能否按他的观点对上面的一批数据分分类？

学生们在对自己所写数据的分类中，自然地明晰了准确数和近似数的定义，从而进入近似数的精确度和有效数字的学习。

在这个教学案例中，笔者创设了“写出身边熟悉的数据”这样一个开放的教学过程，这个过程的安排不仅调动了学生学习的积极性，更可贵的是孩子们写出来的这些生活中的“数据”，经过老师的梳理，变成了丰富的课堂资源。通过学生自主建构与个人知识结构相贴近的知识经验，扩大学习经验和知识视野，再现和理解知识的产生背景、产生过程，并发现新知识、新结论、新规律。这样才能让概念的产生和顺应有生长点，而且能实现课程资源的生成和拓展。

4.3　捕捉“错误”资源，让数学知识的理解有生长点

课堂教学时，我们不能拘泥于预设的教案不放，要善于捕捉从学生那里生成的资源，特别是错误资源，根据学生存在的问题，调节自己的教学行为。如笔者在教学人教版数学“数轴”时，先用温度计让学生读数，引导学生观察温度计刻度的特点，然后尝试画图表示这一情景。笔者在巡视学生画图时，发现学生画出的数轴有以下几种情况：

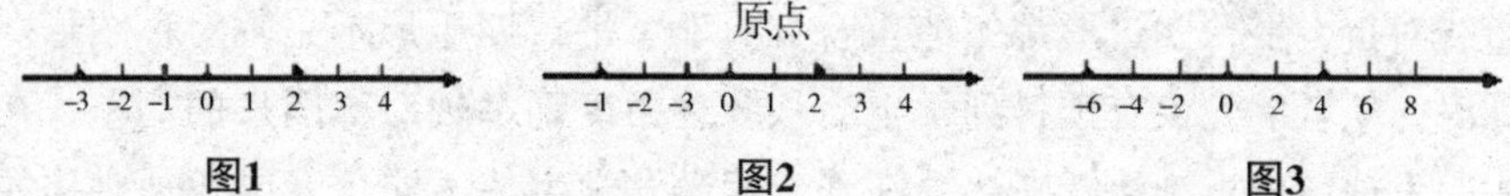

图1　　**图2**　　**图3**

笔者就请这三位同学把自己画的数轴画到黑板上。

师：你们觉得这三个图形是数轴吗？

生1：我觉得第一个图形不是数轴，因为它的原点不在中间。

生2：我觉得第二个图形不是数轴，因为温度计中离零刻度每个单位只差一度。

生3：我觉得第三个图形不是数轴，因为每个单位长度不是1。

在一个个的“我觉得”“因为”中，同学们明白了数轴的三要素原点、正方向、单位长度的真正含义。从这个案例中，我们不难发现：课堂教学中学生出现的“错误”，教师应善于捕捉“错例”，让学生把这些“错误”暴露出来，通过小组的讨论与交流，促使师生、生生思维碰撞，在这种智慧与智慧的碰撞中，擦出思维的火花，从而帮助个别学生解决思维过程中的障碍，使每个学生在原有基础上加强对数学知识的理解。

4.4　倾听学生心声，让数学思想方法的掌握有生长点

课堂教学是师生、生生交互影响、相互作用的过程。在教学过程中，教师不仅要把学生看作“对象”“主体”，还要看作是教学“资源”的重要构成和生成者，教师只有弯下身子，倾听学生的心声，尊重学生的想法和看法，学生才畅所欲言。如笔者在教人教版数学“轴对称”时，当学生掌握了轴对称的定义后，安排了如下活动：

师：你能列举日常生活中成轴对称的例子吗？

生1：实物，如桌子、红旗等。

生2：汉字，如田、吕、林、非等。

生3：字母，如A、C、D、E、H等。

生4：几何图形，如长方形、正方形，平行四边形。

生5：平行四边形不是轴对称图形。

生6：平行四边形是轴对称图形。

师：你们有什么方法来验证自己的观点吗？

生7：用轴对称的定义。

生8：用折叠的方法。

接着让每个同学剪了一个平行四边形，从不同方向进行折叠，发现沿着任

何直线对折，平行四边形都不能重合，验证了平行四边形不是轴对称图形。在备课时，笔者事先没有预料到学生会从各种角度列举轴对称图形的例子，在教学中，发现学生思维活跃、热情高涨，就激发学生从不同角度寻找轴对称的例子。当学生对平行四边形是否是轴对称图形产生迷惑时，笔者没急着给他下结论，而是留出时间，让学生在动手操作、互相交流中明辨是非。因为在实践和交流中生成的教学资源有利于促进学生对数学思想方法的理解和掌握，也有利于学生掌握建构知识的方法和探究的方式。这种学习的方式、方法一经掌握，就具有强大的迁移和生长价值。

所以教师在实施教学方案时，应激发学生学习的积极性，要学会倾听，把注意力主要放在学生身上，善于捕捉课堂上来自学生的生成性资源，努力促进更多的“非预设”生长点产生，及时纳入临场设计之中，巧妙运用于教学活动之中。

4.5 转变学生单一听讲学习方式，让生长学习真正发生

《义务教育数学课程标准》（2022 版）指出：“学生的学习应是一个主动的过程，认真听讲、独立思考、动手实践、自主探索、合作交流等是学习数学的重要方式。”[4]因此学生必须转变原来单一的、被动的听讲学习方式，建立和形成以“动手实践、自主探索、合作交流”为特征的学习方式。教学活动是师生积极参与、交往互动、共同发展的过程。学习活动中应当给学生留有足够的时间和空间让学生经历观察、实验、猜测、计算、推理、验证等过程，让生长学习真正发生。譬如笔者在教初三综合专题“‘K 型图’相似三角形在二次函数中应用”时，先提前布置任务，让每一个学生课下剪两个一大一小相似的直角三角形纸板。上课时让学生把这两个直角三角形纸板拼成“K 型图”摆在桌面上，对照拼的“K 型图”说一说这两个直角三角形边的比例关系和结论并完成证明。

接下来笔者也拿出准备好的“K 型图”纸板贴放到黑板上，然后挪动“K 型图”纸板到已画好的二次函数图像上。并问学生“K 型图”里边的比例关系和结论还成不成立？学生齐答：成立。接着笔者又擦去“K 型图”旁边两个直角三角形的竖立的直角边，换成已知各顶点的坐标值，再问学生如何添加辅助线解决（二次函数）问题。没想到学生思维很活跃，很快在二次函数图像上画出了“K 型图”，并利用图形的性质解决了问题。

在这个教学案例中，让学生课前提前制作好三角形纸片，学生既动手又动脑，还留有比较充分的时间和空间，回顾了旧知识，为后面教学打下了扎实的基础，也便于课上“顺应”新知识，掌握新方法。课堂不是单一“灌输”，而是让学生经历从“有”到“无”，再从“无”到“有”的演变过程。学生对如

何添加辅助线，如何构造“K 型图”解决相关问题有了一个从简单到复杂、从具体到抽象、从单线条到多线条的“生长过程”的理解，而且在学习过程中不会感觉数学新知识新方法的“突兀”和“硬塞”。更为重要的一点是整个过程中学生一直处在认真听讲、积极思考、主动探索和交流互动中，学生思维的主动性大大提高，能体验到生长学习和探究问题的乐趣。这种学习方式的转变正是生长数学魅力之所在！

总之，新课程标准下数学教学方式及学生学习方式的转变是课程改革中一项长期而艰巨的工作，作为一线教师我们必须坚定信念，把握新课标，领会新理念，用好新教材，让数学生长学习真正发生，让数学教学为学生身心成长助力。

参考文献：

[1] 陶行知．中国教育改造［M］．北京：人民出版社，2008.

[2] 约翰·杜威．民主主义与教育［M］．王承绪，译．北京：人民教育出版社，2001.

[3] 卜以楼．生长数学：数学教学的理性回归［J］．中国数学教育，2017(9).

[4] 中华人民共和国教育部．义务教育数学课程标准［M］．北京：北京师范大学出版社，2002.

[5] 张显国．为生命而教［M］．北京：北京师范大学出版社，2019.

2021 年 12 月 17 日

《创建一个有安全感的班级》（指导在藏老师论文）

摘　要：本文就班主任工作中如何创建一个有安全感的班级做了一些实践，并提出一些观点。譬如莫用管理替代教育的职能；莫让学生受到同伴的欺凌；莫让学生害怕犯错；等等。

关键词：安全感

班级是孩子们在校期间最主要的栖身之地，是他们健康成长最重要的地方。教师——尤其是班主任，有责任构建一个让学生有安全感的班级，这样学生即便烦恼、哭泣，也没有恐惧。

一、莫用管理替代教育的职能

如今有许多有关班主任工作的著作出版并广为流传，书中出现频率较高的词或许就是“班级管理”，甚至是“兵法”。这些词的寓意，都在预设学生是需要被控制的甚至是被对付、被征服的对象。有的班主任会先制定各种操作性极强的班规，然后按照班规对学生扣分（我也做过）。行为礼仪、课堂纪律、文明就餐……学校怎么考评班级，班主任就怎么考评学生（很省力省事）。于是，每周五的扣分汇总时间简直就是批斗现场，一个个淘气分子轮流被班主任批评、惩罚。

班级不是“车间”，容纳的不是“产品”，而是活生生的生命个体。产品质量有具体的标准可循，为了生产出优质的产品，的确需要严格管理各个生产步骤；而生命个体的成长是缓慢而漫长的过程，且不完全同步，不能用简单的、一刀切的评价方式来“管理”。孩子们需要的不是预防犯错、预防违规的各种限制性的“管理”，而是促进他们身心健康成长的各种教育。纵观许多教师名家对学生的指导与引领，对学生能力的培养，不是基于他们对班级整体的控制，而是针对学生个体的教育。

在我们班，没有“不准……否则扣分”的管理，只有“应该……才合适”的教育。“在合适的时间做合适的事”是我们班的行为准则。要对自己的学业负责，认真听讲并完成作业；自习时间安静地阅读或写作业，注意不能打扰他人；行走的时候一定要靠右，手不要碰到其他小朋友的身体，保护自己及他人的安全；就餐的时候尽量少说话，要把饭菜咽下去以后再说话，而且要轻声；走廊、餐厅、图书馆不是奔跑的场所，要慢慢走，以免自己摔倒或撞到他人……这一切具体的细节要求，只是为了保护学生的安全，为了让学生成为一个有修养的、受欢迎的并被他人尊重的人。

二、莫让学生受到同伴的欺凌

受同伴欺凌是很多孩子的噩梦。有的来自班干部理直气壮的“管理”，有的来自顽劣同伴的恶意欺凌。不管孩子因为什么而感到害怕，教师都必须认真对待。我刻意不设立班干部，尽量让“干部”这个词不出现在学生们的世界里。同学之间可以礼貌地互相指出对方存在的问题，但是没有学生可以高高在上地以“干部”的身份“管理”其他同学。有时间、有能力、有兴趣的学生可以在老师需要的时候申请帮忙，或者申请为同学们服务。

我重视并保护每一个孩子的内心感受。“如果有同学让你感到不舒服、不高兴了，请告诉我，我会帮助你。”——这是我一贯的主张。孩子们经常向我表达自己的各种感受，我都会先表达我的共情：“他的这句话或这个眼神或这个动作让你不高兴了，我能够理解你的感受。我会找他谈话的。”然后了解具体的情况，再分别找学生谈话。我还会及时回访：“是不是其实那只是个误会啊？解开了误会是不是不烦恼了？”“你对他的道歉满意吗？”“他向你道歉了，并保证下次再也不这样做了，这样让你心里好过些了吗？”

教师应该从孩子的角度去认识世界，诸如“别放在心上”“别在意”“你自己勇敢点”这些话只会伤害孩子，也只会让他们把成长中的恐惧深埋在心里。

三、莫让学生害怕犯错

英国学生行为管理专家阿兰·斯蒂尔爵士曾经说：“童年是一个人不断犯错，并从错误中不断学习的时期。”

所以，我会反复教导孩子们：“别害怕犯错误。每一个人都会犯错误，有的人是无意间犯错误；有的人是一开始自认为做的事或说的话是对的，但结果却证明是错的。犯错误不可怕，重要的是做错了事情要敢于承认，要勇于承担责任，然后尽快解决这个错误带来的问题。当然，同样的错误不能犯两次，因为你应该在第一次犯错误之后吸取教训。”

长此以往，孩子们便不会再恐惧犯错，而是正视错误，并积极解决问题。

我们班小胖墩儿亮同学在打翻饮料瓶后知道去找拖把拖地，并把拖把洗干净放在走廊里晒干后再收进教室。他不用因为担心被老师斥责而乱找借口“是谁谁谁撞到了我，我才会把饮料瓶打翻的”。

吴同学不小心用羽毛球拍打到了亮同学的眼睛，他立刻道歉，并护送亮同学到校医处检查，事后还主动告诉我，如果亮同学需要去医院看病，他会让爸爸妈妈承担医药费。

明同学在走廊里玩的时候，不小心踢碎了消火栓箱的玻璃。他首先扫干净玻璃碎片，然后去找学校总务处说明情况并道歉，同时请总务处老师及时安装新的玻璃，并询问需要赔偿多少钱，表示第二天会把钱交到总务处。

这些事都发生在孩子们上七年级的时候，并且都是事后他们主动告诉我，我才知道的。对孩子而言，违反各种规定、担忧被同伴欺凌、突然的家庭变故、自己知道犯错了但不确定会受到大人怎样的惩罚……都会让孩子们胆战心惊。日复一日地生活在恐惧之中，孩子会逐渐失去自信和安全感。恐惧会破坏孩子成长和发展所需要的安定环境，使他们持续地感到忧虑，从而不能采取适当的态度面对他人和新的环境。

美国心理学家罗杰斯认为，成功的教育依赖于一种真诚的理解和信任的师生关系，依赖于一种和谐安全的课堂气氛。安全感是人的基本心理需要，如果学生缺失了这种心理需要，会严重影响他们的正常成长。班级应该是学生深感安全、自觉快乐的地方，而不是受恐吓、受欺负、被一套模式或制度强迫着去适应的地方。

第七章　以公为念，推动学校发展

授人以鱼不如授人以渔，虽然我们在为雪域高原教育“输血供氧”，但是最终还要让西藏教育能自己“造血制氧”。三年来，我们秉承着“一年促规范，两年提理念，三年创特色”工作宗旨，以公为念，推动着学校跨越式发展。

学校最近三年取得的荣誉（作者本人提供）

2019 年 9 月 25 日

山南市东辉中学国防教育特色学校申报材料（一）

杨士军　撰写

2019 年新生国防教育（潘泽倩提供）

当今中国处在近代以来最好的发展时期，世界处在百年未有之大变局。西藏，地处边疆，以达赖为首的分裂集团在西方反华势力的支持下，时刻从事着各种各样的分裂活动，正严重威胁西藏人民生命安全和整个社会的和平稳定与发展。中学生是祖国的未来和希望，对其进行国防教育，意义非凡。俗话说："国无防不立，民无兵不安。"因此长期坚持对学生进行国防教育，强化学生国防观念，是保证国家长治久安和加快现代化建设的重要手段。为此，山南市东辉中学特提出申请，在我校建立国防教育基地，让学生能够尽早受到常规的国防教育和系统化的军事训练，达到国防教育常态化，为保障国家安全而源源不断地培养国防人才。

一、学校荣誉简介

学校先后多次获得国家、自治区和地区的各种奖励及荣誉称号。1996 年被评为"全国推行国家体育锻炼标准施行办法先进学校"；1998 年被教育部确定为首批“全国中小学现代教育技术实验学校”；2000 年被评为全国“18 岁成人仪式教育活动优秀组织单位”；2004 年荣获“民族团结先进称号”；2005 年荣获国家级“群众体育锻炼先进集体”；2006 年被地区评为“示范家长学校”；2007 年获“全国流动人员子女农村留守儿童示范家长学校”称号；2014 年被评为“全国民族团结先进学校”。学校的办学条件和办学质量逐年提高，已发展成为现代化的窗口学校、示范名校。

二、提高认识，统一思想

山南市东辉中学始终高举中国特色社会主义伟大旗帜，以习近平新时代中国特色社会主义思想为指导，全面贯彻落实国防教育具体工作部署，加强领导，狠抓落实，维护稳定，反对分裂，全体师生以“空谈误国，实干兴校”为己任，努力提高教育教学水平，促进全校的和谐、稳定、全面发展。

三、领导重视，组织健全

中学国防教育是整个民族国防教育的基础，山南市东辉中学国防教育工作能够正常、有序地开展，并取得显著的成绩，首先得益于学校领导的重视。以巴桑书记为中心的校级领导班子在国防教育工作重要性的认识上，首先统一思想，把此项工作放在同教学一样重要的位置来抓，并在政策倾斜、资金支持和人员配备上尽可能给予方便，使国防教育工作首先有了顺利开展的基础。

四、多渠道、多方位进行国防教育

（一）山南市东辉中学国防教育工作有明确的组织机构。由校党支部、校长牵头，德团办等部门具体负责，开展了形式多样的活动。每年新生的军训工作、入学教育仪式，每周的主题班会活动，每周的升国旗、国旗下讲话，每年的纪念日活动，各种以热爱祖国、加强民族团结进步为主题的征文比赛、演讲比赛、读书活动、暑期夏令营、校园文化艺术节等，都是国防教育的一部分。

1. 通过军训加强学生的国防意识

军训被称为“山南市东辉中学新生教育第一课”。学校历来非常重视初一学生的军训工作，始终把组织学生军训和开展国防教育工作作为学校谋发展、求提高、强素质，以及加强国防后备力量建设，坚持把学生军训工作摆上学校工作的议事日程，纳入学校统一规划。

2. 观看爱国主义影片，对学生进行国防教育

多年来，组织学生观看了影片《林则徐》《甲午风云》《南京大屠杀》《血战台儿庄》《地道战》《地雷战》《大决战》《周恩来》等，并组织开展影视评论活动，诵读观后感，加强爱国主义教育和国防教育。

3. 抓住特别纪念日进行国防教育

我校注重发挥纪念日的教育作用，把国防教育与班会活动相结合。如“3·14”“3·28”“五·四”“12·9”等纪念日组织学生开展“国防在我心中”“祖国，我爱你”“民族团结”“新旧西藏”等系列主题活动，使学生了解中华民族的历史，知道祖国现代化建设取得的巨大成就，弘扬中华民族的优秀传统美德，激发学生的爱国热情，表达为祖国现代化建设而刻苦学习的决心。

（二）利用国旗下讲话，进行国防教育。学校把每周一的升旗仪式，作为国防教育的重要阵地，坚持每周一隆重举行升国旗仪式。其间有唱国歌、国旗下演讲等活动，这种时刻总会让在场的同学有一种庄严、神圣的紧迫感和使命感。

（三）依法落实课程要求，课外延伸充实教学内容。国防教育工作除了要专门抓起，更要日常培养，为此在日常的教育教学中，学校要求教师注重课堂渗透，通过贴近课堂、贴近生活的事例进行点滴教育，并及时发现问题，解决问题，使同学们在汲取文化知识的同时能够自然受到我国传统思想文化的熏陶。学校要求教师抓住各学科教育内容与国防教育内容的结合点，努力挖掘教材中爱国主义和国防观念方面的教育素材。

（四）广泛宣传报道，营造教育氛围。学校还注意发挥环境的育人功能，利用学校橱窗宣传国防知识，进行国防教育；利用校园网、不定期的主题板报，营造国防教育的宣传氛围。同时学校组织学生进行西藏自治区新旧对比教育，中国近代与现代对比教育，鼓励、培养学生勇于担当建设祖国、保卫西藏的重大责任。

（五）组织学生参观山南市县部队、武装部，与之零距离接触，亲身体会保卫国家、保卫西藏的责任感，增强学生的使命感。不定期组织学生参观校史馆，加强学校传统教育及五十四年校史教育，增强学生的自豪感。

加强东辉中学国防教育，进一步拓宽了学校的德育内涵，彰显了德育特色，也取得了显著成绩。我们深知，常抓国防教育对培养学生树立“国无防不安”的居安思危的国防观念，培养良好的意志品质和行为习惯起到了至关重要的作用，同时对学校形成良好的校风也起到了积极的促进作用。今后我们将继续开展国防教育工作，积极探索国防教育的新思维、新方法、新模式，寓素质培养于国防教育，使国防教育成为育人为本、全面实施素质教育的重要途径。

2021 年 8 月 20 日

坚持立德树人 强化政治引领

——东辉中学“三人”专题教育，师德专题教育经验交流材料

杨士军 撰写

2021 年雅砻文化节合唱节目《我是援藏好儿郎》三省演职人员合影

（作者本人提供）

教育事关国家发展，事关民族未来。培养什么人，如何培养人，为谁培养人，历来是党和国家教育的根本问题。为全面贯彻落实中央第七次西藏工作座谈会精神和习近平总书记关于教育工作的重要论述及新时代党的治藏方略，特别是习近平总书记致西藏民族大学建校 60 周年贺信和给在北京大学首钢医院实习的西藏大学医学院学生回信中所讲到的精神。东辉中学结合我校实际，做了以下几个方面的工作。

一、工作开展情况

（一）坚持用习近平新时代中国特色社会主义思想铸魂育人，加强党对教育工作的领导，发挥政治引领作用。

东辉中学党建带团建，全面发挥党建对教育工作的政治引领作用。工作中始终围绕培养什么人、怎样培养人、为谁培养人这一根本问题开展工作。坚持“五育”并举、德育为先，把爱国主义教育和社会主义核心价值观教育作为深化教育教学改革、全面提升教育质量的重要举措，积极引导学生立德成人、立志成才。学校定期组织主题团日，开展各项活动加强共青团的建设。从优秀团员

中选拔学生会干部，成立学生会选举及管理制度，学生会作为学生在学校发挥民主、自治的机构参与到学校的日常管理中，充分发挥共青团、学生会的组织引导和榜样引领作用。初中是青少年成长的“拔节孕穗期”，要精心引导、扶根正苗，注入思想营养，突出道德情感启蒙，打牢思想基础，涵养中华民族优良传统美德、社会公德和家庭美德，加强爱党、爱国、爱人民教育，加强集体主义、社会主义教育，树立崇高远大的理想，强化其做社会主义建设者和接班人的思想意识。学校每学期都要举行大型校园文化活动。如 2019 年是新中国 70 华诞，学校开展了国庆 70 周年大型校园文化艺术活动，有红歌赛，中华经典诵读，中国传统文化教育讲座等。2020 年围绕“四讲四爱”专题教育学校开展了一系列校园活动。有团主题教育参观山南市检察院警示教育厅，校长书记宣讲“四讲四爱”教育，东辉中学广播站招募节目主持人大赛等。2021 年围绕党史学习教育学校又开展了丰富多彩的活动：红歌合唱，文艺会演，参观烈士陵园等。前几天刚刚举行的“百年荣光，续写辉煌”校园红歌合唱比赛，场面热烈感人，孩子们深受教育，山南市电视台宣传部记者都来进行采访和报道。

（二）加强民族团结教育，不断铸牢中华民族共同体意识。

习近平总书记在中央第七次西藏工作座谈会上指出维护祖国统一、加强民族团结是西藏工作的着眼点和着力点。东辉中学是由 10 个以上民族的学生组成的学校。学校高度重视民族团结教育工作，学校建立和实施民族团结教育工作机制，明确领导责任，实行“一把手”负责制，把民族团结工作纳入重要工作来抓。在学校长远规划和每年度计划中都有安排，目标任务明确，措施具体。校领导加强工作指导，保证工作经费，平时解决工作中存在的问题和困难，推动学校民族团结教育制度化、经常化。平时加强对学校民族团结教育日常检查和督促工作，定期举行民族团结教育的总结与表彰，在教学中做到严格执行课程标准，严格把关教学内容，严格保证教学质量。学校进行舆论宣传，规范使用民族团结教育教学资源。我校充分利用民族团结走廊、横幅、宣传栏、黑板报等宣传工具，在校园内加大宣传力度，广泛宣传党的民族政策，宣传民族团结教育的重要性，营造和谐团结的民族氛围。我校加强民族团结教育师资队伍建设。制订民族团结教育教师队伍建设规划，有计划、分期分批地培训民族团结教育骨干教师。在党总支书记的领导下，组织以政教主任、思想品德和政治思想课教师、班主任、团队干部为主体，全体教师共同参与的民族团结教师队伍。

扶贫工作是党中央“治边稳藏”战略实施的重要举措，东辉中学对口扶贫隆子县雪沙乡普卓村、下木达村。近几年援藏团队加入东辉中学后，援藏教师积极参与扶贫工作，2020 年通过广泛捐款，援藏团队为村小学 17 位学生购买了手套、围巾、帽子、洗衣机等物品。

参加山南市隆子县雪沙乡下木达村扶贫活动（李亚提供）

学校每年还开展以援藏教师为主体的送教下乡活动。通过物质与精神两方面的帮扶工作，让在藏同胞深切感受到党组织及湖北省援藏工作者的关心与关怀。武汉大学附属外校给东辉中学捐了价值 15 万元的饮水机设施，改善了东辉中学的学生饮水问题。2021 年 4 月环球之旅企业家俱乐部向东辉中学捐赠 15 万元，包含钱和物（袜子）。2021 年 3 月湖北大学研究生一行 12 人来东辉中学支教，经常到藏族同胞家家访送教，辅导藏族孩子学习。还有前几天刚刚进行的华科大附属中学与东辉中学远程教研、网络现场听课、评课、答疑等交流活动让在藏老师很是受益。

结合学校实际，我校还开展了多种形式的民族团结教育活动。2020 年我校成功举办校园文化节，“四讲四爱”主题教育，庆“三八”活动暨妇女职工送温暖活动，在全校党员教师中召开“三联三进一交友”活动等。工会组织教师开展“走村入户，结对帮扶”送温暖活动，九年级师生参加每年中考誓师大会，庆祝“3 · 28 百万农奴解放纪念日”升国旗仪式，等等。2021 年 3 月以来我校开展了党史学习教育，先是“开学第一课”系列活动，接着 3 · 8 是感恩教育活动，之后是党史学习教育实践活动，如组织九年级师生参观西藏第一个“朗生互助组”红色教育基地等。通过这些丰富多彩的活动，加深了各民族之间的情谊，为学校民族团结教育打下了扎实的基础。

除此以外，学校根据自身的实际情况，因时因地制宜，组建了各种民族团结活动社团，如成立了篮球班、足球班、绘画班、唱歌班、舞龙队、拉巴舞团、国旗班等。这些社团活动的开展，把民族团结教育覆盖到每一个班级、学生和家庭。

（三）坚持立德树人，强化政治引领。

立德树人根本任务的实现，离不开立德树人落实机制的建立与健全。为增强德育实效，推动立德树人工作落细落实，东辉中学不断完善德育工作体系，以增强德育工作实效为着力点，探索立德树人的实践路径，不断创新落实工作机制。

1. 深化课程育人。学校健全课程体系，解决好德育课程与其他课程学习及生活实践相脱节的问题，要求全体教师在自己的课程中融入家国情怀、社会责任、诚信道德、法治底线等要素，提升德育课程的实效。东辉中学援藏团队编写了《入学教育读本》，作为每年新生入学的教材，在新生入学教育阶段发挥了重大作用。语文老师课前“三分钟红色小故事”演讲和地理课安排“中国古代军事地理知识串讲”，对学生开阔视野、弘扬中华传统文化都发挥了积极作用。东辉中学引入戏曲广播体操，在保留原来广播体操前半部分的基础上额外增加戏曲元素，有助于学生陶冶性情。

2. 推动文化育人。中华优秀传统文化倡导“仁、义、礼、智、信”的社会道德规范，“正心、修身、齐家、治国、平天下”的高尚情怀，“厚德载物”的宽广胸襟，以及革命文化中所体现出的百折不挠、坚韧不拔、艰苦奋斗、无私奉献等精神。这些都为德育教育提供了丰富素材和深厚土壤，对此，学校不断创新方式方法，提炼校园红色文化，彰显文化育人特色，提升文化育人内涵。东辉中学每年都要举行书画展，全校师生都参加，场面壮观热闹。

3. 推动活动育人。学校在学生喜闻乐见的课外活动中探寻德育契机，比如，这半年在我校举行的“东辉学子访东辉人（前辈或先烈）”活动，学生在访问宣传活动中涵养奋斗精神，学习“老西藏精神”。在 4 月 5 日清明祭扫山南烈士陵园活动中激发对党和国家、民族的深厚情感，弘扬红色精神。在优秀传统文化体验活动中（譬如戏曲广播体操进校园）增强民族文化认同，寓教于乐，助推品德修养进步。我校还利用党日、主题团日、主题班（队）日、重大节假日等开展实践教育，充分利用升旗仪式、报告讲座、知识竞赛、墙报板报、校园文艺会演等多种方式，组织开展丰富多彩的活动，增强活动主题教育的吸引力、感染力。

4. 推动实践育人。深思之、笃行之，方能实现知、情、意、行的有机统一。学校将德育小课堂与社会实践大课堂有机结合，鼓励学生走出校门，了解国情、社情、民情，开展公益志愿服务等社会实践活动，学思贯通、学思相长、学以致用、用以促学。东辉中学每年组织学生参加社会实践活动。如 2021 年 3 月组织学生参观山南市气象局，学习到许多科普知识；2021 年 5 月 21 日组织学生来到湖北农业“小组团”援建的山南市农科所科研基地，开展农业科普及课外实践活动；2021 年 6 月组织学生去第一职校体验家务劳动锻炼等。

5. 加强管理育人。加强学校规章制度和校风校纪建设，规范和引导学生行为习惯，加强校园环境文化建设，在潜移默化中提升学生的品德修养和综合素养。东辉中学落实教育部下发的“五项管理”，成立了学校领导、家长督导、学生做到三位一体的管理体系。从班主任加强班级管理和班主任工作量化考核方面来规范各项工作。

学校加强教育人才队伍建设，把政治素养、思想素养和道德素养作为选拔和培养教师的首要条件，着力建设一支政治素养过硬、道德品质高尚、理论素养扎实、业务能力精湛的教师队伍，发挥教师的人格示范作用，做到以德立身、以德立学、以德施教。此外，还创新协同育人机制，整合利用一切资源开展德育教育，统筹校内校外、课内课外、线上线下，并积极影响和带动家庭、社会发挥德育教育功能，推动形成学校、家庭、社会的协同育人机制，形成思想政治教育的强大合力。学校成立了家委会。2020 年开展了“课内比教学，课外访万家”活动。2021 年 4 月湖北大学研究生来东辉中学实习，利用节假日开展家访送教活动，掀起了家校共育的教育热潮。

（四）加强思政理论教育，推动思政工作创新发展。

习近平总书记说过：“办好思想政治理论课关键在教师。要给学生心灵埋下真善美的种子，引导学生扣好人生第一粒扣子。关键在发挥教师的积极性、主动性、创造性。”东辉中学的思政课程，由学校党总支部巴桑书记直接领导，他牢牢把握着学校思政课的教育工作方向和工作目标，逐步完善了“学校监督—教研室指导—学科组担当”三级思政课建设机制。在教学改革创新中，不断增强思政课的思想性、理论性和针对性，全力打造一支政治强、情怀深、思维新、视野广、自律严、人格正的思政教师队伍。在他的领导下我校思政课课程主要有两部分构成，一是思想政治必修课程，二是学生课外阅读的各类选修和地方教材。在课程设置上，按照课程标准的要求我们开齐开足课时，确保思政课教育教学任务的完成；在教学管理方面，我校思政课以教研组为单位开展日常教学和教研活动，通过集体备课和教研活动，把课本理论知识与学生学习、生活实际和社会实践相结合。具体开展以下工作：1. 举办思政课示范教学展示活动。从 2019 年秋季开始，我校每个月要组织开展一次思政课示范教学展示活动，表彰一批理论功底扎实、教学理念先进、育人效果突出的优秀思政课教师；推广“教法新颖、立场坚定、效果突出、终身受用”的品牌课；宣传一批政治素质过硬、业务能力精湛、育人水平高超的思政课教师。2. 开设“东辉论坛”，开展思政课教师专题培训。学校面向全校师生开设“东辉讲堂”，各年级思政教师每周组织集中学习，加强引导管理。本论坛自开设以来，讲座内容为学习习近平总书记致西藏民族大学建校 60 周年的贺信、师德师风培训、弘扬优秀传统文化、心理健康教育等，均收到良好的效果。3. 结合思政课，开展系列社会实践活动。把思政小课堂同社会大课堂结合起来，学校依托各种“活动日”“活动月”等，开展思想品德专题教育。同时，充分利用升旗仪式、板报、手抄报等形式，积极开展学生的思想品德教育和养成教育等德育活动，使我校形成健康、文明、积极向上的校园氛围。

（五）高度重视维稳安全工作，构建和谐的育人环境。

学校紧紧围绕“创建安全文明校园，构建和谐育人环境”的目标，把创建安全文明校园列入我校整体工作规划之中。在创建安全文明和谐校园工作中，加强领导，统一认识，健全网络，强化落实，管理到位，责任到人。坚持“安全，预防为主”“源头遏制，过程监管”等措施。学校排查校园不稳定因素，妥善处理涉及民族因素的矛盾纠纷，建立健全处理涉及民族因素问题的预警机制、快速反应机制、校园欺凌事件应急处置预案以及各种长效机制。学校每学期开学第一周就是安全教育周，利用这个机会通过多种形式加强安全教育，如利用主题班会、家长会、国旗下讲话、签订住校生协议和走读生协议等手段加强安全教育。学校赢得了社会的广泛支持，聘请了法治副校长、健康副校长，他们经常来学校进行安全知识、健康知识及法律知识讲座，协助学校搞好消防演练、地震演练、急救预防演练，以及管制刀具排查、心理健康等工作。学校除了每年 9 月份利用安全网络周开展网络安全教育活动外，还定期邀请山南市公安局专业安保人员来校进行国家安全知识讲座等。

二、工作中存在的问题和困难

（一）基础设施薄弱，制约“三人”教育的开展。

（二）家校合作机制有待提升。

（三）教师队伍建设渠道有待进一步加强。

（四）学校在开展专项教育活动时，存在一定的随意性，不确定的干扰因素较多，教育效果容易受到削弱，教育活动难以持久有效地进行。

（五）资金少，缺乏保障，由于此项工作需要专项工作经费，硬件设施有待进一步改善，活动形式还比较单一，活动载体还比较少，从某种程度上影响了工作的正常开展。

三、下一步对策及建议

（一）推进标准化学校建设，改善教师工作环境。通过开展学校标准化建设工作，使学校校舍建设达到标准，设施设备充实完备，校园环境优良整洁，使学校在人力资源、财力资源、物力资源等方面基本均衡化，在改善教师工作环境的基础上使优秀教师进得来、留得住，使学校在教学质量、管理水平、队伍建设等方面全面提升。

（二）健全教育规章制度，加强学校信息化建设。根据“硬件配套、软件充足、功能完善”的装备目标，构建完善的现代远程教育体系，以信息化带动学校教育的跨越式发展。如开发“东辉思政”公众号，成立校园微电视台，以此弘扬正能量。

（三）成立家长学校，设立“家长课堂”，请家长现身说法来增强思政教育的实效性。

（四）依托东辉中学红色基因，打造红色德育。以高校资源成立“十八军精神”研究中心，成立“知行青春”思政社团等。

（五）营造“三全育人”管理格局。把立德树人内化到对不同学段学生的教育、教学、管理等各个领域、各个方面和各个环节，形成全员育人、全过程育人、全方位育人的格局。既要立足于实际，遵循教育规律，加强持续化、常态化的德育教育，也要从更深远的角度长远谋划，持续开展爱国主义教育，强化对学生社会主义核心价值观的塑造，培养社会主义核心价值观的践行者和传播者，用实际行动完成好新时代立德树人的答卷，为教育强国宏伟目标的达成夯实基础、积蓄能量。如各学科教师开展“学科思政渗透”主题比赛，变思政课堂为课堂思政等。

（六）深化各民族“交流交往交融”的形式，进一步加强民族团结教育。采用“走出去与引进来”相结合的方式，将“三人”主题教育融入活动实践中。如寒暑假可以邀请东辉中学班主任去内地参观访问学习，加强远程网络思政教研等。

2021 年 9 月 16 日

山南市东辉中学民族团结进步创建材料

杨士军　撰写

2021 年教师节全体教师、湖大研究生支教团户外研学活动（李亚提供）

山南市自 2019 年 6 月 27 日动员安排部署我市创建全国民族团结进步示范市工作以来，东辉中学根据《西藏自治区民族团结进步模范区创建条例》和《山南市创建全国民族团结进步示范市第三方评估实施方案》对照检查，现将自查情况汇报如下：

一、学校基本情况

山南市东辉中学位于山南市乃东区泽当镇湖南路 1 号，是一所西藏地级市直属初中。多年来，在自治区党委、政府、教育厅、山南市委以及市政府的高度重视和关怀下，在市教育局（体育局）党组的正确领导下，我校坚持以“办让人民满意的学校”为办学宗旨，以“德美、智强、体健、志远”为校训，以“以人为本、依法治校、温情校园、自信人生”为办学理念，以“教研化、信息化、素质化、现代化”为办学特色，走出了一条具有东辉特色的办学之路，先后取得了以下成绩：自治区首届方正杯中小学多媒体教育软件大赛组织奖；自治区基础教育信息化示范学校；全区民族团结进步先进学校；全区基层组织建设年先进基层党组织；推行《国家体育锻炼标准施行办法》先进单位；国家教育部首批全国中小学生现代教育技术实验学校；全国中小学生现代教育技术实验学校；全国群众体育先进单位；全国流动人口子女、农村留守儿童示范家长学校；“十五”全国家庭教育工作优秀家长学校；全国未成年人思想道德建设先进集体；全国民族团结进步模范集体；全国示范家长学校；全民健身活动组织奖；2020年度山南市民族团结进步学校。学校近十年来升入内地西藏班的学生位居全市第一，为国家各行业输送了大量人才，得到了社会的认可和领导的肯定。

二、少数民族学生在校基本情况

东辉中学2020—2021学年在校生695人，其中汉族63人，藏族584人，回族39人，白族1人，东乡族4人，门巴族1人，苗族1人，撒拉族2人。2020年教职工100人（不含援藏教师），专任教师96人，其中双语教师75人。

三、民族团结教育活动工作开展情况

（一）学校高度重视。

自创建以来，学校建立和完善实施民族团结教育工作机制，明确领导责任，实行“一把手”负责制。把民族团结工作当作重要工作来抓。在学校长远规划和每年度学校计划中都有安排，做到目标任务明确，措施具体。加强工作指导，保证工作经费，解决工作中存在的问题和困难，推动学校民族团结教育制度化、经常化。加强对学校民族团结教育日常检查和督促工作，定期举行民族团结教育的总结与表彰大会，做到严格执行课程标准，严格把关教学内容，严格保证教学质量。

（二）抓舆论宣传，规范使用民族团结教育教学资源。

我校充分利用横幅、宣传栏、黑板报等宣传工具，在校园内加大宣传力度，广泛宣传党的民族政策，宣传民族团结教育的重要性，营造和谐的民族氛围。

（三）加强民族团结教育师资队伍建设。

制订民族团结教育教师队伍建设规划，有计划、分期、分批地培训民族团结教育骨干教师，各中小学建立在德育校长的领导下，以政教主任、思想品德和政治思想课教师、班主任、团队干部为主体，全体教师共同参与的民族团结的教师队伍。

（四）充分利用各种优质资源进行民族团结教育。

加强学校、家庭和社会的密切配合，充分利用各种社会资源、自然资源，建立民族团结教育合作基地，聘请各民族为民族团结进步事业做出突出贡献的退休教师为顾问或校外辅导员，并定期拜访。充分发挥民族团结教育基地（校史馆）的作用，保证民族团结教育工作顺利和有效实施。

（五）全力抓好民族团结教育课堂教学工作。

1. 充分发挥课堂教学的主导作用，做好民族团结教育。学校严格按照课程标准和《纲要》要求，设置专门的民族团结教育课程（道德与法治），充分发挥课堂教学的主渠道作用，扎实推进民族团结教育进教材、进课堂、进学生头脑。认真贯彻《中共中央、国务院关于进一步加强和改进未成年人思想道德建设的若干意见》，在广大青少年中深入进行中华民族优良传统教育和中国共产党史、新中国史、改革开放史、社会主义发展史、西藏地方与祖国关系史教育。培育和践行社会主义核心价值观，弘扬以爱国主义为核心的民族精神和以改革创新为核心的时代精神，弘扬“老西藏精神”“两路精神”“红色精神”。引导学生树立正确的世界观、人生观、价值观，听党话、跟党走，增强“四个意识”，坚定“四个自信”，做到“两个维护”。

2. 严格按照民族团结教育课程的时间安排做好教学工作。根据《学校民族团结教育指导纲要（试行）》和《西藏自治区民族团结进步模范区创建条例》规定，每年 9 月为自治区民族团结进步宣传活动月，开学第一周为入学教育周，也是民族团结进步周，学校需按要求安排民族团结教育系列讲座。

（六）开展形式多样的主题教育实践活动。

结合学校实际工作，开展多种形式的民族团结教育活动。通过丰富多彩的活动，拉近藏、汉、回等少数民族师生之间的距离，为民族团结教育打下了扎实的基础。

援藏老师、在藏老师共同庆祝党的生日

（作者本人提供）

学校还建立民族团结活动社团，举办民族体育、音乐、舞蹈、演讲、知识竞赛、文艺会演等形式多样的活动，以此来增强民族团结教育主题活动的吸引力、感染力。

（七）在党建的引领下，开展一系列活动，促进在藏援藏教师之间的交往、交流、交融。

东辉中学是一个民族融合的大家庭，校党总支紧紧围绕发展稳定的大局，采取多种渠道宣传，使全体教职工正确认识到民族团结进步是国策，民族文化是中华文化不可缺少的一部分。校领导对援藏老师的生活十分关心，主动了解援藏教职工的思想、工作、家庭生活状况，寻找民族团结工作的突破口，掌握民族团结工作的主动权。在党建的引领下，通过召开座谈会，“学跳藏舞、学唱藏歌、学说藏语”等一系列活动，有效地增强了师师、师生之间的交往、交流和交融工作。

2021 年 10 月 20 日

东辉中学未成年人思想道德建设示范学校申报材料

杨士军　撰写

未成年人的思想道德建设，直接关系到国家和民族的命运，高度重视对下一代的培养教育，努力提高未成年人思想道德素质，是我们党的优良传统，是党和国家事业后继有人的重要保证。为了全面贯彻中共中央、国务院《关于进一步加强和改进未成年人思想道德建设的若干意见》，努力提升我校未成年人思想道德水平，把我校中学生培养成既有国际视野又有强烈民族自信心、既有现代公民素质又继承和发扬中华民族传统美德的一代新人，我校根据市教育局要求，现将我校未成年人思想道德建设工作总结如下：

一、提高认识，构建高效的德育工作领导小组

我校非常重视未成年人思想道德建设工作，专门成立了未成年人思想道德建设领导小组和德育工作领导小组：

组长：巴桑（书记）、王与雄（校长）

副组长：洛桑旦增（副校长）、吴勇（副校长）、周桓（副校长）、卓玛（副校长）

成员：杨士军、达曲等各部门主任和各班班主任

东辉中学学生思想道德建设课题中期报告研讨会（李亚提供）

切实把未成年人思想道德建设放在素质教育的首位，用习近平新时代中国特色社会主义思想铸魂育人，坚持教育与社会实践相结合、理论与实际相结合，促进学生认知和行为的统一，充分发挥学校教育在未成年人思想道德建设中的主渠道、主阵地、主课堂作用。

二、深化改革，强化德育课程的渗透作用

我校不断从实际出发，深入研究当前未成年人思想品德的特点，认真贯彻落实《中小学德育工作规程》，改进德育方式，积极采用启发式、讨论式和研究性学习等生动活泼的方式进行教育教学。针对学校德育工作规律和学生成长规律，深化德育课程改革，开发德育校本课程，加强时事政治教育，开展教育实践活动，不但大大提高了德育工作的针对性和实效性，而且极大地提升了学校的德育成效。

三、深入研究，将感恩教育推向新的高潮

我区结合学校和教育工作实际开展了感恩教育活动。通过感恩教育活动引导全体师生树立正确的世界观、人生观和价值观，培养他们良好的思想品质和高尚的道德情操，让我校教师能忠诚党的教育事业，关爱每一个学生，不断提高自己的教育教学水平，努力做一个优秀的教育工作者；让我校学生能不断进步，认真学习，全面发展，把自己培养成新时代的中国特色社会主义接班人。感恩教育开展三年多以来，我校教育形势稳定，师生思想道德水平有了很大的提高。

四、广泛开展活动，培育和践行社会主义核心价值观

我校把丰富多彩的教育活动作为未成年人思想道德建设的重要载体，努力

培养学生的社会责任感和奉献精神。学校根据青少年学生身心发展规律，寓德育于活动之中，积极开展有益于青少年学生健康成长的校园文化活动。

（一）党史红色文化教育

我校认真加强“五史”教育，以爱国主义教育为核心，以中华传统美德和革命传统教育为重点，利用“开学第一课”对学生进行民族团结教育，让我校全体学生立场坚定，牢固树立爱国的信念，增强他们的爱国热情。

（二）以抓养成性教育为抓手，促进民族团结进步

养成教育就是培养学生良好行为习惯的教育，对学生知、情、意、行的和谐统一发展具有重要作用。让学生严格遵守《中学生守则》《中学生日常行为规范》，活动要求学生学习各种守则和规范，然后结合自己的实际行动进行深入的思考和反省，最后在实际行动中进行整改。活动的开展，促进了良好校风、班风、学风的形成，培养了学生的良好行为习惯，提高了学生的民族团结进步意识。每周利用升国旗和国旗下讲话，使养成教育常态化。

（三）法治安全稳定教育

学校聘请了法治副校长，并充分发挥其作用，结合学生年龄特点，有针对性地选择禁毒、防艾、预防青少年犯罪等主题开展多种形式的系列教育活动，开辟法治教育的有效途径，培养学生从小树立法治观念，做到知法、懂法、守法，坚决制止学生进入禁止未成年人入内的场所。

（四）心理健康教育

我校德团办老师兼职心理教师，采取班级辅导和个别辅导相结合的形式，实施发展性和预防性心理健康教育。关心有抑郁心理品质的学生，使他们不断地正确认识自我，增强调控自我、承受挫折、适应环境的能力，培养学生健全的人格和良好的个性心理品质，提高学生的心理健康水平。

（五）利用百万农奴纪念日对学生进行爱国主义教育

利用百万农奴纪念日对学生进行爱国主义教育，忆苦思甜感党恩，让学生时刻不忘旧社会西藏人民的苦难，让学生深刻认识到只有中国共产党才能救中国，只有中国共产党才能发展西藏这一不变真理，从而积极反对民族分裂，维护西藏和平稳定。

（六）网络安全教育

为了加强文明上网及网络安全教育，正面引导学生树立自我保护意识，诚信做人，拒绝盗版；禁止色情、凶杀、暴力、封建迷信和伪科学出版物在校园传播；教育学生遵守《全国青少年网络文明公约》，自觉履行网络规范；要求学校充分利用信息化教育资源，创办绿色网络教室；积极探索利用网络、班班通

实施德育的途径和方法，营造绿色网上环境。

五、锻造队伍，大力提高师德水平

教师职业道德建设是加强未成年人思想道德建设和全面推进素质教育的关键环节，教师的良好师德是学校德育“可信度”的人格支撑。我校通过校本培训，大力加强教师师德、师风教育；大力宣传教师职业道德建设取得显著成绩的老师的先进事迹和经验；不断加强教师的思想政治工作，提高教师的思想政治水平；落实教师职业道德规范，以敬业、奉献和爱生教育为重点，引导全体教师树立“育人为本，师德为范”的教育观；建立有效的激励机制，选拔和培养思想素质高、业务能力强、有奉献精神、有责任心的骨干老师担任德育干部、班主任；不断提高师德水平，把我校创建成学习型、服务型、创新型、清廉型、竞争型、高效型的学校，造就人民满意、师德高尚的教师队伍。

六、营造良好的人文环境

我校高度重视校园文化建设，旨在做到“三化一性”，即净化、绿化、美化，突出教育性。学校重视校园文化内涵对学生的启迪和影响，确立符合学校特点和办学特色的校训、校纪、学风和教风；充分挖掘本地区、本学校的文化资源，努力形成校本文化特色；让学生从身边可以感知的事物开始，充分挖掘本地德育资源，加快德育基地建设，让校园的每一个地方都成为学生思想情操教育的场所，不断丰富校园文化的底蕴，充分发挥环境育人的功能。

七、校园安全教育，提高预防警示意识

安全重于泰山，生命高于一切。我校从维护广大师生的根本利益出发，充分认识到安全工作的重要性和紧迫性。学校认真贯彻实施《中小学校学生人身伤害事故预防与处理条例》，积极探索建立维护学校安全与学生安全的新机制；加强学校安全设施建设，加强安全教育，完善安全制度，健全安全管理机构，落实安全管理责任制和责任追究制；注重搞好校园及周边治安环境的综合治理，切实解决校园周边网吧违规吸引、接受学生，摆摊设点违法经营，社会流氓滋扰等影响学生安全的问题；积极主动地配合东辉中学便民警务站，共同做好校园周边安全建设工作；认真做好饮食、消防、交通、大型集体活动等各项安全事故的防范。

八、展望未来，开创工作

如何进一步提高未成年人思想道德建设工作的水平，是我们面临的新课题。经过深入探讨调研，首先我们认为未成年人思想道德建设的内容必须进一步深化、优化，必须有创新意识，不但要在宣传教育的方法上、手段上更新，还要赋予未成年人思想道德建设更多的意义。其次，我们还要认真研究未成年人思想道德建设情况，努力提高未成年思想道德教育的理论水平。

2022 年 1 月 17 日

山南市东辉中学国防教育特色学校申报材料（二）

杨士军 撰写

山南市东辉中学自 2017 年被评为西藏自治区全国中小学国防教育示范学校以来，始终把增强青少年学生国防观念，培育和塑造民族精神，强化国防教育综合育人功能，落实立德树人根本任务为己任。学校领导充分挖掘东辉中学悠久的红色历史文化，全面贯彻党的教育方针，加强国防教育，落实国防教育具体工作部署。具体来说：

2019 年新生军训总结表彰七（1）班学生合影（李亚提供）

一、学校领导统一思想，高度重视。每学期的学校计划都有教育安排，并有一定的活动经费支持，把国防教育工作同其他教育工作一起抓，由德育副校长吴勇分管，德教部门具体落实。

二、学校开展形式多样的国防教育活动来提高师生的国防意识。譬如每学期学校都安排一周的新生入学教育，包含七年级新生军训和七年级住校生内务整理，体验军事化要求。学校每学期都组织学生参观烈士陵园纪念馆，了解十八军进藏，中印自卫反击战等军事历史。学校每学期都有以国防教育为题材的征文比赛、绘画比赛以及演讲比赛，还组织学生观看军事题材的影片，组织学生去听英模报告会等活动。还利用特殊纪念日（如五四青年节，七一建党日，八一建军节，九一八等）开展国防教育主题班会。

三、学校还成立国旗仪仗队、古代军事地理社团等兴趣班，力求把国防教育活动开展到每一个班，让每一个学生都能受到教育。

四、学校不定期地组织学生去山南市军分区大院、边境支队驻地、武装部驻地等进行参观访问和学习，零距离地接触部队战士，了解军营生活，亲身感受部队战士保家卫国的坚强决心，增强学生“争做神圣国土的守护者，幸福家园的建设者”的责任感和使命感。

五、学校认真落实军人子女三包政策和对军烈属子女进行特殊照顾的政策，学校每年按政策按要求优先招收这部分学生就读我校。

六、学校重视拥军优属工作。教师队伍里有在军营里支过教的伟色措吉老师和退役士兵张越老师，因此，学校安排伟色措吉老师担任国防教育辅导员，安排张越老师担任国旗班教导员。学校在积极探索国防教育的新思维、新方法。

2021 年 7 月 7 日（西藏媒体报道）

援藏故事　丹心一片育桃李，甘于奉献显担当

——记湖北教育人才“组团式”援藏教师杨士军

杨士军，汉族，中共党员，中学高级教师。1991 年 8 月参加工作，从教 30 余年，多次荣获湖北省十堰市优秀教师（标兵）、优秀班主任等荣誉称号。2019 年 8 月，参加湖北第二批教育人才“组团式”援藏工作，担任山南市东辉中学德育主任。进藏以来，兢兢业业，甘于奉献，认真工作，锐意进取，在东辉中学德育教育和管理中做出了突出贡献，得到了领导和师生的一致好评。

一、积极融合，逐步规范学校德育工作

“进了东辉门，就是东辉人”“先做东辉人，再做东辉事”这是他进藏后说过的话。他上任以来，积极融入东辉中学这个大家庭，积极参加学校各种活动，团结学校所有同事，积极探索学校德育管理新模式。他在湖北担任过 20 多年班主任，积累了比较成熟的班级管理经验和方法。他把这些经验与东辉中学校情结合起来出台了一系列举措来规范学校德育工作。两年以来，在援藏团队的指导下，他积极作为，主动担当，在他的带领下，东辉中学编写了第一本《新生

入学教育读本》；第一次在各班分发《班级日志》，让学校第一时间掌握班级管理及教学动态；第一次给每位班主任发了《班主任工作手册》，以便于班主任撰写班级叙事，促进班主任成长；第一次让班主任填写《学生综合素质报告书》，让班主任每学期末综合评价学生；第一次筹建学生会组织，让学生参与学校日常行为规范管理，形成学生自我管理能力；第一次建立问题学生"三级管理档案"（班主任、德教处、学校），实现对问题学生可持续发展性帮教；第一次谋划规范科学的班会课程，使得班会课程朝主题化、系列化的方向迈进。

耐心做杨国凯、聂裕洋同学思想工作（作者本人提供）

二、锐意进取，创造性地开展德育各项工作

两年来他根据东辉中学特殊的情况，开展了主题鲜明、形式丰富的学生德育活动，如演讲比赛、专家讲座、社会实践、红歌比赛、文艺会演等。以学生喜闻乐见的活动加强学生思想政治教育和民族团结教育，同时开阔了学生的视野。首先，德育工作系（序）列化。他以学期为节点，政教部门和团委根据学校工作安排，确定每月德育工作主题，使德育工作具有针对性。开展了丰富多彩的校园文化活动。利用节日庆典、主题班会、升旗仪式等活动培养学生爱国主义精神，弘扬中华传统文化和红色文化，培养学生尊敬师长、热爱父母、爱校爱家的优秀品德，培育和践行社会主义核心价值观。其次，班会活动主题化。由德团部门统一确定每周主题班会内容，落实班会课的德育功能。每学期确定不少于10个教育主题来落实立德树人根本任务。最后，常规检查精细化。针对东辉中学班级管理无标准的现状，他广泛听取意见，制定了《班级管理和学生行为规范考核细则》《东辉中学文明班级考核细则》《班主任津贴学校补贴部分发放方案》，并逐月量化考核，逐步规范班主任工作。

（一）兢兢业业，甘于奉献显情怀

“援藏三年，无愧于岁月，无愧于自己。”这句话是他在工作中经常和朋友们说的话。入藏以来他始终保持着兢兢业业的工作态度和满腔的工作热情。他守望着自己的教育理想，诠释着无悔的青春，谱写出援藏教育一曲曲平凡而卓越的乐章。

（二）以勤为先，做学习的榜样

一进藏，他就直接管理学校德育工作，刚开始他心里有些忐忑，毕竟西藏德育工作不同于内地，思想政治教育、民族团结教育、“四讲四爱”教育、社会主义核心价值观教育等包罗万象，涉及面特别广，以前他也没从事过这个工作。但是他相信勤能补拙，坚信只要自己用心和肯学没有干不好的工作。所以从进藏到现在，他一有时间就抓紧时间学习，学习德育管理和德育理论知识、学习民族政策、学习习近平总书记关于教育论述的各种文件精神等。他每周都要花两个半天时间去山南市图书馆看书，业余时间学习和阅读《习近平谈治国理政》第一卷、第二卷、第三卷和学习中央第七次西藏工作座谈会精神。他在“学习强国”上学，在网上学，还广泛阅读各种教育报刊和教育经典文著。通过读书，他思想政治认识有了很大进步。他认识到：维护祖国统一、加强民族团结是西藏工作的着眼点和着力点；教育是争夺下一代的灵魂工程；民族团结教育和思想政治教育是德育工作的重点；以习近平新时代中国特色社会主义思想为指导，坚持立德树人，强化政治引领；等等。他一本又一本地做学习笔记，反复理解和消化吸收，工作之余撰写一篇又一篇碰撞思维火花的教育论文，这些都体现出他的教育思想和教育情怀。育人者必先育己，立己者方能立人。只有注重学习先进的教育理论，以先进的教育理念去指导自己思想的人才能去管理人，培育人。

（三）以身作则，做行动的楷模

除了担任学校的德育主任外，他还担任一个民族班的数学老师。这是年级最难管理的一个班级。班里学生来自六个民族，学生之间的学习习惯、民族习俗差异较大。为此他进行了深入调查，在充分了解班情特点、学生特点后，迅速调整教学方法，帮助学生进步。他自觉地将内地先进的教学经验和东辉中学的数学教学充分结合起来，让学生小组讨论式学习。他因材施教，根据孩子能歌善舞、活泼好动、上课有些坐不住、深度思维不够的特点，摒弃满堂灌的教学方式，课堂注重联系生活实际，课外练习注重思维的培养。经过他的认真教学和细心辅导，所教班级数学成绩有了大幅度的提升。在教学实践的基础上他结合经验撰写了论文《如何帮助学生寻找几何证明题的思路》获得2019年山南市教育教学论文二等奖。他还撰写论文《班级学习小组管理方式新探》发表在《中小学班主任》2021年第四期杂志上。为充分发挥高质量教育援藏的引领、辐射、带动作用，学校还安排他担任初二备课组长，他以身作则，利用一周一次的教研活动的机会，主动与藏族老师交流课堂教学经验，与他们进行教材教法的研讨。他与藏族老师结对互助，促进在藏青年教师快速成长。他还利用学过的心理咨询方面的知识给七、八年级学生开设题为“学会感恩，快乐前行”的心理健康讲座等。

山南市结巴乡红色教育基地留影（梅光利提供）

（四）以诚待生，做学生的知心人

他一直认为学校是因为学生而存在，“一切为了学生，为了学生的一切，为了一切的学生”应该是教育的初心。作为德育主任的他把学生在校的安全和学习生活当成重要工作来抓。他每周要去宿舍好几次，关心住校生的生活和安全，每次等宿舍熄灯以后才冒着凛冽的寒风骑着电动车回家。他经常走进学生宿舍嘘寒问暖，帮助困难学生解决生活上和心理上的问题。他利用业余休息时间学会了藏舞（锅庄舞），为的是能与藏族同胞（或学生）很好地融合，在活动中增进师生感情。在2021年5月九年级开展的研学活动中，他与九年级学生一起载歌载舞，好不热闹，成了全校师生津津乐道的佳话。他本人在2020年上半年学校党总支开展的“三联三进一交友”活动中也被评为“优秀党员”。在他看来，老师热爱学生，热爱生命，学校才能更好地发展。我们的教育理念就是“为了人的幸福”，让师生过一种幸福而完整的教育生活。

巡查学生宿舍，与学生合影（梅光利提供）

（五）以公为念，推动学校发展

授人以鱼不如授人以渔，我们虽然在为雪域高原教育“输血供氧”，但是最终还要落实到西藏教育能自己“造血制氧”。两年多来，他秉承着“一年促规范，两年提理念，三年创特色”的工作宗旨，以公为念，推动学校发展。学校德育工作克服种种困难终于迈上了新的台阶。

教育是一份事业，锐意改革展现履职尽责的担当；援藏是一种情怀，用心奉献谱写民族融合的乐章。杨士军坚持把“心”扎根东辉、扎根山南、扎根西藏，锐意改革，真情奉献，提升了东辉中学的办学水平、社会地位，促进了藏鄂两地的交往交流交融，用真情和担当培育了雪域高原的雏鹰！

2022 年 8 月 5 日

一封自荐公开信

尊敬的各位领导：

你们好！

首先，我真诚地感谢你们在百忙之中审阅这份自荐材料。我是援藏教师杨士军。2019 年 8 月我积极响应党的号召，主动申请到西藏工作三年，通过各级领导的推荐和组织考察后，我作为湖北省第二批教育人才“组团式”援藏管理干部（德育主任）选派进藏。三年来一直担任西藏自治区山南市东辉中学德团办主任（德教处与团委在一起）。三年援藏我们始终以湖北第九批援藏工作队提出的“三个满意”为奋斗目标，开创了西藏山南市东辉中学德育和教学工作的新局面，为新时代湖北高质量教育援藏交出了一份合格的答卷。在这里我特别感谢组织的培养和领导的信任同意我参加援藏；特别感谢组织给我一个岗位，在西藏履职尽责，担当作为；特别感谢三年来各位领导对我无微不至的关怀和厚爱。正因为有你们的支持和鼓励，才有我今天取得的一点成绩。我内心很是感激！

三年援藏结束了，按照中共湖北省委组织部，湖北省人力资源和社会保障厅文件鄂组通〔2016〕73 号和湖北省教育厅干部人事处通知要求，要妥善做好援藏教育干部人才返回安置工作，对援藏干部人才在干部选人用人方面要“高看一眼”。这几天市教育局、张湾区教育局以及学校各位领导也很关心我，多次与我进行面谈，询问我回来后的工作打算和下学期的工作安排，我一直羞于启齿。今天斗胆向各位领导致信表露心声。

我是 1991 年 8 月参加工作，从教 31 年一直在教育教学第一线，先后担任过 25 年班主任（兼）、3 年教研组长（兼）、2 年年级主任（兼）、3 年援藏德育主任（兼）等职位。工作中我一直将岗位当事业，将事业当追求，在实践中不断进步，不断成长，在同事和领导的帮助下，做出过许多成绩。近三年在高寒缺氧、条件艰苦、环境恶劣的西藏自治区山南市东辉中学从事德育管理工作，我不忘援藏初心，牢记教育使命，加强民族团结，加强政治理论学习，不断提高政治判断力、政治领悟力、政治执行力，业绩突出。政治思想素质以及各方面能力都取得长足进步，已具备领导干部破格提拔的条件。因此根据上级文件精神和新时期新修订的《党政领导干部选拔任用工作条例》，我提出几点想法供领导参考审阅，不对的地方请领导原谅。

一、根据新修订的《党政领导干部选拔任用工作条例》，选拔任用干部以事业为上、人岗相适、人事相宜的原则。综合我各方面的素质表现和工作经历，希望组织领导考虑我在东风七中以外的东风片区的初中学校担任副校长或党总支书记。

二、根据新修订的《党政领导干部选拔任用工作条例》，选拔任用领导干部，必须把政治标准放在首位。援藏三年，我主要从事德育工作、团委工作和党建工作。因此希望领导更多考虑我从事党建管理工作或德育管理工作。

同时要向领导汇报一下，援藏三年我身体明显受损，脑部动脉硬化（脑梗），肺部主动脉硬化，鼻腔息肉需要手术，心肺功能明显降低，需要医治。若回到学校教学第一线，恐怕心有余而力不足，怕影响耽误学生。所以请领导更多考虑安排我从事行政管理方面的工作。

在各位领导的统领和指挥下，十堰教育正朝着“加快推进教育现代化，建设教育强市，办人民满意的教育”的宏伟目标奋进。作为一名胸怀抱负的教育工作者，捧着一颗火热赤诚之心，迫切希望以真情回报锻造我能力和品质的沃土，迫切希望坚守这份责任与担当，全力为我市教育事业贡献自己的热情与力量。在此，郑重向组织提出请求，希望组织能提供更加宽广的舞台，助我实现人生的价值。

再一次感谢组织和各位领导的关心和厚爱！祝各位领导身体健康、工作顺利、家庭幸福！

自荐人：杨士军
2022 年 8 月 5 日

后　记　桃李芬芳　载梦远航

2022 年 5 月 28 日

静待花开

毕业前去马瑞家家访合影（作者本人提供）

时光飞驰，一晃三年，我们教的民族班就要毕业了。回想他们刚入校时的那一幕幕场景仿佛就发生在昨天。记得 2019 年我们刚接手这个班时，那还是开学军训第一周，马瑞给我留下了很深的印象（因打架被送回家）。之后他还出现过几次打架，学校领导、德教老师（包括我）、班主任、值周老师、家长等都参与处理。真是“不打不相识”，马瑞在学校迅速成了“名人”。翻开德教问题学生处分档案，我们很容易找到他的记录资料。八年级时他也打过架，虽然我们一次次循循善诱，做思想工作，批评教育，帮教转化，分析原因，指出不足，严重时也给过处分，但效果似乎不是特别明显。

八年级下学期末马瑞想回内地上职业高中，因考虑到他的户口不在这里，学校同意他转学。可是，马瑞转回内地没两个月，他家长又要求转回来上学，按照九年义务教育要求，我们学校不能拒绝。回来时我找马瑞谈过一次话，亮明了“规矩”。马瑞也做了承诺，表明一定克制自己，不与他人发生冲突，严于律己，宽以待人，遇事冷静，态度还算比较诚恳。从那以后，马瑞看人的眼神柔和了很多，德教处也没再收到学生对他的投诉。我从班主任那里了解到马瑞进步显著，课堂上遵守纪律，学习也努力，课外不再与藏族学生起冲突。于是趁一次马瑞交作业的机会，我有意问他：“你现在不参与打架了?”他笑笑说：“打架有什么意思呢? 不利于民族团结。我又转回来读书，要感谢学校给我机会，我要好好珍惜时光呀!”我听后，暗暗地替他高兴。

临近毕业，我想进一步了解马瑞在家的情况和毕业后的打算，于是决定对他再进行一次家访。那是2022年5月28日上午，天气晴朗，我骑着电动车沿着山南市贡布路前往马瑞家。因之前去过马瑞家，位置很快找到了（贡布路加油站斜对面机修场）。一进机修场大门，就看见左边一个院子里堆满了木条和积木板，还有两间板房。那板房就是马瑞爸爸办公的地方。我停好车，走进板房，只见一个戴着圆形无檐小白帽的中年男子坐在办公桌前。我一眼认出他就是马瑞爸爸，比一年前胖了一些。马瑞爸爸抬头看见我，先怔了一下（因为我没有提前预约），过了一会儿才认出我来，惊喜地叫出声来：“杨老师，你是杨老师……”接着很热情地上来握住我的手，扶我坐下来。然后他给马瑞拨电话，让马瑞赶紧回来。马瑞妈妈也很高兴，急忙拿出一罐饮料让我喝，还拎来一袋瓜子让我吃。不一会儿，马瑞气喘吁吁地从外面回来，看见了我，嘴角露出了一丝微笑，然后叫了一声：“杨老师，好!”我们一起坐在一个宽大的藏式沙发上，马瑞爸爸坐在对面。

我说起了马瑞在学校表现有进步，马瑞爸爸有点小激动地说：“孩子很感激您呀！说您教育方法好，他们犯错误后您从来不打骂他们，总给他们讲道理，给机会，以理服人……”我说：“是呀，孩子大了，都懂道理了，教育的方式方法也该变一变。”

我又问起马瑞在家的情况，马瑞爸爸说：“我们是做装饰板材生意的，每天都有货运材料进进出出，每次卸货时，马瑞若在家遇上了，他就会主动搭把手，帮忙卸货，有时还帮忙清点木板的数量，而且很细心，他清点数量从来没出过差错……”说完，马瑞爸爸脸上露出了满意的笑容。

“马瑞今年进步最大，像变了一个人似的，也很听话，在家还照顾两个妹妹呢，大妹妹今年上初一，在你们学校上，小妹妹上三年级，在山南市一小。有时妹妹学习上有不会的问题，他还耐心地给妹妹讲解……”马瑞爸爸说着，看了马瑞一眼。马瑞听着父亲夸自己，掩饰不住内心的喜悦，不好意思地低下了头。

问起马瑞毕业后的打算，爸爸说：“马瑞若考取了山南市高中就把户口迁到西藏读书，考不上的话就回内地上职业高中学财会！”爸爸回答得很坚定，我悬着的一颗心也算落地了。

聊着聊着已经一个多小时过去了。突然听到外面汽车“请注意，倒车……”的声音，只见一辆满载着积木板的大卡车开进了他们家的小院，这是马瑞家运来的板材，全是装修用的积木板和木条。马瑞爸爸连忙起身，准备穿工作服，马瑞也跟着站起来准备戴手套，这是要去卸货的架势。我赶紧起身告辞。马瑞爸爸拉住我的手，说：“不好意思啊，对不住，今天有点忙了。这样吧，有空我去学校拜访您，今天您来家访我特别感谢，送您一个小礼物（一副墨镜）表示感谢，礼轻情意重，作为纪念吧！望您收下！”我推迟不下，就收下了。我们互相拉着手从屋里走了出来。

这时只见大卡车司机已经停下了车，打开了后车厢盖，准备卸货。马瑞爸爸赶紧跳上车厢，推动最上面的一块积木板的一端，马瑞已经戴好手套了，接过积木板的另一端，两人一起把木板卸下来然后抬运到另一个地方摆放。木板有些沉，马瑞小小的身板颤颤悠悠的……

回来的路上，天空湛蓝湛蓝的，阳光明媚。我特别高兴。从马瑞身上我悟出了：教育是慢的艺术，三分教育，七分等待；教育也是宽容的艺术，多一分宽容就会多一分回报。宽容并不等于退让，这是在用爱心净化心灵世界。在教育实践中，我们一方面要注重育人的方式方法，因势利导，潜移默化地帮助孩子改正不良行为；另一方面还要学会等待，允许孩子有一个自我反思、自我教育、自我成长的过程。让我们静待花开吧！

2022 年 7 月 12 日

胜利归来

家乡亲友团在十堰市火车站接站留影（作者本人提供）

七月的天，骄阳似火。7 月 12 日又注定是个不平凡的日子，这一天既是我的生日，又是我们湖北第九批援藏工作队一行 79 人告别援藏三年的西藏山南市坐飞机回湖北的日子。早上 7 点多送行的队伍熙熙攘攘，山南市委领导干部（市委副书记）亲自给援藏干部人才送行，献哈达，诉衷肠，场面难分难舍。不少援友流下了感动的泪水。也许是湖北援藏工作队三年来贡献很大，山南市人民想多留我们一会儿；也许是因为三年来与山南人民建立的感情深，今天走时难分难舍。贡嘎机场飞往成都的飞机居然在机场出发时就晚点 1 个多小时。我们默默地等待着，心里虽有离开山南的不舍，但更多的是回家的激动。

终于上飞机了，我安静地坐在座位上。一位身姿绰约、长着大眼睛、穿着制服、戴着口罩的空姐走到我身边，微笑着对我说："请问你是不是杨先生?"我点点头。她接着说："今天是你的生日，我们全体机组人员祝你生日快乐，你座位前面有一瓶水和一份生日礼物，是送给你的!"我恍然大悟，连忙站起来，激动地说："谢谢，谢谢你们了！"一路上心里充满了温暖和感激。

飞机在空中穿云驾雾，两个多小时后我们到达了成都双流机场。因为怕晚点，错过下一班机，我们急忙赶往另一趟去武汉的飞机。这趟航班空姐也很热心，送了我一张生日卡片和一瓶饮料，上面写满了祝福。

下午接近6点，我们到达武汉天河机场。随着人流排队，取行李，出站。在出站口热闹非凡，许多人手捧着鲜花，迎接我们归来。在人群中我们很快找到市教育局徐乾忠科长和张湾区教育局王侦老师。寒暄几句后，我们一起坐车去宾馆放行李。武汉的天真热，处处是蒸笼，武汉真应该是“捂汗”。晚上我们“打的”去“好吃一条街”（夏氏砂锅店）吃晚饭，夏氏砂锅店生意兴隆，需要拿号排队。我们在店门口等了一个多小时才吃上饭，喝的是扎啤，天热倒也解渴。

第二天早上7点多，一大早依然炎热，武汉的天真像不欢迎我们似的。我们打车去高铁站了，安检，进站，找座位，倒也顺利，心情还是美滋滋的。因为昨天晚上我的派出学校七中黄全龙校长打电话给我说，他明天派人去火车站接站，顺便让我媳妇也去。想到有人接站，半年没见的媳妇也来，我激动得心情有些控制不住了，感慨万千。都说一人援藏，全家援藏。每一援藏人后面都有几个默默为你付出、默默为你支撑的人，都有几段辛酸感人的故事……

曾记得那是我援藏的第二年冬天，我八十八岁的老父亲病危（母亲早年就去世了），我在西藏很焦急，却帮不上忙，只能让媳妇去医院照顾。媳妇二话没说，从市里开车回老家（农村）安排父亲住院。在医院里老父亲吃喝拉撒睡都是我媳妇一人照顾着。在医院里端屎端尿是“最别扭的”，但是我媳妇任劳任怨，在一旁的病友还以为我媳妇在陪护自己的“亲”父亲呢！老父亲住院一个多月后有所好转，回家进行调养。媳妇又回老家照顾。在老家里她每天早上熬粥，中午做汤，晚上伺候老人直到睡下后自己才休息，大半年都是这样熬过来的。

最难忘的还是家里突然有了“大事”。那是2020年一个寒冷的夜晚，大半夜了（大约凌晨两三点），媳妇已经进入梦乡了。她后来说，旧屋楼下邻居突然给她打来电话，说我们旧屋里水管爆破了，水渗漏到他们家楼顶了。媳妇迷迷糊糊地醒来，赶紧起床，穿上棉衣，冒着寒风，不顾漆黑的夜，急匆匆赶到旧屋（旧屋距离现在住的地方也有四五里地），进房间后才发现是旧层楼顶水管爆破（屋顶水管年代久远），热水回水管破裂，水直接渗漏出来了，我们旧家没住人就直接渗透到楼下了。找到原因后媳妇只能等天亮找人焊接维修，当下只能用脸盆接着流下来的水，暂时“抵挡”，还把门钥匙留给邻居，让邻居随时上楼看流水情况。第二天一早媳妇急忙联系我的派出学校（东风七中），黄全龙校长及时派学校后勤人员去维修焊接……

都说家和万事兴！援藏不易，援藏家属更不易。他们一人撑起一个家，上要照顾老人，下要培育孩子。平常日子默默承受着孤苦伶仃和生活中的诸多不易。他们应该是最辛苦的，也是最可爱的一群人。

高铁火车极速前进，很快我们到达了十堰东站。在出站口几位手捧着鲜花很熟悉的面孔在向我们招手示意。那是我们十堰援藏三人的援藏学校亲友团来接站了。有十堰东风五中校长龚中华、副校长赵清华，七中主任严立建、司机叶涛，实验中学团委书记，还有我们援藏三人各自的家属，阵容蛮强大呀！我赶紧把离藏时援藏学校（东辉中学）赠送给十堰教育局的锦旗掀开，压抑着激动自豪的心情分别与大家合影留念。

坐在回家的车上，我手机不断地收到东风七中教师群里同事们发来的群消息："欢迎杨老师回家！欢迎杨老师回家！"七中同事和老战友们纷纷在群里发来欢迎辞。我内心激动不已，平复了一下情绪，在群里做了个回应。

我写道："三年援藏，一朝归来。感谢七中以黄校长、刘书记为核心的校领导三年的关怀和厚爱，感谢七中兄弟姐妹们三年来对我的关心和鼓励。今天严主任代表学校，手捧鲜花亲自接站，我倍感激动和荣幸。这份沉甸甸的光荣，属于将人生'高光时刻'镌刻在雪域高原的每一位劳动者，属于为'三个满意'奋斗目标顽强拼搏的每一位援藏人，属于光荣的湖北省援藏工作队，属于团结奋进的十堰东风七中人。今天我胜利归来，很感动。我只能把这份感动深深埋藏在心底，在未来的日子里继续发扬'老西藏精神'和'援藏精神'，为七中多做贡献，为社会多做贡献，回报七中，回报社会，回报培养我多年的中国共产党。再次感谢各位，祝大家假期愉快！身体健康！"

第九批援藏工作队总领队李修武也指出，援藏是我们一生中最宝贵的经历之一，三年援藏使我们丰富了人生阅历，收获了深刻启示。我们对什么是艰苦环境，什么是复杂局面，什么是绝对忠诚有了更加深刻的理解。大家在艰苦、复杂的环境中经风雨、见世面，经受锻炼、磨砺意志，今后就没有吃不了的苦、没有驾驭不了的局面、没有完成不了的任务。

李修武还要求，全体队员在返鄂之后要充分利用休整时间，认真学习习近平总书记在湖北考察时的重要讲话精神和省第十二次党代会精神，把援藏积累的精神财富转化为投身新岗位、奋进新征程的强大动力。

是的，我要加油，在新岗位上只有撸起袖子加油干，才不辜负援藏三年组织的培养和锤炼！

援藏归来举行生日庆祝晚会（作者本人提供）

2022 年 7 月 15 日

离藏留什么

庆祝中国共产主义青年团成立 100 周年文艺晚会九（6）班部分师生合影（梅光利提供）

三年援藏在忙碌中过得很快，学生的敬爱、事业的成就感和精神的愉悦，完全掩盖了身体的不适和痛苦，印证了“痛并快乐着”这句话。在这里，假若有人问我援藏苦不苦？我会答：很苦！吃不好，睡不好，连呼吸都呼吸不好。假若有人问我：援藏累不累？我会答：很累！工作队的事，单位的事，生活上的事，经常加班加点，比在家里还要忙。但假若有人问我：援藏快乐不快乐？我会答：很快乐！知识报国，投身边疆，建功高原，历练人生。把优质教育带到青藏高原，这是一条无悔的平凡之路。

假如有人还问我：援藏你最大的感受是什么？我的答案一定是很美好。这或许就是我给西藏留下的，严格地说是西藏给我留下的……

一、师生情谊　点滴在心

这里的孩子特别有礼貌，校园里时时听到清脆的“老师好”；这里的孩子特别懂事善良，淳朴自然，他们会关心你，心疼你……

九（6）班的教室只有后门，有一次刚开始上课5分钟，我就感到呼吸困难，心口发慌。我指着后门艰难地说：“把门打开，我缺氧。”孩子们心疼地看着我，从此这个班只要上我的课，门永远都会敞开着。

西藏冬天的早上寒风刺骨，我穿很厚的羽绒服还冻得瑟瑟发抖。有一次早上我骑着电动自行车去上早自习（早读），突然间听到一家店铺正在播放齐秦的歌《大约在冬季》，我的眼泪禁不住往下流，如果没有来西藏，我想我不会吃思乡这个苦。此时上课铃声响起，我来不及擦干泪水就走进了教室，孩子们诧异地看着我，我倾诉原因，教室里显得格外安静，这节课孩子们听讲特别认真。下课后，九（6）班的班长代表班级给我写了一封信，在信中她说，西藏就是我的家，我们就是您的亲人……

记得2021年12月，我连续几天咳嗽引起了肺部感染，援藏工作队怕我病情加重，让我回内地住院。我在市人民医院住院期间，不断收到学生们的短信、微信留言：“老师，你一定要坚强，病魔是不能把我们分开的”“我们什么时候能再见到您呢?”“老师，您不会不来教我们了吧?”“老师，你不是说过‘YES，I CAN’的吗?”“老师，我有点想你了!”……读着孩子们的短信、微信留言，那一刻，我深受感动，也幸福喜悦着。为人师的成就感和幸福感此刻最强烈、最珍贵。我在市人民医院住了一周时间后，炎症消下来了，因牵挂学生，也怕课程落下太多，影响期末考试成绩，就立马订票，第二天拖着病恹恹的身体进藏了……

前几天，九（6）班马成英对我说：“杨老师，您头发白了好多，前面头发有些少了，我带你去染发（植发）吧！我希望您能像来时一样的……”孩子真诚的话语让我深受感动，我很想对孩子们说：“在西藏，杨老师虽然增加了很多白发，可是也收获了幸福和快乐……”

二、太多的“忘不了”

“送战友，踏征程，默默无语两眼泪……”在即将告别西藏，告别朝夕相处三年的东辉中学的兄弟姐妹们时，我们心中有千般不舍，万般感动。

三年弹指一挥间，许多画面回想起来历历在目。忘不了我们援藏团队刚进藏时，巴桑书记和工会洛追主席组织安排给援藏团队过中秋节，伟色措吉、嘎玛拉珍、强久卓玛、格桑群宗等老师一起跳藏舞欢庆的场面。

忘不了三年来学校组织的拔河比赛，教师节过“林卡”、党员活动、隆子县扶贫、三八妇女节活动、佳木斯舞蹈等活动以及东辉老师们能歌善舞、开心快乐的情景。

忘不了三年来我们与各位老师一起备课、上课、磨课、听课的情景。东辉老师认真负责的敬业精神和爱生如子的崇高品质永远是我们学习的榜样。

援藏结束前合影（李亚提供）

忘不了三年来学校领导（王与雄校长、巴桑书记、洛桑旦增副校长、吴勇副校长、周桓副校长、卓玛副校长）为了东辉的发展，为东辉的明天呕心沥血，殚精竭虑，经常忙碌的身影。

忘不了三年来各科室中层干部经常加班加点，坚守岗位，还有许多科任老师冒着严寒，带着病痛，不辞辛劳，日复一日陪伴学生的情景。

忘不了 2019 年援藏团队刚进学校，因不熟悉环境，学校面临困难，洛追主席带领 7 个班主任（嘎珠、达曲、贡觉卓玛、达瓦曲珍、嘎珍、藏普珍、商秀荣）主动担当，克服重重困难，使九年级毕业生取得山南中考第一的好成绩。

忘不了2021年学生生源增加，校园扩建，学生活动场地减少，学校管理难度明显增大的情况下，九年级六个班主任（嘎玛拉珍、索朗旦增、新巴桑、江久卓玛、嘎珍、杨乐）在洛桑旦增副校长和尼玛多吉老师的带领下齐心协力，并肩战斗，月考成绩一次比一次提高。我们坚信2022年中考必定再创佳绩！

忘不了非毕业班的班主任（洛桑旺姆、巴桑顿珠、扎西卓玛、贡觉卓玛、次仁措姆、杨晓英、汉普珍、白玛德庆、汉次德、藏普珍、索朗旺堆、冯艳琼等老师），你们为了学生任劳任怨，默默付出，用实实在在的行动诠释着教师这一职业的伟大。

三年来我们更忘不了一起朝夕相处的各位援友，三年说长不长，说短不短，我们有太多的"忘不了"。我们一起战斗过，一起奋斗过，一起奉献过。这份援藏情、在藏情我们永远也忘不了。

天下没有不散的筵席，今天我们就要分开了，我眼泪止不住掉下来。我们都不想说，也不忍说再见，只能默默地感谢和祝福：感谢援藏，让我们在东辉遇见。祝愿东辉中学欣欣向荣，桃李满园！祝愿东辉老师和家属们身体健康，万事如意。祝愿东辉学子学习进步，永远快乐！愿我们友谊天长地久，扎西德勒！

三、援藏精神

三年里，我们有付出，也有收获；有汗水，也有欢笑；有遗憾，更有成功……我们深刻体会到习近平总书记所说："援藏精神是中国共产党的一个崇高精神，是中国特色社会主义的一个显著优势。"① 缺氧不缺精神，这个精神就是革命理想高于天。我们在高原上，精神是高于高原的。这个事情必须一茬接一茬、一代接一代地干下去。一方面，支援了西藏，集中力量办大事；另一方面锻炼了队伍，成长了我们。援藏应该是我们一生中最宝贵的经历之一。

我们很高兴圆满完成了三年的援藏工作。这三年中，喜马拉雅山的巍峨提升了我们的思想境界，雅鲁藏布江的纯净净化了我们的教育心灵。我们把理想信念写在雅砻大地，把人生大爱洒在祖国边疆，以强烈的责任心、崇高的使命感、过硬的业务本领，走进每一个藏族学生的内心，走进每一个藏族家庭，为雪域高原带来全新的教育理念、先进的教学方法、科学的管理制度，实现各民族交往交流交融。我始终相信在这里总有几个（几十个甚至几百个）孩子会因

① 2021年7月21日至7月23日习近平总书记在西藏和平解放七十周年之际对西藏进行考察调研时的讲话。

为我们的引领改变命运。星星之火必会形成燎原之势，就像雪域高原格桑花一样开满山野，花团锦簇，竞相绽放。而我播种的那些小小种子，终会发芽开花，长成荫蔽一方的参天大树。我想这就是我们——作为援藏老师力求留下来的宝贵财富！

杨士军

2022年7月

参考文献

[1] 郑杰. 忠告中层：给学校中层管理者的47封信［M］. 上海：华东师范大学出版社，2013.

[2] 沈丽新. 你的爱让学生看见［M］. 北京：中国人民大学出版社，2017.

[3] 民族团结教育教材编写组. 民族团结教育教材·民族政策常识［M］. 北京：红旗出版社，2009.